장미 속의 뱀

《**BARA NO NAKA NO HEBI**》
© Riku ONDA 2023
All rights reserved.
Original Japanese edition published by KODANSHA LTD.
Korean translation rights arranged with KODANSHA LTD.
through JM Contents Agency Co.

이 책의 한국어판 저작권은 JM 콘텐츠 에이전시를 통한 저작권사와의 독점 계약으로 ㈜바이포엠 스튜디오에 있습니다.
저작권법에 의해 한국 내에서 보호를 받는 저작물이므로 무단전재와 복제를 금합니다.

장미 속의 뱀

온다 리쿠 장편소설

양윤옥 옮김

VANTA

차례

프롤로그   7

1장	미드나이트	15
2장	블랙 로즈	43
3장	스캔들	87
4장	액시던트	119
5장	버드워처	165
6장	미싱	191
7장	일루전	211
8장	시크릿	237
9장	플레이하우스	289
10장	스트레인저	321

에필로그   339
역자 후기   347

일러두기

1. 본문의 각주는 옮긴이 주입니다.
2. 맞춤법은 국립국어원 표준국어대사전 및 외래어 표기법을 따랐으나 관용적으로 널리 쓰이는 표현은 입말을 살려 표기했습니다.

프롤로그

안개.

짙은 안개.

처음에는 부슬부슬 내리는 안개비였다. 하지만 이제 빗소리는 사라지고 오로지 안개만 사방으로 퍼져서 마을을 온통 휘감고 있다.

묵직한 질량을 품고 엉겨드는 안개. 그 속을 나아가려면 헤엄치듯 안개를 가르지 않으면 안 된다.

불과 한 시간 전까지만 해도 이맘때치고는 드물게 맑고 따뜻해서 봄 날씨라고 할 만큼 환했는데 이제 그런 자취라고는 어디에도 없다. 하늘을 뒤덮은 부루퉁한 구름이 목초지가 길게 이어진 구릉지대에 한없이 음울한 압력을 가하고 있다.

안개.

그 어슴푸레한 풍경에 흐릿한 외줄기 길이 둥실 떠오른

것처럼 보인다.

수없이 많은 발길에 밟혀 다져진 회색 흙바닥의 가느다란 길. 구불구불 언덕 사이를 누비며 끊임없이 이어지는 외줄기 길.

길을 따라 언덕을 넘어 서서히 마을 안쪽으로 갈라져 들어간다. 양들이 달아나는 것을 막기 위한 작은 목재 문을 타고 넘는다.

안으로, 안으로.

따분한 풍경이다. 눈앞이 흐리멍덩하게 회색으로 번지고 윤곽조차 또렷하지 않아 피곤에 지쳤을 때의 꿈처럼 종잡을 수가 없다.

문득 앞쪽에 누군가의 기척이 감돈다.

그림자.

짙은 안개 속에 하나둘 떠오르는 수많은 검은 그림자.

거석巨石 무리다.

형태는 일단 동일하게 직육면체지만, 거칠거칠 일그러지고 절개 면이 반듯하지 않아서 누군가 돌덩이를 난폭하게 두들겨 깨뜨린 파편처럼 보인다. 그 배열 방식도 어긋버긋 어긋나 있다. 규칙적으로 줄지어 서 있는 것 같기도 하고 아무렇게나 늘어놓은 것 같기도 한 돌덩이들. 성인 남자만 한 크기의 선돌이 무뚝뚝하게 이어진다.

이상한 건 그 돌들이 마치 지면에 꽂힌 것처럼 보인다는 점이다. 그렇다, 마치 하늘 어딘가에서 뿔뿔이 떨어져 내려 직육면체 모퉁이가 땅에 꽂히면서 자리를 잡은 듯하다.

선돌은 줄줄이 이어진다. 이제 끊겼나 싶어서 문득 고개를 들고 저만치 앞쪽으로 시선을 던지면 움푹 들어간 구역을 끼고 다시 저 건너편에도 줄줄이 서 있는 모습을 발견할 것이다.

그리고 그 움푹한 분지가 크게 커브를 그리며 마을 안으로 이중의 원을 그리고 있다는 사실도 깨닫게 된다.

그렇다, 이 마을은 유적지 안에 자리 잡고 있다. 환상열석* 유적과 한 덩어리가 되어 군데군데 섞인 듯이 존재하는 것이다.

선돌은 지칠 대로 지친 순례자 무리처럼 띄엄띄엄 이어진다.

어디까지 이어지는가. 어떤 의미를 갖고 있는가.

그런 의문에 답해줄 사람도 없이 구불구불 돌덩이 무리는 이어진다.

안개.

점점 더 온몸에 휘감겨 드는 안개의 감촉에 헉헉거리며 나아가는 동안, 몸속 깊숙한 내장까지 차갑고 눅눅하게 젖어 들어 속속들이 안개가 스며든 듯한 착각에 휩싸인다. 어느샌

---

* 거대한 돌이 둥글게 늘어선 모습의 유적. 대부분 신석기 시대에서 청동기 시대의 것으로, 유럽 대서양 해안에서 자주 발견된다.

가 몸 안쪽에 있던 것이, 갇혀 있던 의식이, 경계를 상실하고 질금질금 바깥쪽으로 새어나와 안개와 뒤섞이고 동화해 가는 것 같다.

이윽고 정면에 나지막한 언덕이 서서히 보인다. 홀로 우뚝 선 늙은 나무 옆에 그때까지의 다이아몬드 형태를 한 돌과는 조금 다른 달걀형 거석이 누워 있다. 언덕 위의 거석. 그것은 제단처럼 보인다. 하늘에 공물을 바치는 묵중한 제단.

실제로 그 위에 뭔가 있다.

돌로 된 게 아닌, 미묘한 곡선의 무언가가 돌바닥 위에 울룩불룩하게 놓여 있다.

안개 속을 나아간다.

조금씩 가까워져 가는 거석.

안개 건너편에서 모습을 드러낸 늙은 나무는 멀리서 바라보며 상상했던 것보다 훨씬 더 크다. 마치 거석을 수호하듯이 가지를 무시무시하게 사방으로 뻗친 채 다가오는 자를 위협한다.

그래도 한 걸음 한 걸음 다가간다.

역시 돌 위에 뭔가 있다.

울룩불룩한 덩어리.

어딘지 기이한 형태의 유기물.

제단 위에 안치된 공물.

찬찬히 보니 그 공물에서는 뭔가 거무칙칙한 것이 흘러나와 거석 여기저기에 줄무늬를 그리고 있다. 안개와 조금씩 뒤섞였지만 아직 그 줄무늬에는 희미하게 붉은 기가 남아 있다.

지그시 시선을 집중해 보면 그것이 대량의 피라는 걸 알아차릴 것이다. 주변에 감도는 기이한 공기가, 안개에 누그러들기는 했으나 격하게 비릿한 부패의 냄새 때문이라는 것도.

머리와 양손이 절단되고 허리 부분에서 두 동강 난 인간이 마을을 온통 뒤덮은 안개에 제물로 바쳐져 있던 10월 오후.

그게 모든 일의 시작이었다.

1장

미드나이트

안개비가 본격적인 비가 되었다.

그건 마치 집을 에워싼 것처럼 느껴지던 기척이 분명하게 귀에 들리는 소리로 바뀌었다는 뜻이기도 하다. 쏴쏴 하는 부드러운 소리에 귀를 기울이면 마음이 고요히 가라앉고 밤의 밑바닥이 한없이 투명해져 가는 기분이다.

시각은 이제 곧 자정을 넘어서려 하고 있다.

낡은 창고를 개조한 넓은 스튜디오다.

천장은 높고, 그 어둠 속을 당당히 건너지른 검은 대들보는 둔탁하게 반들거리며 세월의 무게를 전해주고 있다. 하지만 벽이며 바닥은 상당히 공들여 작업했는지, 모자이크무늬의 목재 바닥에 벽은 온통 가죽을 씌웠다.

조절 노브가 주르륵 이어진 큼직한 검은색 통판 같은 기기 두 대, 오래도록 사용한 그랜드피아노 한 대, 거기에 전자

피아노와 녹음기기도 질서정연하게 놓여 있다.

하지만 지금은 스튜디오로 쓰지는 않는지 마이크스탠드와 보면대는 구석으로 치워졌고, 방문은 활짝 열려 있다. 빗소리는 그곳에서 들려오는 것이었다.

어슴푸레하고 썰렁한 실내.

그 한 귀퉁이에 자리한 테이블 위의 스탠드만 환하게 밝혀졌고 그 불빛 속에서 연필이 내달리는 소리가 사각사각, 그저 넓기만 한 실내에 울렸다.

손맡에 집중하고 있는 한 청년.

금빛에 가까운 연갈색 머리칼을 북북 헝클면서 요한은 오선지 위에 연필을 내던졌다. 맑은 소리를 내며 연필이 굴렀다.

초록빛 패브릭 의자에서 일어나 벽 쪽에 붙여둔 사이드보드로 향하더니 안에서 위스키병을 꺼내 온더록스 유리잔에 3분의 1쯤 따랐다. 그때 빗속에서 희미하게 오토바이 엔진을 끄는 소리가 들렸다.

누군가 찾아온 것이다.

요한은 움직임을 멈추고 가만히 귀를 기울였다.

잠시 뒤, 인터폰 벨이 울렸다. 벽의 수화기를 들었다.

"……아뇨, 물론 깨어 있었죠. 괜찮아요, 들어와요."

낮게 속삭이듯이 말하고 천천히 수화기를 내려놓았다.

한 모금, 술잔을 기울였다.

이윽고 건물 앞 자갈을 밟는 발소리가 점점 가까워졌다.

다시 벨 소리.

"열려 있어요."

또 하나의 온더록스 유리잔에 위스키를 따르며 요한은 큰 소리로 알렸다.

스튜디오 문 앞의 공간 너머가 현관이다. 현관이라야 양쪽으로 여는 크고 투박한 원목 문 하나뿐이다. 끼이익 하고 목쉰 소리를 내며 그 문이 천천히 열렸다.

"문단속이 허술하군."

안으로 들어선 남자는 어깨에 묻은 빗방울을 털어내며 중얼거렸다. 뒤따라오는 바깥공기를 차단하듯이 문을 탁 닫고 안쪽에서 큼직한 빗장을 채웠다.

요한은 슬쩍 어깨를 움츠렸다.

"그렇지도 않아요. 여기를 아는 사람도 별로 없고, 겉으로 봐서는 모르겠지만 나름대로 시큐리티시스템도 갖췄거든요."

남자는 코트를 벗고 요한이 내민 술잔을 받아 들더니 사이드보드 옆의 낡은 가죽 소파에 자리를 잡았다. 그의 몸에서 차가운 빗물 냄새가 풍겨왔다.

"제법 내리는 모양이지요?"

"빗발이 점점 강해졌어. 결국 따라잡혔지."

"수건, 쓸 거예요?"

"됐어, 그렇게 많이 젖진 않았어. 재떨이나 좀 줄래?"

요한은 사이드보드에서 유리 재떨이를 꺼내 남자에게 건넸다.

"고마워."

남자는 착실히 감사 인사를 하더니 소파 앞 커피 테이블에 재떨이를 내려놓고 셔츠 주머니에서 담배와 종이 성냥을 꺼냈다. 하지만 좀체 불이 켜지지 않아서 남자는 얼굴을 찌푸렸다.

"쳇, 눅눅해졌네."

"라이터 쓸래요?"

"아, 됐어, 켜졌어."

파앗 불길을 내며 성냥이 켜지고 선명한 불꽃 냄새가 피어올랐다. 담배에 불을 붙인 뒤 남자는 문득 생각난 듯 당황한 시선으로 주위를 돌아보았다.

"괜찮은가, 성스러운 스튜디오 안에서 담배를 피워도?"

"녹음 중도 아니고, 여기 휴게공간에서라면 상관없어요."

"요즘 세상에, 관대하시네."

남자는 천천히 손목을 흔들어 성냥불을 껐다.

요한은 의자에 앉아 술잔을 입에 옮겼다.

담배 연기가 불빛 속에 느릿느릿 퍼져갔다.

"……찾느라 애먹었어."

남자는 연기의 행방을 눈으로 따라잡으며 혼잣말처럼 중얼거렸다.

"미안하게 됐네요."

요한은 무덤덤하게 어깨를 으쓱하며 말했다.

"이 근처라는 얘기는 들었지만 실제로 장소를 파악하기까지 꽤 고생했지. 은퇴라고 하기에는 너무 이른 거 아냐?"

남자는 약간의 비난을 담아 요한을 노려보더니 자랑하듯이 멋진 연기를 토해냈다.

"무슨, 그냥 작업하러 왔을 뿐인데요. 여기서는 일이 잘되거든요."

"오선지에 작업을? 컴퓨터 소프트웨어를 쓰면 즉석에서 연주까지 해줄 텐데?"

"평소에는 그렇죠. 하지만 오선지에 쓰는 것도 좋더라고요. 이런 환경에서는 그쪽이 더 이미지가 샘솟거든요."

"이미지가 샘솟는다……."

남자는 시큰둥한 목소리로 되풀이했다.

요한은 정면으로 남자의 얼굴을 쳐다보았다.

"당신이야말로 잘도 찾아냈군요. 여기는 내 명의도 아니고, 이 스튜디오의 존재 자체가 업계에 거의 알려지지 않았는데. 용케 찾아냈다고 칭찬해 주고 싶네요."

"거참, 영광이네."

남자는 역시 시큰둥한 목소리로 고개를 끄덕였다.

"그건 그렇고, 나를 찾아서 대체 뭘 하시려고?"

요한은 놀리듯이 피식 웃으며 물었다.

남자는 요한의 얼굴을 무표정하게 빤히 보았다.

"단순해. 너와 얘기하고 싶었어."

"좋아요, 나라도 괜찮으시다면."

"그 마을에서 일어난 일, 알고 있어?"

"그 마을이라니, 어떤 마을 얘기죠?"

"어물쩍 넘어가지 말고."

남자는 소파에서 앉음새를 바로잡더니 두 팔을 크게 펼쳐 보였다.

"어물쩍 넘어갈 게 뭐 있어요? 당신이야말로 유난히 말을 빙빙 돌리시고, 당황스러운데요."

요한은 가볍게 받아넘기고 술잔에 입을 댔다.

남자는 옆에 놓인 코트에 손을 뻗어 호주머니에 쑤셔 넣어둔 타블로이드지를 빼냈다. 붉은 빛의 신문지가 비에 젖어 거무스레해졌다. 제목에 '살인'이라는 글자가 얼핏 보였다.

요한은 제목에서 시선을 떼며 아하, 하고 중얼거렸다.

"그 사건? 유적지에서 사체가 발견된 사건이죠, 상당히 엽기적인 살인사건이던데요."

"TV에서도 한창 떠들고 있어. 관광객에 언론 관계자들까지 몰려와 지금 숙박업소가 꽉 찼다는 모양이야."

"미안하지만, 내내 여기 틀어박혀 음악 작업에만 전념했거든요. 실은 TV는 거의 안 봤어요."

"그게 정신건강에는 좋을지도 모르지."

"근데 그 사건에 관한 걸 왜 나한테 물어보러 오셨을까?"

요한은 변함없이 가벼운 투로 남자의 얼굴을 들여다보며 물었다. 남자는 빙그레 웃었다. 그 웃음이 너무도 천진했기 때문에 요한은 한순간 어리둥절했다.

남자는 미소를 머금은 채 천천히 고개를 가로저었다.

"글쎄 나도 그게 좀 이상한데, 왜 그런지 네 얼굴이 퍼뜩 떠올랐어. 너라면 그 사건에 대해 과연 어떻게 생각할지 궁금하기도 했고."

그 순간 처음으로 요한의 얼굴에 흥미롭다는 표정이 떠올랐다.

"그건 상당히 이상한 얘기잖아요. 고생스럽게 내 거처를 찾아내고, 한밤중에 오토바이를 타고 이런 시골까지 달려와서 무슨 말씀을 하시려나 했더니만."

요한은 의자를 옮겨 남자 쪽을 향해 돌아앉았다.

"그래도 뭐, 괜찮아요. 밤은 길고, 저는 추리소설을 좋아하니까요."

남자는 다시 한번 빙긋이 웃었다.

"거, 다행이군. 그런데 작곡 작업으로 내내 틀어박혀 있었다니, 잠도 제대로 못 잔 거 아닌가? 긴 얘기를 해도 될지 모르겠군."

"내내 틀어박혀 있느라 따분하던 참이었어요. 활동량이 줄어서 잠도 안 오고."

"그러면 간단히 뭐 좀 먹을 수 있을까? 솔직히 털어놓자면, 장시간 운전하느라 아무것도 못 먹었어. 아, 잠은 어디서?"

남자는 뱃구레를 잡으며 빙글 실내를 둘러보았다. 그 시선을 보고 있으려니 쓸쓸한 시골의 휑뎅그렁한 공간에 달랑 둘만 있다, 라는 사실이 저절로 의식되었다.

바깥은 비.

이 세상에 오직 두 사람뿐인 것 같다고 요한은 생각했다.

"보시다시피 이 집은 지은 지 150년쯤 된 창고를 개조한 곳이에요. 조금 떨어진 곳에 본채가 있죠. 잠은 그쪽에서 자요. 아, 저기서 잠깐 낮잠을 잘 수도 있고."

요한은 눈으로 입구 옆의 1층과 2층 사이에 자리한 작은 방을 가리켰다.

"그렇군."

"먼저 위스키를 마셔버렸지만, 와인은 어때요? 치즈 정도라면 저기에 저장해 둔 게 있는데."

"응, 그거면 돼."

남자는 만족스러운 듯 고개를 끄덕였다.

요한은 가볍게 몸을 일으켜 사다리처럼 짧은 계단을 올라 1층과 2층 사이의 작은 방에서 바스켓에 든 레드와인 병과 치즈, 머핀과 콘비프 캔, 피클 병을 챙겨 들고 돌아왔다.

"의외로 꽤 이것저것 있네요. 누군가 눈치 빠르게 보충해 주는 모양이에요."

"풍성하네."

"자, 그럼 타블로이드지에서 입수해 온 정보부터 알려주실래요?"

요한이 사이드보드에서 와인잔을 꺼내면서 물었다.

"사체의 신원은 아직 밝혀지지 않은 모양이야."

남자는 와인병의 마개를 뽑으며 입을 열었다.

"E마을, 환상열석 유적이 있는 곳이야. 선돌이 마을과 거의 겹치다시피 큼직한 이중 원을 그리며 곳곳에 줄지어 서 있어."

"와, 재미있는 곳이네요."

"그 일대는 켈트 문명의 유적이 여기저기 남아 있거든. 관광객도 많은 편이야."

"스톤헨지는 본 적이 있는데, 아주 휑뎅그렁한 곳에 불쑥불쑥 서 있어서 깜짝 놀랐어요."

"여기는 스톤헨지보다 더 재미있지. 미스터리서클이 자주 발견되는 것도 그 근처야."

요한은 짧게 코웃음을 쳤다.

"한참 법석을 떨었지만 사실 미스터리서클은 인위적인 것이었다고 하더라고요. 전문 창작집단이 있어서 수확 철이면 한밤중에 출동해서 만든다던데요. 농가에서 몰래 의뢰한다는 얘기도 있고."

"인위적인 것도 있긴 하지."

"엇, 그럼 진짜도 있다는 말이에요? 진짜라고 하는 것도 어째 좀 이상하지만."

요한은 나이프를 꺼내 솜씨 좋게 치즈를 잘라 접시에 얹었다.

남자는 홰홰 손을 저었다.

"뭐, 그런 건 전문가에게 검증을 맡기도록 하자고. 그보다 그 사체는 마을에서 조금 떨어진 언덕 위의 거석 유적 중 하나에 올려져 있었어. 머리와 양손은 사라진 상태고, 동체는 배 부분에서 두 동강으로 절단되었어."

"다른 곳에서 거기로 옮겨온 걸까요?"

"아냐, 돌 위에 대량의 피가 흐른 흔적이 있는 걸 보면 범인이 그 자리에서 절단했을 가능성이 높은 모양이야."

"그래도 아직 결론이 난 건 아니죠, 어쩌면 피도 같이 옮겨왔을지 모르니까. 사체는 남자였어요?"

"그렇다더군. 30세 전후의 젊은 남성이래. 경찰이 행방불명자 리스트를 샅샅이 조사하고 있어."

"뭐, 일반적으로 추측해 보자면 머리와 양손을 잘라간 것은 신원이 드러나는 걸 원치 않았다는 얘기겠네요. 바꿔 말하면 지문이 경찰에 남아 있다는 얘기일까요, 전과가 있다든가 하는 이유로. 아니면 유명 인사라서 얼굴을 보면 금세 알 만한 사람이라거나."

"그런가……."

남자는 의미심장하게 중얼거렸다.

"그럼 동체를 절단한 건 무엇 때문이지?"

요한은 빙글 눈을 굴렸다.

"글쎄요, 단순히 절단 마니아였을 수도 있고, 옮기기 편하게 한 것일 수도 있겠죠. 성인 남자 한 명을 옮기기는 아주 힘들지만, 한가운데서 절단하면 조금은 수월해질 테니까요. 반절이라면 여행 캐리어에 넣어 옮길 수도 있지 않을까요?"

"그렇군, 편리성을 고려했다는 건가. 반으로 절단해 옮겨 왔고, 거석 위에서 머리와 손목을 잘랐다? 흐음, 피는 동체를 절단할 때 이미 다 흘러버렸을 것 같기도 한데."

"뭔가 다른 의견이 있어요?"

"나는 머리와 양손 절단은 동체를 두 동강 낸 것의 카무플라주였던 게 아닌가 하는 느낌이 들어."

"동체 절단이 첫 번째 목적이었다는?"

"어째서 동체를 절단하려고 했는지는 모르겠지만."

"그거 재미있네요. 그 이유를 알아내면 피해자의 신원도 범인도 알 수 있겠어요. 좋아요, 그렇게 나오셔야지."

요한은 몸을 내밀며 손가락을 따악 튕겼다.

그 모습을 남자는 흥미로운 듯 바라보더니 다시 말을 이어갔다.

"두 동강이 난 동체라면 예전에 유명한 사건이 있었어. 옛날 로스앤젤레스에서 여배우 지망생이던 젊은 여자가 살해된……."

"아, 블랙 달리아 사건!"

요한이 즉시 대답하자 남자는 만족스러운 듯 고개를 끄덕였다.

"역시 대단한 미스터리 팬이야."

"수없이 소설 소재로 쓰였고 영화로 제작되기도 했잖아요. 미스터리 팬이라면 다들 알죠."

"그 사건은 결국 미궁에 빠졌지?"

"그렇죠, 시의 유력 인사가 얽혀 있다느니 이런저런 소문은 많았지만."

요한은 생각에 잠긴 표정이 되었다.

"요즘의 미국이라면 동체 절단은 위 속에 든 마약을 꺼내기 위해서라고 가장 먼저 추측할 거예요. 얼마 안 되는 보수를 노리고 제 몸을 이용하는 운반업자가 지금도 끊이지 않는 모양이니까요. 비닐봉투나 콘돔에 마약을 넣어 꿀꺽 삼킨다, 그러고는 국경을 넘어 목적지에 도착한 뒤에 토해내요. 당연히 위험하죠, 상당한 양을 삼켜야 하니까. 만일 위에서 봉투가 찢어지기라도 하면 그 즉시 극약 과잉 섭취로 사망해요. 하지만 물건을 기다리는 쪽에서는 말단 가격으로 쳐도 정말 엄청난 액수니까 위를 찢어서라도 회수하려고 들겠죠."

남자는 감탄해서 신음소리를 올렸다.

"그렇군. 동체 절단은 뱃속의 것을 회수하기 위해서라는 건가. 현실적인 해답이네."

"어쨌든 동체 절단을 감추려고 머리며 양손을 절단해 카무플라주한다는 건 괜찮은 아이디어예요. 유적에 방치한 것도 엽기적 분위기를 연출해서 컬트 관련 살인이라는 인상을 주는 데는 효과적일 수 있겠죠."

"그럼 마약일까?"

"그건 글쎄요, 아직 모르죠. 개인적인 의견으로는 그런 이유가 아니라 뭔가 좀 더 재미있고 독창적인 이유였으면 좋겠는데. 범인에 대한 다른 단서는 없어요? 아니, 그보다 범행 시간은 몇 시쯤이죠?"

"그게 또 상당히 기묘해."

남자는 와인잔을 손에 든 채 주머니에서 다시 담배를 꺼냈다.

"발견된 시각은 오후 5시쯤이야. 근처를 지나간 이웃 주민이 점심때까지 거석 위에 그런 건 없었다고 증언했어. 한 명이 아니라 복수의 증언이야. 어쨌든 현장은 마을에서 좀 떨어진 변두리라서 사람의 통행이 그리 많지 않았지만, 멀리서도 훤히 보이는 언덕 위였어. 즉 범인은 점심때가 지나서 피해자를 옮겨왔고, 눈에 띄는 언덕 위에서 절단 작업을 했다는 얘기야."

"어휴, 대담하다고 할까 무모하다고 할까."

"그렇다니까. 하지만 수상쩍은 자를 봤다는 증언은 전혀 없어. 인적이 뜸한 때를 노렸다고 해도 누군가 목격할 위험성은 높았어. 그 점이 좀 기묘하지?"

"정말 그렇군요."

두 사람은 침묵하며 잠시 생각에 잠겼다.

쏴쏴 하는 빗소리가 텅 빈 옛 창고 천장 너머에서 끊임없이 들려왔다.

❇

안개비.

음울한 안개비.

그림물감에 깜빡 검은색이 섞여 들어간 풍경화처럼 세상 모든 색깔이 거무칙칙하게 탁해서 지면 깊숙이 가라앉은 것처럼 보인다.

꽃이 한창이던 계절도 지나고, 드문드문 피어난 제라늄이며 데이지가 미안하다는 듯이 정원을 색칠하고 있었다.

상당히 넓은 정원이다. 자연 그대로인 것처럼 보이지만 실은 주도면밀하게 손질하고 계산했다는 게 느껴지는 정원. 자그마한 정자, 졸졸 흐르는 작은 시냇물, 숲에 보였다 숨었다 하는 다람쥐며 산토끼.

창밖의 안개비 속에 그런 풍경이 그림자처럼 떠오르고 움직이다 다시 안개 속으로 사라졌다.

"에휴, 이럴 줄 알고는 있었지만, 내다보는 것도 짜증 나는 날씨야. 이제 겨우 점심때 지난 참인데."

무거운 비로드 커튼을 열면서 갈색 머리의 청년은 혼잣말처럼 투덜거렸다.

"하필 엄청 바쁜 시기에 왜 이런 곳에 갇혀 있어야 하는지 모르겠네."

"정 싫으면 런던으로 돌아가도 돼, 데이브."

방 한쪽의 안락의자에서 조용한 목소리가 날아왔다.

데이브라고 불린 청년은 말문이 막힌다는 얼굴로 목소리가 난 쪽을 돌아보았다.

"그렇게 못 한다는 건 아서도 다 알잖아."

"그러면 불평은 그만하는 게 어때? 게다가 웬일로 앨리스가 마음에 드는 친구를 데려온다고 하잖아. 그 애는 여자 친구라고는 거의 없는데 말이야."

안락의자에서 우아하게 다리를 꼬고 《파이낸셜 타임스》를 읽고 있는 청년의 모습은 신문 위로 기울인 검은 머리밖에 보이지 않았지만 고급 맞춤양복 차림이라는 건 한눈에 알 수 있었다.

"앨리스? 그 말괄량이가 데려오는 여자에게 뭘 기대하겠어? 꼬맹이 때부터 전쟁놀이만 하고, 친구도 죄다 남자애였어. 요즘에도 원래 피부색이 뭔지 모를 만큼 까맣게 탄 채로 이스탄불에서 유적 발굴 중이야. 어쩌면 이번에 데려오는 친구는 인간이 아닐 수도 있어."

"그러면 뭘 데려오는데?"

"원숭이라든가 족제비라든가, 아니면 새?"

"이스탄불에 원숭이가 있던가?"

"알 게 뭐야. 기대할 거라면 에밀리아 쪽이지. 걔가 다니는 여대라면 머리는 좀 딸려도 꽤 괜찮게 생긴 애들이 많거든."

"앨리스의 사람 보는 눈은 너보다 훨씬 더 정확해. 너, 전에도 에밀리아의 친구와 사귄 적이 있잖아. 벌써 잊었어? 그 엄청난 향수, 탄저균 못지않은 파괴력이었지. 애지중지하던 쿠션 커버를 못 쓰게 됐다고 어머니는 펄펄 뛰셨고. 그보다 넌 내년부터 시티˚에 가게 될 텐데 공부나 좀 해둬. 금융거래는 한 번의 실수로 목숨이 오락가락하는 거야."

신문에 가려진 뒤쪽에서 담담한 목소리가 울렸다.

데이브는 모래를 씹은 듯한 표정이 되었다.

"아서 형님께서는 이제 큰외삼촌의 뒤를 이어 다우닝가에 들어가실 분이니까 정치학이니 뭐니 우아하게 공부나 하면서 잘난 척하면 되겠지만, 나는 기를 쓰고 일해야 하는 경제계야. 벌써 과제가 산더미 같고, 시티에 가기도 전에 노이로제에 걸릴 거 같아. 금융공학에 중국어까지 하라잖아. 자랑은 아니지만, 난 표의문자는 도무지 적성에 안 맞아."

---

* 영국 런던의 금융가를 가리키는 말.

"넌 금융업계에 소질이 있어. 난 소질이 없고. 그냥 그것뿐이야. 나는 한껏 고고한 척 모라토리엄한 인생을 살아야겠어."

"그래도 아서 형 같은 사람들을 MI6*에서 스카우트해 준다더라고."

"설마, 이상한 농담하지 마라."

"아니, 그렇지도 않아. 형이 입사할 연구소의 OB 중에도 몇 명 있다는 소문이야."

신문이 부스럭 움직이더니 검은 머리칼 아래 총명하고 사려 깊은 갈색 눈동자가 상대를 건너다보았다.

"웃기는 얘기다."

데이브는 한순간 어리둥절한 얼굴이었지만, 금세 초조하게 방 안을 돌아다니기 시작했다.

"제기랄, 맥주 마시고 싶다. 형, 잠깐 나가서 저기 펍까지 한잔하러 갈까? 이런 깡촌이지만, 그 펍은 제법 근사해."

아서는 흘끗 손목시계를 들여다보았다.

"좋지. 아직 손님이 오려면 한참 더 기다려야 할 테고."

"술 마시는 타이밍 하나는 형하고 아주 잘 맞는다니까."

"나도 동감이야."

두 사람은 모자를 쓰고 현관 옆 홀로 나갔다. 집사와 하인에게 외출을 알리고 일단 밖으로 나오는 데 성공했다. 집사

---

* 영국의 비밀 해외 첩보기관.

는 뭔가 잔소리를 하려고 했지만, 손님맞이 준비로 바빴는지 더 이상 두 사람을 붙들지 못했다.

밖으로 나서자 당장 폐 속까지 안개가 밀려들었다.

"여기, 아무리 봐도 노후에 살기에는 적합하지 않아. 블랙로즈하우스는 폐렴 농장이라고 이름을 바꾸는 게 좋겠어."

데이브가 악담을 했다.

아서는 깊숙이 눌러쓴 모자 아래에서 피식 웃었다.

"나는 꽤 마음에 드는데? 음산해서 아무도 찾지 않고, 찾아와도 금세 사라져 주니까 독서와 논문 작업이 술술 풀리거든."

"이 저택의 상속은 형에게 양보할게."

"그 말, 절대 잊으면 안 된다?"

"잊겠어, 내가?"

두 사람은 엉겨드는 안개 속을 헤엄치듯이 정원을 빠져나와 뒤쪽 목초지로 나가는 좁은 길을 빠른 걸음으로 나아갔다. 햇볕은 보이지 않고 흐릿한 언덕 꼭대기와 낮게 드리운 구름이 금세라도 맞붙을 것 같았다.

어딘지 평소와는 달랐다.

아서는 어느샌가 자신이 주위 상황을 살피고 있다는 것을 깨달았다.

뭔가 불길해.

머릿속에 저절로 떠오른 그 말에 움찔 놀랐다.

그저 평범한 가을날 오후라고 하기에는 지독히 음침하고 왠지 불길하다. 평소에는 따분하고 한가로운 풍경이 내다보였는데 오늘은 어딘가에 불온한 악의를 감추고 있는 듯한 느낌이었다.

두 사람은 어쩐지 한참 동안 입을 꾹 다물고 걸었다.

완만한 언덕길을 나란히 올라서자 인적 없는 오후의 언덕 위에서 데이브는 무의식중에 목소리를 낮춰 아서에게 속삭였다.

"아버지가 자기 기분 내키는 대로 몰아붙이는 데는 이미 익숙해졌지만, 이번엔 대체 무슨 파티야? 이런 육지의 외딴 섬 같은 저택에 친지들을 죄다 불러들이고, 뭔 꿍꿍이인지 모르겠어."

"나도 잘은 모르지만, 어쩌면 성배聖杯의 인계 때문인지도."

데이브는 눈이 휘둥그레졌다.

"성배? 말도 안 돼, 무슨 인디아나 존스도 아니고."

하지만 아서는 진지한 표정을 거두지 않았다.

"아니, 우리 가문에 대대로 전해져 내려온 성배라는 물건에 관한 얘기는 들어본 적이 있어."

"에이, 설마."

"아마도 단순한 미술품이겠지만, 상당히 고가의 물건이라는 건 사실일 테지. 웬만해서는 사람들 앞에 공개하지 않는다는 것도."

"난 그런 말은 금시초문이야. 그나저나 인계라니, 무슨 얘기야?"

"나도 모르지. 손님들이 도착하면 오늘 밤 디너 때 아버지가 설명해 주겠지."

"영화 같네. 우리 집안에 그런 게 있었다니, 난 까맣게 몰랐어. 흠, 대체 어떤 물건이지? 소더비 경매에 붙이면 얼마나 나올까. 꽤 돈이 될 수도 있어."

데이브는 어린애처럼 흥분했지만, 아서는 언덕에 감도는 불길한 분위기 쪽에 마음을 빼앗기고 있었다. 이곳에는 수없이 드나들었지만 이런 느낌은 처음이었다.

문득 시야 한 귀퉁이에서 뭔가 움직였다.

"엇?"

아서가 돌연 발을 멈추자 데이브가 의아한 얼굴로 형을 돌아보았다.

"왜 그래?"

"저쪽에 누군가 있어."

"뭐?"

언덕 아래 움푹 팬 구역에 작은 숲이 있고 그 안을 검은 그림자가 이동하고 있었다. 동물이 아니다. 검은 망토를 휘감은 사람…… 마치 드루이드* 사제처럼 머리까지 푹 둘러쓴

---

* 고대 켈트 신앙의 사제. 종교적 제사를 주관하고 교육과 분쟁 심판을 맡은 것으로 알려져 있다.

망토 차림의 인간이 심상치 않은 속도로 스르륵 숲속을 이동하고 있었다.

"뭐지, 저 사람? 어떻게 저렇게 빨리 움직일 수 있어?"

데이브가 오싹한 듯 목소리를 높였다.

아서는 저도 모르게 내달렸다.

"아서 형!"

그림자를 쫓아 숲으로 뛰어들었다. 하지만 아서가 도착했을 때 그림자는 이미 사라지고 없었다.

그리 큰 숲은 아니다. 툭 트여서 안 보이는 곳도 거의 없고, 사람 하나 숨을 만한 장소도 없다.

안개 속을 뛰어온 탓에 코와 목젖이 써늘해지고 서서히 열기가 식으면서 몸도 차가워져 갔다.

"도망친 거야?"

데이브가 뒤쫓아 와서 숲속을 여기저기 둘러보았다.

"아무도 없어. 이상하네, 숨을 만한 곳은 어디에도 없는데."

완만한 언덕 위에도 인적은 없었다.

"잘못 본 거 아냐?"

"아니, 틀림없이 사람이었어. 검은 망토 차림이었고."

기분 탓인지는 모르지만 망토 안에서 언뜻 검고 긴 머리까지 보였던 것 같다. 하지만 아서는 자신 있게 말할 수 없었다. 어슴푸레한 안개가 짙게 퍼져 있는데 내가 정말로 그런 사람을 봤을까.

"그러고 보니 최근에 살인사건이 났댔지? 신문에 실려 있었어."

데이브가 퍼뜩 생각난 듯 얼굴을 들며 말했다.

"그건 또 무슨 얘기야?"

"아서 형은 모르는 거야? 이 근처 유적 어딘가의 거석 위에서 사체가 발견됐어. 몸이 완전 두 동강이 났다던데."

"저런."

데이브는 어이없다는 얼굴로 자신의 뺨을 톡톡 쳤다.

"타블로이드지도 안 보고 TV 뉴스도 안 보면 이렇게 된다니까. 집에 돌아가면 여기저기서 사 들고 온 신문이 수북하게 쌓였으니까 읽어봐."

"나는 전혀 몰랐네."

침묵. 그 침묵도 누군가 숨을 죽이고 있는 듯한 침묵이었다.

"어쩐지 섬뜩하다."

두 사람은 둘레둘레 주위를 둘러보았다.

안개. 침묵. 아무도 없다.

휑한 구릉지가 갑자기 으스스한 것으로 보여서 저절로 얼굴을 마주 보았다.

"아무래도 뭔가 음산해."

"돌아갈까?"

"응, 가서 와인이나 마시자."

"그러자."

두 사람은 슬금슬금 왔던 길을 다시 돌아갔다. 그러는 동안에도 아서의 머릿속에서는 몇 번이고 검은 망토가 스으윽 가로질러 이동했다.

그 심상치 않은, 기묘한 움직임. 그건 마치…….

뭔가에 쫓기는 것처럼 두 사람은 이따금 뒤를 돌아보며 걸음을 서둘렀다.

"유난히 춥네."

"따뜻한 방이 그립다."

그렇게 각자 변명처럼 말해봤지만 살갗에 엉겨 붙는 듯한 오싹함에서는 달아날 수 없었다.

분명 그리 대단한 거리도 아닐 텐데 저택이 좀체 가까워지지 않았다. 드디어 창문으로 새어 나오는 불빛이 보이기 시작했을 때, 두 사람 다 무의식중에 가슴을 쓸어내렸다.

하지만 또다시 흠칫해서 동시에 발을 멈췄다.

검은 사람 그림자.

정원 한구석에서 저택을 살펴보듯이 서 있는 사람이 있었다. 검은 코트. 긴 검은 머리. 젊은 여자인 것 같다.

아까 그 사람이야.

아서는 그렇게 직감했다. 머릿속의 영상에 남아 있는, 망토 안으로 얼핏 보이던 검은 머리가 지금 저기 서 있는 여자의 머리칼과 겹쳐지는 느낌이 들었기 때문이다.

저렇듯 불길한…….

온몸을 뒤흔드는 듯한 전율이 아서의 내부를 꿰뚫고 지나갔다.
"이봐요, 거기서 뭐 해요!"
옆에서 데이브가 부르짖었다.
검은 코트를 입은 등이 움찔하더니 옷자락을 펄럭 흔들며 이쪽을 돌아보았다. 이번에는 두 사람이 움찔할 차례였다. 칠흑의, 컴컴한 보석 같은 눈동자가 발하는, 한 번도 본 적이 없는 강한 눈빛이 날아왔다.
도자기처럼 새하얀 얼굴. 심홍의 입술.
놀람과 두려움으로 반짝 뜨인 큼직한 눈이 두 사람을 응시하고 있었다.
아서는 다시 한번 똑같은 느낌을 입속에서 중얼거렸다.

저렇듯 불길한…… 아름다움이라니.

"아, 저는…….'
목소리는 나지막하고 깊이가 있었지만, 살짝 어물어물하며 겁에 질려 있었다.
"리세!"
갑자기 등 뒤에서 큰 소리가 나서 아서와 데이브는 이번에야말로 펄쩍 뛰며 놀랐다.

"미안, 미안, 역시 정문은 반대편이었어. 오랜만에 왔더니 어디가 어딘지 한참 헤맸네. 여기는 뒤쪽 정원이야."

음울한 안개를 한꺼번에 날려버릴 만큼 환한 목소리가 저만치에서 날아들었다.

"앨리스, 네가 왜 이런 곳에?"

이쪽으로 뛰어오는 금발의 아가씨를 보며 아서는 어리둥절한 목소리를 냈다.

"오빠들, 오랜만이야. 어중간한 데서 차를 내리는 바람에 블랙로즈하우스 입구가 어딘지 알 수가 있어야지. 둘이서 길을 찾다가 어느새 서로를 놓쳐버렸지 뭐야."

못 본 새 키가 훌쩍 큰 아가씨가 스스럼없는 목소리로 깔깔 웃었다.

아서와 데이브는 어이가 없어서 멍한 표정을 지었다.

오랜만에 만난 여동생은 윈드브레이커에 청바지, 그리고 머리는 뒤로 올려 묶어 야외 활동이 몸에 밴 모습이었다.

"그보다……"

아서는 조심스럽게 입을 열었다.

"둘이서, 라는 건 그러니까 저기 저분하고?"

검은 코트를 입은 여자에게로 슬쩍 시선을 던지며 물었다.

"응, 맞아."

앨리스는 크게 고개를 끄덕였다. 두 오빠가 검은 코트의

아가씨를 수상쩍게 여기는 걸 알아챈 모양이다.

"아이, 나하고 함께 온 내 친구야, 미술사를 연구하는."

앨리스는 검은 머리의 아가씨에게 다가가 씨익 웃음을 건넸다. 아가씨는 당황스러운 듯한 웃음을 보였다.

"미안해, 리세. 이쪽은 우리 오빠들, 아서와 데이브야. 아, 이쪽은 리세. 리세 미즈노."

어깨를 안으며 소개하는 앨리스에게 미소를 건네면서도 아가씨는 뭔가 질문할 게 있는 듯한 눈빛으로 두 청년을 번갈아 바라보았다.

2장

블랙로즈

'MURDER'라는 글자가 춤추는 1면의 제목.

칙칙한 색감의, 파파라치가 도촬한 흐릿한 사진으로 가득한 타블로이드지를 펼쳐 들고 아서는 아까부터 집중해서 읽고 있었다. 사이드테이블에는 화이트와인이 든 유리잔과 다른 타블로이드지가 잔뜩 쌓여 있다. 하지만 그 신문들의 1면에도 거의 똑같이 'MURDER'라는 글자가 표어처럼 내걸렸다.

마찬가지로 화이트와인 술잔을 손에 든 데이브가 어이없다는 얼굴로 다가와 형이 앉은 소파의 손잡이에 걸터앉았다.

"아서 형이 이런 신문을 열심히 읽다니, 난생처음 아니야? 왠지 안 어울린다."

"아니, 그렇지도 않아. 이제 곧 이 사건의 권위자가 되겠어."

아서는 슬쩍 얼굴을 들고 진지한 표정으로 동생을 보았다.

"타블로이드지의 구조를 전부 이해했거든. 너무 술술 읽혀서 놀랍다. 한마디로, 지면의 글자 수에 비해 정보량이 너무 적어. 내용이라야 뻔하니까 전체적인 내용만 파악하면 쓸데없는 부분은 대충대충 건너뛰면서 넘어가고 소량의 새로운 정보만 찾아가면 돼."

데이브는 천장을 우러러보며 탄식했다.

"아이고, 그러십니까. 나는 여태까지 머리가 모자라서 그런 것도 파악을 못 했네."

그렇게 과장스럽게 외치면서도 동생이 흘끔흘끔 방 한쪽으로 시선을 던지는 것을 아서는 눈치챘다.

그곳에 있는 젊은 아가씨 두 명. 여동생인 앨리스, 그리고 아까 정원에서 처음 마주친 여자, 불길한 느낌의 아름다움을 가진 그 아가씨가 담소를 나누는 중이다.

아니, 그때는 왜 불길하다는 느낌이 들었을까. 이렇게 따스한 방 안, 시크한 회색 정장 차림으로 미소 짓는 저 아가씨에게는 그런 기색 따위 털끝만큼도 없었다.

앨리스도 눈치껏 트위드 재킷에 바지 정장으로 갈아입고 나와서 나름대로 단정한 차림새였다. 차례차례 찾아오는 손님들에게 활달한 웃음을 보이며 능숙하게 인사하는 여동생을 보고 있자니 왈가닥이기는 해도 일가족 모두에게 사랑받는 아이라는 게 새삼 실감 났다.

그리고 이 여동생이, 겉모습과 가문 외에는 아무 관심도 없고 솔직히 머릿속은 텅 빈 또 다른 여동생 에밀리아보다 사람 보는 눈이 몇 배는 뛰어나다.

곁에서 지켜본 바로는, 앨리스는 자신이 데려온 동양인 아가씨를 전폭적으로 신뢰하는 것 같았다. 그리고 아가씨 쪽도 머리가 텅 빈 것 같지는 않다. 침착한 태도, 우아한 기품, 신비로운 생생함, 그리고 무엇보다 눈동자에 깊은 통찰력이 어른거렸다.

아니, 평소의 나답지 않게 이건 최상급의 평가 아닌가.

아서는 그런 생각이 들어 쓴웃음을 지었다.

처음 만났을 때 기묘한 분위기 속에서 마치 마녀 같다고 느꼈던 일 따위는 완전히 어딘가로 사라져 버렸다.

문득 아가씨가 이쪽을 쳐다보았다. 눈이 마주쳤다. 아가씨는 옆에 있는 앨리스에게 뭔가 속닥거렸다. 앨리스도 이쪽을 보며 헤벌쭉 웃었다.

저런 저런, 무슨 말도 아니고, 바보같이 이를 드러내고 웃지 마라, 앨리스.

두 사람이 와인잔을 들고 이쪽으로 걸어왔다. 아무래도 소파에 파묻혀 타블로이드지를 읽고 있는 시원찮은 오빠와 대화를 나눠줄 생각인 모양이다. 데이브가 즉시 등을 꼿꼿이 세우는 게 시야 끝에 잡혔다.

늘씬한 검은 머리의 아가씨가 곁으로 다가왔다. 가느다란 몸매에 회색 정장이 잘 어울리고, 타이트스커트가 무릎길이인 것도 완벽하다. 알이 약간 작은 두 줄 진주목걸이도 목선과 균형이 잘 잡혀서 좋았다. 그 까만 보석 같은 눈이 이쪽으로 다가오는데 아서는 한순간 넋을 잃고 바라보고 말았다. 아가씨는 빙그레 웃었다.

"잠깐 실례해도 될까요?"

"대환영이죠."

아서가 자리에서 일어나 의자를 권했다. 앨리스가 곁에서 팔짱을 끼고 오빠의 손에 들린 타블로이드지를 들여다보았다.

"아서 오빠, 뭔가 엄청난 걸 읽고 있네? 오빠가 《더 선》을 읽는 건 처음 보는 것 같아."

"나도 그래."

데이브가 고개를 끄덕이더니 가까운 테이블의 와인 쿨러에서 병을 꺼내 두 레이디의 잔에 공손히 따라주었다.

"제단 살인사건, 악마에의 공물. 사람들 사이에서 그런 식으로 불리는 모양이네요."

아가씨는 제목에 얼핏 시선을 던지고 농담처럼 웃음을 지었다.

"오, 그쪽도 《더 선》 기사에 관심이?"

이름으로 부르고 싶었는데 정확히 발음할 자신이 없어 '그쪽'이라고 말하기까지 잠깐 뜸을 들인 것을 눈치챘는지 아가씨는 작게 고개를 끄덕였다.

"'리'라고 불러주세요. 앨리스는 정확하게 말했지만, 이름이 아무래도 발음하기 어려우실 것 같네요. '리 미즈노'라고 하셔도 좋아요."

완벽한 퀸즈 잉글리시였다.

"리 미즈노……."

입속에서 그렇게 반복해 보았다.

"애너벨 리의 리."

아가씨가 빙긋이 웃으며 설명했다.

고딕 로맨스에도 관심이 있는 모양이다. 오랜만에 블랙로즈하우스에 적합한 손님이라고 해야 할까.

"미스 리세."

그렇게 냉큼 먼저 불러준 쪽은 데이브였다.

"미술사 공부 중이시라고 들었습니다만, 어디에서?"

데이브에게 이런 정중한 어휘력이 있었다니, 놀라웠다. 아서는 갑작스럽게 신사다운 태도를 보이기 시작한 동생을 재미있단 듯이 바라보았다. 아무래도 큰 여동생 에밀리아가 데려온 친구에게는 이제 흥미를 잃은 모양이다.

"케임브리지 대학의 다우어 교수님에게."

"미술사에서 어떤 테마를?"

아서가 물었다.

"도상학圖像學에 관심이 있어요. 문장紋章, 상징, 숨겨진 메시지, 그런 것들을 전반적으로 연구해 나갈 생각이에요."

리세는 막힘없이 답했다.

성숙함, 아직 스무 살 남짓한 나이일 텐데 이 아가씨에게는 성숙함이 있었다. 아서는 다양한 센서를 활용해 그녀를 관찰하는 자신을 깨달았다. 신비함과 궁금증을 불러일으키는 아가씨다. 그것이 그녀의 아름다움이나 총명함이 아니라 뭔가 다른 것 때문이라는 점도 감지했다.

그런데 그게 대체 뭘까.

"우리 집안의 보물 얘기를 해줬어. 리세에게 꼭 보여주고 싶어서."

앨리스가 천진하게 웃으면서 말했기 때문에 아서는 짐짓 나무랐다.

"보물이라니, 너는 본 적도 없으면서."

"엇, 그럼 아서 오빠는 본 적이 있는 거야?"

"나도 못 봤어. 하지만 네가 그런 무책임한 얘기를……."

"성배라고 불리는 물건이 있다고 들었어요, 선조 대대로 전해 내려온."

리세가 장난스러운 웃음을 지었다. 진지하게 생각하지 않는다는 사인이리라. 아서는 한결 마음이 놓였다.

"이 세상에는 성배라고 불리는 게 수없이 많아요. 우리 가문의 그건 단지 술잔일 겁니다. 오랜 세월 대대로 전해져서, 아니, 정확히 말하면 다들 까맣게 잊은 채 다락방에 방치되어 있는 사이에 '성스럽다'는 수식어가 붙어버렸죠. 흔한 일이에요."

"어느 쪽이든 그렇게 오래되었고 게다가 뭔가 사연이 있는 물건이라면 저도 꼭 한번 보고 싶은데요."

"나도 보고 싶어. 비장의 보물이잖아. 어른들도 한 번도 못 봤다는 분들이 대부분이야. 그걸 이번에 보게 됐다고 다들 기대하고 있어."

앨리스도 흥미진진한 기색이었다. 그러고 보니 여동생의 전공이 고고학이었던가, 하고 아서는 새삼 떠올렸다.

"아, 나는 이 저택의 이름에 대한 유래도 궁금하던데?"

리세가 앨리스를 보며 고개를 끄덕인 뒤에 물었다.

"나도 이름에 관해서는 제대로 얘기를 들어본 적이 없어. 아서 오빠, 설명해 줄 수 있어?"

"블랙로즈하우스……."

옆에서 데이브가 혼잣말처럼 중얼거렸다.

리세의 시선이 잠깐 실내를 헤엄치다가 한 곳에 멈췄다.

아서는 그 시선이 포착한 것을 알아보고 저절로 오싹해지는 것을 느꼈다.

블랙로즈하우스.

그 이름대로 꽃잎 다섯 장의 장미 디자인 문장이 저택 곳곳에 아로새겨져 있다. 하지만 그걸 알아보는 손님은 많지 않았다. 보란 듯이 내세우는 문장이 아니라 작은, 마치 발견되기를 거부하듯이 아주 작은 사이즈의 문장이 복도 한구석이며 벽 한가운데 띄엄띄엄, 무작위로 새겨져 있기 때문이다.

아서도 어린 시절에 한동안 문장 찾기에 골몰했지만, 규칙성이라고는 찾아볼 수 없어서 기분 내키는 대로 새겨 넣었다고 할 수밖에 없는 각인에 크게 당황했다.

"나는 원예에 관해서는 문외한이지만, 실제로 영국에 검은색 장미가 있어?"

리세가 앨리스에게 물었다.

"한없이 검은색에 가까운 것이라면 있어. 옛날부터 장미는 품종개량이 활발했는데, 원종原種 중에 검은색은 없을 거야."

"이 저택, 언제부터 여기 있었지?"

데이브가 아서를 보며 말했다.

"영지 자체를 하사받은 건 16세기경까지 거슬러 올라가. 원래는 여기에 작은 성이 있었는데 오랜 세월 방치되어 폐허 상태였던 것을 철거하고 이 저택을 지은 게 19세기 중반이라고 들었어."

"그렇게 오래된 곳이었구나."

"물론 그 뒤에도 상당히 손을 봤어. 내가 어렸을 때도 한 차례 대대적인 보수공사가 있었던 게 기억나거든. 실은 그때 아까 얘기했던 사이비 '성배'도 나온 모양이야."

"그럼 전혀 최근이 아니잖아. 그러니 어른들도 본 적이 없었구나."

앨리스가 목소리를 높였다.

"그건 그렇지. 전부터 성배에 관한 얘기는 있었어. 하지만 정확한 기록이 남아 있지 않아서 전혀 다른 물건을 성배로 여겨왔어. 그러다가 보수공사 때 전용 상자에 들어 있는 게 나온 뒤로 그걸 '진짜 성배'라고 하게 됐지."

"그렇구나."

"이 저택을 지은 선조는 무려 여왕 폐하의 플랜트헌터*였다고 해. 영국의 편집증에 가까운 박물학 취향은 다들 알고 있겠지만, 우리 선조는 몇 년 동안 여왕 폐하의 비호 아래 해외를 순회하며 진기한 꽃들을 수집해 왔어. 그 속에 검은 장미가 있었다는 거야."

"물론 원종이라는 거지?"

"그렇지."

아서는 와인으로 입을 축였다.

"그 선조는 플랜트헌터 일을 은퇴하면서 여왕 폐하에게 하사받은 거액의 퇴직금으로 이 저택을 세웠어. 당시에 자신이 수집한 검은 장미를 심었다는데, 으레 그렇듯이 한랭한 데다 척박한 이 지역에 뿌리를 내리지 못한 채 전부 시들어서 지금은 흔적도 없어. 다만 건축 당시 주인이 저택에 붙인 이름에만 그 흔적이 남았다…… 뭐, 그런 흔해빠진 얘기야."

"그 성배를 가져온 사람도 이 저택에 이름을 붙인 플랜트헌터 선조였어?"

앨리스가 와인을 홀짝홀짝 마시며 물었다.

---

* plant hunter. 진귀한 식물을 채집하는 일을 전문으로 하는 사람.

"그건 정확히 알려진 게 없어."

아서는 고개를 저었다.

"보수공사 때 발견된 성배가 아무튼 전혀 예상도 못 한 엉뚱한 데서 나왔다는 거야. 공사를 하던 기술자가 아니고서는 절대 알지 못할 만한 곳이야. 하긴 은닉처로는 좋았을지도 모르지만, 그런 중요한 물건이라면 집주인으로서는 당연히 보관 상태에도 신경을 썼을 테니 애초에 집을 지을 때 성배를 위한 장소를 정식으로 만들었겠지. 그러니까 집이 완성된 뒤에 누군가 은밀히 가져와 감춰둔 게 아니냐는 게 대체적인 견해야."

"오, 그런 유래가 있었구나. 보물에 대한 기대가 점점 더 높아지는데?"

데이브의 눈이 어린애처럼 휘둥그레졌다.

조용히 듣고 있던 리세가 문득 뭔가 생각난 듯한 표정으로 물었다.

"이 저택 자체도 꽃잎 다섯 장의 장미를 본뜬 건가요?"

아서는 흠칫 놀랐다.

"예리한데요. 어느 틈에 그걸 알아봤죠, 리세 씨는?"

저도 모르게 그렇게 말을 건넸다.

리세는 고개를 갸우뚱했다.

"아까 앨리스와 함께 길을 잃고 뒤쪽 언덕을 헤맸을 때, 저택의 전체상이 한눈에 들어왔거든요. 하지만 건물이 네 채

밖에 없었는데, 방금 얘기를 듣고 혹시 그런 건가 해서요."

"아, 원래는 건물이 다섯 채였어요."

아서는 팔을 들어 다섯 개의 손가락을 펼쳤다.

"북관, 동관, 서관, 양관羊館, 그리고 물고기관까지 다섯 채. 모두 다 같은 형태의 건물이었고, 위에서 보면 사다리꼴이었죠. 그렇게 꽃잎의 모양을 만들어낸 거예요. 하지만 20세기 초에 서관에서 원인불명의 화재가 나면서 소실되고 말았어요. 그 뒤로 왜 그런지 재건이 이루어지지는 않았죠. 당시의 재정적 상황 때문이라는 말도 있지만, 자세한 건 모르겠어요."

"연못이 있는 곳인가……."

리세가 혼잣말처럼 중얼거렸다.

"엇, 정확히 맞혔어요. 불에 탄 부지를 정원사가 연못으로 만들어버렸다는군요."

정말로 이 아가씨는 통찰력이 대단하다. 마치 직접 보고 온 것처럼 말한다. 아니지, 실제로 보고 왔다고 했어. 그렇다면 마치 옛날부터 이곳을 잘 알고 있었던 것처럼, 예전에 어린 시절을 이곳에서 지낸 적이 있어서 그 기억을 떠올리는 것처럼…….

대체 뭘 의심하는 건가, 하고 아서는 스스로에게 되뇌었다.

상대는 도상학을 연구하는 젊은 여자일 뿐이다. 문장, 상징, 감춰진 메시지. 그런 걸 찾는 데 능숙한 학생인 것이다. 오래된 저택, 블랙로즈하우스라는 이름의 유래를 통해 그런 정도의 상상력을 발휘하는 것쯤은 지극히 간단한 일일 것이다.

갑작스럽게 머릿속에 스르륵 옆으로 이동하는 검은 그림자가 떠올랐다. 숲속에서 본 수상한 사람 그림자, 그 이상한 움직임은 무엇이었을까. 환영이 아니다. 분명하게 봤다. 아니, 이 아가씨와는 관계없는 일이겠지만.

"그나저나 왜 그렇게 열심히 이 근처에서 일어난 '제단 살인사건'의 정보를 읽고 계셨을까요?"

리세가 빙긋이 웃으며 화제를 바꿨다.

마침 좋은 타이밍에.

그런 말이 아서의 머릿속에 떠올랐지만, 금세 사라졌다.

"제가 세상 돌아가는 일에 영 어두워서요. 그나마 요즘의 화젯거리는 알아둘까 하고."

아서도 빙긋이 웃으며 응했다.

"런던에서도 온통 그 얘기로 떠들썩했어. 컬트와 관련지어 분석하는 사람들이 많은 것 같아. 너무 싫다, 진짜 바로 근처잖아. 어쩐지 뒤숭숭하고 으스스해."

앨리스가 미간을 찌푸리며 말했다.

그때 실내에 모인 사람들이 웅성웅성 일어서기 시작했다. 그림자처럼 그 틈새를 누비며 집사들이 빈 유리잔을 걷으러 다녔다.

"이제 디너가 시작될 모양이야."

아서는 크게 기지개를 켰다.

"보물은 디너에서 볼 수 있어?"

데이브가 속닥거렸지만 아서는 고개를 가로저었다.

"글쎄? 너도 아버지 성격 잘 알잖아. 허세 강한 우리 아버지가 그리 쉽게 자기 손안의 것을 내보일 리 없어."

하지만 데이브는 그의 얘기를 끝까지 듣지 않았다. 자리에서 일어난 리세 앞으로 급히 달려가 성실하기 그지없는 표정으로 자진해서 만찬회장까지 에스코트를 맡고 나선 것이다.

리세가 긴 속눈썹을 깜빡거리더니 그 참에 빙긋 웃는 게 보였다. 데이브의 목덜미가 살짝 붉어졌다.

저런 저런, 아직 저 아가씨의 정체는 알 수 없어. 아우여, 부디 조심해라.

"우리도 출진하기로 할까, 누이."

아서는 한숨을 내쉬며 재킷의 깃을 바로잡고 앨리스에게 말을 건넸다.

"좋아요, 오라버니."

앨리스는 또다시 벌쭉, 말처럼 이를 드러내며 웃었다. 아니, 그런 식으로 웃지 말라니까, 제발. 아서는 마음속으로 투덜거리며 여동생과 나란히 방을 나섰다.

그림자가 움직인다.

숲속에서 검은 그림자가 이동한다.

뉘엿뉘엿 해가 저무는 시각이지만 하늘은 묵지근한 구름

에 뒤덮여 벌써 어두컴컴하고 경치는 흐릿하게 원근감 없는 데생처럼 사물과 살아 있는 것의 구분이 되지 않는 상태였다.

하지만 그 그림자는 이 불확실한 데생 속을 망설임 없이 조용히 이동했다. 멀리에는 바닥에서 솟아오른 듯한 중후한 건물이 버티고 있다. 완만한 구릉에 아무렇게나 흩뿌린 듯한 네 채의 건물이 뿌리를 내린 것이다.

질서정연하게 줄줄이 뚫린 창문에서 새어 나온 불빛이 마치 짐승이 이를 드러내며 웃는 것처럼 휘황하게 빛났다.

살아 있는 건물, 언덕 위에 자리한 뭔가 그로테스크한 조소嘲笑.

그림자는 그 조소를 지그시 지켜보는 것 같았다. 아니, 그건 알지 못한다. 머리가 푹 감춰질 정도로 둘러쓴 검은 망토 안은 전혀 보이지 않기 때문이다.

그림자가 흐늘흐늘 흔들린다.

마치 유령처럼 실체가 느껴지지 않는다.

누군가 이 풍경을 보더라도 그곳에 사람이 있다는 건 알아보지 못할 게 틀림없다. 그럴 만큼 존재감이 없는 그림자가 숲속에서 흐늘흐늘 흔들리며 모노크롬의 경치에 고요히 녹아드는 것이었다.

티끌 하나 없는 유리잔이 반짝 빛나고 노인네의 따분한 연설은 아직도 계속되고 있다. 아서는 마음속으로 하품을 씹어 삼켰지만 따분한 행사라면 익숙했기 때문에 따분해하는 모습을 드러내지 않는 데도 익숙해져 있었다.

인내. 이 세상에서 가장 큰 미덕은 인내다.

아서는 긴 테이블을 끼고 마주 앉은 사람들의 인형 같은 얼굴을 바라보며 항상 그런 생각을 하곤 했다. 보라, 이 친족이라는 자들을. 하나같이 '인내'라는 간판을 머리 위에 내걸고 따분한 독재자 아버지, 일족의 중심인물인 오즈월드 레밍턴의 목소리에 귀를 기울이는 연기를 하고 있다. 인내만이 장점인, 그런 연기에 숙달된 이 어중이떠중이 같은 사람들.

아서는 끊임없이 잡다한 세상 얘기를 쏟아내는 아버지를 바라보았다.

아버지는 해가 갈수록 점점 더 고양이를 닮아가는구나.

불룩하게 살찐 아버지의 뺨을 찬찬히 살펴보았다. 저 불룩한 뺨에 고양이 수염이 나 있는 모습을 상상한다. 실로 잘 맞는다. 저 조끼 밑으로 통통한 회색 꼬리가 삐져나오더라도 전혀 놀랍지 않을 것 같다.

고령자 비율이 높은 디너석에 드문드문 젊은이가 섞여 있다. 한참 못 본 사이에 사촌 몇 명은 적합한 교제 상대를 구하는 데 성공했는지 낯선 얼굴들도 새침한 표정으로 등을 꼿꼿이 세우고 앉아 있었다.

오래된 집안이다. 유서 깊은 가문이기도 하다. 그런 만큼 나름대로 명망은 있지만, 이미 속내는 유명무실하고 경직된 일족의 모임에 참여해 봤자 과연 득이 될 게 있을까. 그들의 시선이 불안한 듯 주위를 둘러보며 이 집안을 평가하고 있는 게 뻔히 보였다.

하지만 그중에서 아서의 맞은편에 데이브와 나란히 앉은 동양인 아가씨는 실로 자연스럽고 편안한 모습이었다. 기나긴 연설이 지겹다는 듯 부루퉁한 표정을 감추려고도 하지 않는 데이브, 무표정의 가면을 쓰고 있는 손님들 사이에서 그 자연스러움은 특필할 만한 것으로 생각되었다. 온화하고도 서늘한 웃음을 띠고 흥미로운 듯 저 따분한 이야기에 귀를 기울이다니, 참으로 경이로운 봉사 정신을 가진 아가씨다.

하긴 그게 실제로 봉사 정신인지 아니면 능숙한 연기력인지, 아직 확실한 건 아무것도 없다. 다만 아무리 거리에서 혹은 업무 상대로 터프하고 세련된 동양인을 만나는 데 익숙해졌다고 해도(중국인이 미니MINI*를 파는 현실에 더 이상 놀라지 않게 되었다고 해도) 레밍턴가의, 게다가 이 블랙로즈하우스의 디너에 이렇게까지 동양인 아가씨가 잘 어울리는 것은 신기한 광경이었다.

분명 계급은 존재한다. 비난을 받아도, 차별적이라고 해도 그건 엄연한 사실이다. 이건 의식, 무의식과는 상관없이 그것이 존재하기를 다들 원하기 때문이다. 이곳에 모인 자들

---

* 영국을 상징하는 클래식 소형 차 브랜드.

은 자신의 계급이 상위권이라고 스스로 인정하고 있을 것이다. 그들은 자신과 동일한 계급을 알아보는 데는 유독 민감하다. 자국의 노동자보다 먼 타국의 상류계급 쪽에 더 동질감을 느끼는 것이다.

그들은 무의식중에 이 동양인 아가씨가 자신들의 권리를 침해하지 않을 존재라고 인정한 모양이다. 이 아름답고 우아한 인형이라면 방에 놓아두어도 상관없을 것이라고. 기득권으로서의 계급밖에는 가진 게 없는 자들만큼 따분한 생물은 이 세상에 따로 없다. 그들은 방문객 없는 박물관의 골동품. 아름답게 전시되는 일도 없고 팔아서 돈이 되는 일도 없이 그저 보관되고 있을 뿐이다.

하지만 리세 미즈노는 단지 우아한 인형만은 아니다. 그 침착하기 이를 데 없는 자연스러움이 아서의 마음속 어딘가에 잔물결을 일으켰다. 그녀의 잔잔한 미소 속 어딘가에 분명 불온함이 숨겨져 있는 것만 같았다.

세상 물정 모르는 부잣집 따님이나 수준 높은 가정교육에서 빚어지는 자연스러움이라면 잘 알고 있다. 하지만 그녀는 그런 게 아니었다. 그녀는 마치 아름다운 검의 칼집 같다. 안에는 잘 벼려진 칼날이 들어 있다…….

왜 이런 식으로 자꾸 마음에 걸리는 걸까. 아서는 지그시 그녀를 관찰했다. 이윽고 그는 한 가지 결론에 이르렀다.

아마도 나는 기척을 느낀 것이다. 저 아가씨 안에서 '적'

이라는 기적을.

어째서 '적'이라는 단어가 떠올랐는지는 모른다. 대체 누구의 '적'이고, 무엇의 '적'인지도 짐작되지 않는다. 하지만 막상 떠올리고 보니 그 단어가 딱 들어맞는 것이었다.

"쳇, 그렇게 오래 떠들었는데도 결국 보물 얘기는 안 했어."

퍼뜩 정신을 차리자 옆에서 데이브가 하품을 하면서 투덜거리고 있었다. 따분한 디너는 끝나고 사람들은 여기저기로 흩어져 갔다.

"그러니 내가 말했지. 첫날부터 아버지가 손안의 것을 내보일 리는 없다니까."

아니나 다를까, 아버지는 디너 동안에 성배에 관해서는 한마디도 언급하지 않았다.

손님들의 얼굴에 떠오른 불만의 기색을 아서는 놓치지 않았고 아버지가 그런 상황을 즐기고 있다는 것도 파악했다. 굳이 이 답답한 저택까지 불려 온 친척들의 불온한 불만이 사방에서 모락모락 피어오르는 게 눈에 선히 보이는 듯했다. 그 불만에 비례해 손님들의 음주량은 부쩍 늘어날 터였다.

이건 아무래도 한바탕 시끄럽겠구나.

아서는 마음속으로 한숨을 내쉬었다. 그러잖아도 요즘 레밍턴 일족 사이에서는 불길한 불협화음이 터지기 직전이었다.

"아, 저기 있다, 저기! 아서 오빠!"

저만치에서 날카로운 목소리가 날아드는 바람에 아서는

흠칫했다.

"데이브, 너도 한참 찾았어."

화려한 여성 삼인조가 눈앞으로 뛰어들었다. 선명한 핑크색 정장을 차려입은 쪽이 큰 여동생 에밀리아다. 다른 두 여자는 친구들인 모양이다. 그녀들의 원피스는 주황색과 녹색. 영락없이 색각검사 견본 같잖아, 하고 아서는 생각했다.

에밀리아는 영업용 웃음(이라고 아서는 부르고 있다)을 지으면서 마찬가지로 작위적인 웃음을 짓고 있는 다른 두 사람을 앞으로 떠밀었다.

"소개할게. 대학 친구들이야. 어맨다와 제니."

"처음 뵙겠습니다."

아서는 매너에 맞게 공손한 인사를 건넸다. 데이브도 옆에서 따라 했다.

결코 나쁘지는 않다, 하고 아서는 관찰 끝에 결론지었다. 에밀리아도 앨리스에 비하면 훨씬 미인이고, 다른 두 여자도 상당한 미인이라고 해도 무방하다. 에밀리아는 '친구'를 찾아내는 일에 관해서는 후각이 뛰어나다. 그녀들은 에밀리아가 한편으로 끼워줘도 괜찮다고 인정한 '친구'일 것이고, 사회적으로도 분명 이런 타입의 여자들을 찾는 수요가 있을 것이다.

에밀리아의 입장을 생각해 아서는 잠시 그녀들을 상대해주었다. 데이브의 기색을 보니 그다지 구미가 당기지 않는 눈치였다. 에밀리아의 친구 두 명은 완벽할 만큼 에밀리아를 닮았다. 그 가치관, 재빠른 계산속, 향수 취향에 이르기까지.

"S연구소에서 일하시기로 했다면서요? 주로 어떤 일을 하시게 되나요?"

에밀리아는 두 사람을 오빠들에게 배당해 주는 데 성공하자 자신은 슬그머니 자취를 감췄다.

아서는 어맨다 쪽을 떠맡게 되었다. 눈앞의 여자는 일대일로 마주하자 의외로 답변이 명민한 편이었다. 아서 역시 모범적인 대답이 되도록 주의를 기울였다.

"뭐, 따분한 업무라는 건 틀림이 없죠. 통계를 내고 논문을 수집하는 데스크워크가 거의 대부분이고, 책상 위에서 하는 분석이 주 목적이 될 겁니다."

"아뇨, 정말 중요한 일인데요. 그리 눈에 띄지는 않지만, S연구소는 정부의 정책 결정에 강한 영향력이 있다고 들었어요."

"그런 얘기를, 어디서?"

아서는 저도 모르게 어맨다의 얼굴을 보았다. 그녀는 오히려 어리둥절한 표정이었다.

"제 친구 중에 한 명이 저널리스트가 되려고 신문사에서 아르바이트를 하거든요. 그 친구가 얘기해 줬어요."

"그건 과대평가라고 해야겠군요. 저는 대학원 공부가 어영부영 취업으로 이어진 셈이니 모라토리엄이 여간 심한 게 아니죠."

에밀리아가 다니는 대학에 저널리스트가 되려는 여학생이 있다는 사실이 적잖이 놀라웠다.

"아서, 지금 숙부님들께 인사해야 할 것 같아."

데이브가 그렇게 말을 건네준 것은 두 여자에게서 한시바삐 벗어나고 싶었기 때문일 것이다. 어맨다의 눈빛에 아쉬움이 떠오르는 것을 곁눈으로 보며 아서는 동생에게 슬쩍 감사의 시선을 보냈다.

널찍한 응접실 곳곳에서 사교가 펼쳐지고 있었다. 슬슬 술이 오르기 시작했는지 웃음소리도 커져갔다. 아서는 주의 깊게 주변의 대화에 귀를 기울였다. 아버지의 진의를 추측하는 화제는 이미 한바탕 지나갔는지 별스러울 것 없는 일족의 가십거리며 돈벌이 얘기, 정치 얘기 등을 떠들어대고 있었다.

아무래도 그 얘기를 하는 자는 없는 것 같다. 혹시 이곳에 있는 대부분의 사람들은 그 사건을 알지 못하는 건가.

에밀리아에게 그녀의 두 친구를 다시 데려다준 뒤 형제는 즉시 술잔을 손에 들었다. 자연히 발걸음은 앨리스의 웃음소리가 나는 한 귀퉁이로 향했다. 그곳만 어딘지 따스하게 밝았지만, 일족의 양식 있는 자들은 아예 접근하려 하지 않는 게 느껴졌다. 무엇보다 일족 중에서도 괴팍한 인물이라고 일컬어지는 세 사람과 그 아가씨가 함께 있었기 때문이다.

레밍턴 일족은 어느 쪽인가 하면 권모술수가 준동하는

추악한 인간들로, 정치경제 분야에 특화되어 있었지만 이곳에 있는 세 사람은 거기에서 크게 벗어난 자들이다.

밤색 곱슬머리가 물결치는 키스는 스튜디오뮤지션이다. 아서와 나이 차가 많이 나는 사촌이고, 이제 오십이 다 되었을 텐데도 원래부터 나이를 가늠하기 어려운 용모였다. 일단 스리피스 정장을 차려입었지만 그 팝한 분위기는 감춰지지 않았다. 처음에는 런던 교향악단에서 콘트라베이스를 연주했는데 취미로 작곡이며 편곡 작업을 하는 사이에 메인이 그쪽으로 바뀌었다. 자세한 것까지는 모르지만, 그쪽 업계에서는 상당히 이름이 알려진 모양이었다.

그 옆에 철봉 같은 장신의 몸을 착착 접듯이 앉아 있는 사람은 알렌 숙부였다. 항상 딱딱한 웃음을 띠고 있는데, 그게 기분 좋을 때의 표정이었다. 이쪽은 역사학자다. 게다가 서민의 생활사가 전문이라는 괴짜 변종變種이다.

그 옆에는 항상 그렇듯이 말처럼 입을 크게 벌리고 웃고 있는 고고학 전공 대학원생 앨리스. 물론 고고학이라고 해도 범위가 상당히 넓다. 하지만 에게해 근처에서 유적을 조사하는 중이라는 사실 외에는 아무것도 알지 못한다.

그리고 그 괴짜들의 중심에서 이야기를 리드하는 사람은 뜻밖에도 그 인형 같은 동양인 아가씨였다.

"오랜만입니다."

아서는 술잔을 손에 들고 그쪽에 합세했다. 괴짜들이어도 가장 재미있어 보이는 그룹이고, 이쪽이 얘기가 더 잘 통할 것 같았기 때문이다.

"오, 아서. 너도 남들처럼 취직한다면서? 나는 네가 일족의 양심으로서 여기에서 신선 같은 삶을 살아주었으면 했는데 말이야."

알렌 숙부가 컬컬한 목소리로 말했다.

아서는 쓴웃음을 지었다.

"아무래도 신선이 될 만큼 비쩍 마르지 않아서요."

앨리스가 아서에게 얼굴을 바짝 대며 말했다.

"지금 재미있는 얘기를 하던 중이야. 리세가 블랙로즈하우스의 유래는 일본의 꽃이 아니냐는 거야."

"그래?"

시선을 던지자 리세는 아서를 향해 생긋 웃음을 건넸다.

"저는 이 저택을 지은 플랜트헌터 선조께서 틀림없이 일본에도 다녀가셨을 거라고 생각해요."

"상당히 자신 있게 얘기하는군요."

"그렇죠. 만년청, 동백 등, 유럽에서 몇 차례 일본 식물 붐이 일어났었어요. 만년청의 경우에는 생김새가 수수한데도 크게 유행해서 유럽에서 품종개량이 진행되었다는 건 잘 알려진 사실이죠."

리세는 강의라도 하듯이 검지를 번쩍 세웠다.

"처음에는 흑백합인지도 모른다고 생각했어요. 여기 영국에서는 검은 백합이 거의 눈에 띄지 않았고, 일본에서는 백합이 산에서 나기 때문에 한랭지에서도 잘 자랄 것 같아서."

"이 지역에 가져왔다면, 맞아, 그럴 수도 있겠네."

앨리스가 고개를 끄덕이며 동감을 표했다.

리세는 청중을 둘러보았다.

"하지만 백합은 꽃잎이 여섯 장이에요. 아시다시피 블랙로즈하우스의 마크는 꽃잎 다섯 장의 장미죠. 길이가 짧다는 점도 백합과는 거리가 멀어요. 그러다가 퍼뜩 생각났어요."

리세는 작은 핸드백에서 수첩을 꺼내더니 하얀 페이지를 펼쳤다.

"일본에는 가문家紋이라는 게 있어요. 유럽에서의 문장과 같은 거죠. 일본에서는 정장을 차려입을 때 상의에 이 가문을 넣습니다. 전쟁터에서는 무장이 자기 쪽 문장을 깃발에 찍어 적과 아군을 구분했어요. 그중에 이 블랙로즈하우스의 마크와 비슷한 게 있었어요."

"오호."

네 사람은 저절로 머리를 내밀며 수첩을 들여다보았다. 리세는 꽃잎이 다섯 장인 꽃을 간략하게 그려서 보여주었다.

"정말 그러네? 이 저택의 창문이며 기둥에 찍힌 것과 똑같아. 이거, 무슨 꽃이야?"

앨리스가 창문 쪽을 올려다보며 물었다.

"이건 도라지라고 하는 꽃이야."

"도라지?"

"응, 가을 들판에 피는 아주 동양적인 꽃. 청보라색 청초한 꽃으로 옛날부터 사랑받아 왔어."

"청보라? 검은색 종류는 없고?"

알렌 숙부가 안경을 살짝 내리고 리세의 그림을 보며 물었다.

"거무스름한 것도 있습니다. 하지만 제가 주목한 건 검은색 도라지가 있기 때문이 아니에요."

"그러면 어째서지?"

리세는 의미심장한 웃음을 띠었다.

"도라지 문장에도 다양한 종류가 있거든요. 문장 그림에 다양한 디자인이 있는 것처럼."

그녀는 손을 슥슥 움직여 수첩에 그려진 꽃을 온통 검게 칠했다.

"그중에 음영陰影 도라지라는 문장이 있어요."

"음영 도라지?"

"네, 이 도라지꽃을 반전시킨 디자인, 즉 다크사이드 도라지예요. 좀 더 재미있는 문장은 '이면裏面 도라지'라고 해서 꽃잎을 뒤쪽에서 바라본 디자인도 있어요."

"오호."

괴짜들이 어린애처럼 열심히 귀를 기울였다.

"블랙로즈하우스의 블랙로즈는 그 음영 도라지를 의미하

는 게 아닌가 싶어요."

"다크사이드라는 건가, 레밍턴 일족의?"

키스가 그렇게 말하고 빈정거리듯이 피식 웃었다.

한순간 전류 같은 긴장감이 네 사람 사이를 내달린 듯 느껴진 건 기분 탓일까.

"글쎄요."

리세는 어깨를 움츠리고 웃으며 말했다.

"저도 잘은 모르겠어요. 다만……."

"다만, 뭐죠?"

아서는 저도 모르게 날카로운 목소리로 재우쳐 물었다.

리세는 약간 놀란 표정이었지만, 그저 농담이라는 듯한 웃음을 보였다.

"일본에서 도라지꽃을 문장으로 쓴 집안은 하나같이 비극적인 최후를 맞이한 무장 집안으로 알려져 있어요."

어느새 빗발이 굵어졌다.

언덕을 감싼 빗소리가 밤의 묵직함에 박차를 가했다.

메인 다이닝이 있는 북관의 정면 현관에서 손님들이 삼삼오오 나가는 참이었다. 게스트룸은 동관과 양관으로 나뉘어 배당되었다. 아직 응접실에 죽치고 앉아 있는 손님도 있었지만, 대부분은 떠들거나 하품을 하며 느릿느릿 좁은 포장도로를 건너갔다.

차를 대는 공간에 드리운 높은 지붕은 천장이 아치형이었는데, 그 꼭대기에서 랜턴이 둔탁한 빛을 흘리고 있었다. 아서와 앨리스, 키스와 알렌 숙부는 나란히 서서 쏟아지는 비를 올려다보았다.

"잠자러 갈 때마다 매번 밖으로 나가야 하는 게 번거롭군."

"제법 쏟아지는데요. 알렌 숙부님, 우산을."

"그런 거 필요 없어. 자랑은 아니지만 나는 열세 살 이후로 우산을 받아본 적이 없어."

"확실히 자랑할 일은 아니네요, 그건."

아서가 떡갈나무 손잡이의 박쥐우산을 받쳐주려고 했지만 알렌 숙부는 질색하며 우산 밖으로 나가버렸다.

"그 미녀 아가씨는?"

알렌 숙부가 둘레둘레 둘러보며 물었다.

"데이브가 한발 앞서 방까지 배웅해 주기로 했어요. 아가씨가 편지를 써야 해서 먼저 들어가겠다고 했거든요."

"딱히 안 될 건 없겠지만 그 아가씨, 데이브가 대적할 만한 상대는 아니던데?"

알렌 숙부는 딱딱한 소리로 재미있다는 듯이 웃으며 말했다. 분명 맞는 말이다. 아서는 마음속으로 고개를 끄덕였다.

"내 방에서 한잔 더 할까? 알렌 숙부님, 어때요?"

담배를 입에 문 키스가 세 사람을 돌아보며 말했다.

알렌 숙부는 벌레라도 털어내듯이 손을 내저었다.

"나는 읽어야 할 책이 있어서 들어갈게. 빌린 책이라 여기서 돌아가는 대로 반납해야 돼."

"복사를 부탁하면 될 텐데요. 관리실에 복사기가 있어요."

아서가 관리실 쪽을 가리키며 말하자 알렌 숙부는 코웃음을 쳤다.

"복사본은 안 읽혀. 그뿐만 아니라 복사본으로 읽으면 원전이 전하려는 정보가 상당 부분 새어나가. 너도 데이터를 주무르는 일을 하게 될 테니까 그런 정도는 알아둬."

"네, 알렌 숙부님."

어둠 속에서도 입김이 하얗게 보였다.

그 입김에 키스가 토해내는 담배 연기가 섞여들었다.

"그나저나 여기는 용케도 남아 있군. 살풍경하긴 하지만."

"어머, 키스, 난 여기 풍경이 좋은걸요."

"그야 정취가 없는 건 아니지. 어릴 때부터 봐왔던 풍경이기도 하고."

빗물에 독한 담배 냄새가 자욱하게 피어올랐다.

"여전히 바쁘세요?"

"뭐, 그렇지. 늘 시간에 쫓기고 있어. 디지털음악 작업은 체력이 소모된다니까. 이제 철야는 힘들어."

"런던은 어때요?"

"살벌하고 지저분해. 거리도 그렇고 상가도 그렇고, 점점 더 절조를 잃어가고 있어. 바로 그 글로벌화라는 놈 때문이지."

키스는 팝한 뮤지션이지만, 담백하고 온후한 사람이다. 아서도 앨리스도 이 나이 많은 사촌을 어린 시절부터 친근하게 여겨왔다.

아서는 코트 깃을 여몄다. 밤공기가 쌀쌀하다.

양관까지는 걸어서 7분쯤 걸린다.

드디어 묵직한 건물이 환한 빛을 내며 그 모습을 드러냈다. 키스가 불쑥 중얼거렸다.

"나도 여기 부지 안에 스튜디오라도 세워달라고 할까."

"여기 블랙로즈하우스에?"

"그래, 지난번에 친구가 스튜디오 사진을 보여주더라고. 오래된 농가의 창고를 개조한 곳이야. 아주 근사한 스튜디오였어. 거기서 녹음한 걸 들어보니까 어쿠스틱 연주 같은 건 그야말로 부드럽고 순한 울림이 있어서 정말 좋았어."

"스팅과 자미로콰이도 시골에 스튜디오를 갖고 있죠?"

앨리스가 눈을 데굴거리며 물었다.

"음, 그런 뮤지션이 많아. 요즘에는 괜찮은 컴퓨터만 있으면 혼자서 알파룸도 만들 수 있으니까. 땅값이 어처구니없이 높은 런던보다 창작 의욕이 샘솟는다나."

"와, 좋은데요? 키스, 만들어요, 스튜디오. 앨범 만드는 거 보고 싶다."

"서관을 재건해서 그곳을 스튜디오로 쓰면 어때요?"

아서가 문득 생각나서 그렇게 말하자 키스는 흠칫 놀란

듯 그를 돌아보았다.

"서관을?"

"네, 지금 연못 있는 곳이 원래 서관이었던 자리잖아요. 연못을 메우려면 비용이 많이 들겠지만 그래도 연못가에 꽃잎을 모방해 작은 스튜디오를 지으면 블랙로즈하우스의 원래 모습을 복원한다는 의미에서도 나쁘지 않을 것 같은데요."

네 사람은 왠지 모르게 어둠 속으로 시선을 던졌다. 그곳에서 예전에 있었던 서관의 모습을 찾으려는 듯이.

"서관이라……. 그나저나 왜 재건하지 않았을까요, 알렌 숙부님?"

키스가 알렌 숙부를 보며 물었다.

"가장 큰 이유는 재정적인 문제였겠지."

알렌 숙부가 즉각 대답했다.

"당시 우리 일족은 그리 경기가 좋지 않았거든. 게다가 서관에서 일어난 화재로 손님과 하인 여럿이 사망하는 바람에 사회적 평판도 최악이었어. 재건하고 말고 할 상황이 아니었을 거야."

"화재 원인은 뭐였어요?"

"정확한 건 모르지. 누전이다, 낙뢰다, 심지어 방화였다는 설도 있었어. 가장 큰 스캔들은 반지하에 있던 하인들의 침실 출입구가 밖에서 막혀 있어서 다들 피하지 못하고 불타 죽었다는 거야. 뭐, 방화설은 분명 거기서 나왔겠지."

"아, 너무 참혹하다."

앨리스가 중얼거렸다.

"진상은 아직도 밝혀지지 않았어. 당시에는 건축재에서 발생하는 유독가스에 대한 연구가 거의 없었으니까. 단순히 연기가 급하게 퍼져서 피해가 커졌는데 그게 과장되면서 입방아에 오르내린 것뿐인지도 모르지."

"손님들도 사망했어요?"

"맞아, 당주가 초대한 손님 몇 명도 사망했을 거야."

"그 밖에 또 다른 설도 있잖아요?"

키스가 뭔가 여운이 담긴 말투로 뒤를 이었다.

"20세기 초의 당주가 이 낡은 블랙로즈하우스의 감정가를 최대한 높게 받아낸 뒤에 거액의 보험에 가입했다는 거. 분명 당시 레밍턴 일족은 재정적으로 곤란한 처지였거든. 한마디로 화재로 한몫 단단히 챙기려고 했다는 거야. 애초에 습지였던 곳에 지어졌고, 가장 손상이 심했던 서관을 불태운 뒤 재건하지 않고 그 보험금을 재정 개선에 썼다는 얘기지."

"뭐, 그랬을 가능성도 전혀 없지는 않아, 우리 집안 선조들이라면. 아직 보험 실사가 그리 엄격하지 않던 시절이었으니까."

"그런 얘기가 있었군요."

앨리스가 몇 번이나 고개를 끄덕였다.

양관에 도착하자 온몸이 눅눅하게 비에 젖어 있었다. 알렌 숙부는 자신의 방으로 올라가고, 아서와 앨리스는 키스의 방에서 한잔하기로 했다. 방 한쪽에 일렉트릭 콘트라베이스 케이스와 포터블 키보드가 놓여 있는 게 역시나 뮤지션이었다.

"콘트라베이스도 가져왔네요?"

"요즘에는 주로 키보드만 사용하는데, 그저 습관적으로 들고 다녀. 저게 없으면 불안하거든."

키스의 방은 복도 끝이었다. 모퉁이에 L자형 소파가 있고 그 위의 창문도 L자형으로 크게 나 있었다. 키스는 그 창문 안쪽에 레이스 커튼만 쳐두었다. 커튼 너머는 칠흑의 어둠으로 아무것도 보이지 않았다.

방 안은 따듯했다. 세 사람은 코트를 벗고 유리잔에 위스키를 따라 말없이 건배했다.

"키스는 어떻게 여기에 끌려왔어요?"

"끌려오다니, 남 듣기 사나운 말이잖아."

키스가 쓴웃음을 지으며 말했다.

"놀랍게도 런던 집에 전보가 날아왔어. 요즘 세상에 전보라니! 대체 뭔가 했더니 오즈월드 이름으로 '블랙로즈하우스에 오라, 일족의 장래가 걸린 중요사항이니 반드시 체재하도록'이라는, 거의 협박조에 가까운 문구가 담겨 있더군. 뭐, 오즈월드 대장님이야 원래 과장이 심하지만 그래도 뭔가 심상치 않더라고. 슬쩍 염탐해 보려고 다른 친족에게 물어봤는데, 다들 어이없어하면서도 '별 수 있나, 쌩하니 달려가야지'

라는 거야. 그렇다면 나도 일단 가보자 하고 왔어. 마침 작업도 마무리된 참이었고."

"그런 민폐를 끼치다니."

아서는 저도 모르게 얼굴을 찌푸렸다. 원래부터 아버지는 남의 사정 따위 전혀 개의치 않는 사람이다. 분명 난리법석을 떨며 반강제로 친족들을 불러들였을 것이다.

"너희는 어떻게 오즈월드의 소집에 응하게 됐어?"

키스는 자신의 잔에 위스키를 다시 채웠다.

"말 그대로 소집이었죠. 나는 갑작스럽게 튀르키예에서 날아와야 했다니까요. 에게해의 환한 햇살 아래 모처럼 발굴 작업을 즐기고 있었는데. 처음에는 무시할 작정이었지만 엄마가 일부러 전화를 해서 '이번에는 너한테도 아주 중요한 얘기니까 꼭 돌아와'라고 하셨어요. 자세한 내용까지는 설명해 주지 않았지만."

앨리스가 양팔을 펼치며 말했다. 소매 밖으로 드러난 팔은 역시나 에게해의 햇살에 까무잡잡하게 타 있었다.

"도착해 보니 실제로 일족이 다 와 있어서 깜짝 놀랐어요. 하지만 다들 무슨 일인지 제대로 얘기를 듣지 못했나 봐요. 로버트 숙부님도 자신을 철저히 배제했다고 내내 화를 내시던데요. 아서 오빠는 어디까지 알고 있어?"

"나도 거의 아무 얘기도 못 들은 거나 마찬가지야. 성배를 모두에게 보여줄 거라는 소문 말고는."

"너희 아버지는 성배를 어떻게 할 생각이지?"

"글쎄요, 애초에 그게 성배인지 아닌지도 확실치 않아요. 혹시 누구든 그걸 본 사람이 있던가요? 키스는 본 적 없어요?"

키스는 어깨를 으쓱 쳐들었다.

"못 봤어. 나는 꽤 오랫동안 레밍턴 일족과 거리를 두고 지냈잖아."

"알렌 숙부님은 어떠실까요?"

키스는 고개를 갸웃거렸다.

"흠, 알렌 숙부라면 봤을지도 모르겠다. 일단 역사학자이기도 하고."

"앨리스, 아직 초보지만 너도 고고학자잖아. 그걸 보면 보물인지 아닌지 알 수 있어?"

"어려울 거야. 시대 정도쯤은 알아낼지도 모르지만."

"감정을 받아본 적은 있을까?"

"네 아버지 성격으로 보면 감정 따위는 받은 적이 없을 걸. 만일 감정을 받았다가 서너 푼짜리 잡동사니라는 결과가 나오면 곤란하잖아. 물건을 독차지해서 단지 일족에 대한 영향력을 강화하려는 속셈 아닌가?"

"그렇다면 공개하지 않는 편이 더 좋잖아요? 별로 가치 없는 물건으로 판정이 나면 도리어 자신의 무지만 드러내는 꼴인데."

앨리스는 자신의 친부인데도 매우 신랄하게 말했다. 하지만 아서도 같은 생각이었다. 어려서부터 지켜본 바로는, 아버지 오즈월드 레밍턴은 상당한 속물이었다.

"키스는 언제까지 여기에 머물 계획이에요?"

아서의 질문에 키스는 고개를 갸우뚱했다.

"오즈월드 대장의 생일 때까지는 있어야겠지, 오늘 했던 연설의 뉘앙스를 보면."

"핼러윈 때까지, 라는 거네요?"

"아버지 생일이 핼러윈 데이라는 건 딱 어울린다고 해야 하나, 영 안 어울린다고 해야 하나."

"일족 모임이라고 하기에는 외부 손님도 꽤 많던데?"

키스가 문득 생각난 듯이 앨리스를 보며 물었다.

"그 재미있는 아가씨는 왜 데려온 거야?"

"어쩌다 보니 그렇게 됐어요. 엄마도 괜찮다고 했고. 사람들로 북적거리면 아버지도 더 좋아할 거라면서."

"그것도 묘한 얘기네."

아서는 고개를 저으며 중얼거렸다.

일족의 장래가 걸린 일에 전혀 관련 없는 외부인이라니, 게다가 항상 엉뚱하고 기발한 데가 있는 앨리스의 친구를 초대하다니. 그걸 아버지와 어머니가 순순히 허락했다는 사실이 의아했다. 하긴 오늘 모인 손님들 중에 낯선 자들이 한둘이 아니었다.

대체 아버지는 무슨 생각을 하는 걸까.

"그 여자는 정체가 뭐지? 어디서 알게 된 사이야?"

아서는 아까부터 궁금했던 것을 입에 올렸다.

앨리스는 어깨를 으쓱하며 말했다.

"고고학 학회에서 만났어. 그전부터 자주 봐서 서로 얼굴은 알고 있었거든. 리세는 미술사 쪽이지만 고고학과도 관계가 있으니까. 우수한 학생이라고 평판이 자자했어. 그러다 보니 얘기를 나누게 됐고, 얘기해 보니 정말 죽이 잘 맞았어."

"가족은 영국에?"

"아냐, 고등학생 때 유학을 왔고 그대로 대학에 진학했대. 가정환경이 좀 복잡한가 봐. 어머니는 리세가 태어나자마자 세상을 떠났고, 어린 시절에는 일본에서 할머니 손에 자랐대. 아버지는 다른 곳에서 살고 있는데, 일본과 유럽을 오가며 사업을 해서 함께 살았던 적은 없다고 했어."

"그렇군. 아주 성숙한 느낌의 아가씨야, 박학다식하고. 분명 귀한 집안의 따님일 거라고 생각했어."

"집안 얘기는 별로 안 하려는 눈치였어. 하지만 인맥이 대단해. 지난번에 우연히 시티 거리를 지나가는데 갑자기 어떤 신사분이 리세에게 인사를 하는 거야. 나중에 누구냐고 물어봤더니 크레디트 스위스 은행의 지점장이라지 뭐야."

"점점 더 정체가 궁금해지는데?"

아서의 머릿속 뭔가가 '역시 그 여자는 적이다'라고 속삭였다. 왜 그런 느낌이 드는지는 아직 알지 못한다. 하지만 이

직감은 틀림없다, 라고 그는 마음속으로 중얼거렸다.

"욕실 좀 쓸게."

앨리스가 자리에서 일어나다가 문득 멈췄다.

"어?"

"왜 그래?"

"뭔가 반짝 빛났어."

"응?"

앨리스가 창문을 가리켜서 키스와 아서는 돌아보았다.

레이스 커튼 너머 칠흑의 어둠.

앨리스가 커튼을 들어 올렸다.

"저거 봐, 누군가 있어."

언덕 경사면 맞은편에 자리한 으슥한 숲이 가까스로 눈에 들어왔다. 그 안에서 깜빡깜빡 빛이 새어 나오고 있었다.

"진짜네?"

"손전등 불빛 같은데?"

미약하지만 불빛은 흔들리면서 계속 움직였다. 뭔가를 찾아다니는지 성급한 동작으로 오락가락 움직이는 것이었다.

"경비원이 순찰하는 거 아닐까?"

"이런 늦은 시간에? 게다가 순찰이라니, 그런 게 있었어?"

불빛은 계속 움직였다. 같은 자리를 빙빙 돌아다니는 게 명백히 그 움직임이 심상치 않았다.

"아, 무서워."

앨리스가 창백해진 얼굴로 중얼거렸다.

"경비실에 전화하자."

키스가 벌떡 일어나 내선전화를 걸었다.

"여기 양관의 키스예요. 내 방에서 숲속을 어슬렁거리는 자가 보이는데? 아니, 손전등 불빛이에요. 몇 명인지는 모르겠어요. 술 취한 손님이라면 뭐, 괜찮겠죠. 하지만 숲속에서 잠이라도 들면 난처하니까요. 어쨌든 나도 나가볼게요."

키스는 전화를 끊고 코트를 손에 들었다.

"나가려고요?"

앨리스가 불안한 목소리를 냈다.

"응, 두 사람은 여기 있어."

"함께 갈게요."

아서도 자리에서 일어섰다.

"어머, 그럼 나도 갈래."

"넌 여기 있어."

"혼자 있는 건 싫어."

결국 셋이서 나가기로 했다. 코트를 걸치고 현관으로 나가자 곧바로 경비원 두 명이 큼직한 손전등을 들고 다가왔다.

"저희도 봤습니다. 저쪽이지요?"

나이 든 경비원이 낮게 중얼거리며 고개를 끄덕여 보였다.

"맞아요."

"어떻게 할까요. 불을 끄고 접근하는 게 좋을까요?"

젊은 쪽 경비원이 묻자 나이 든 쪽은 아냐, 하고 답했다.

"우리가 경계한다는 걸 저쪽에 알리는 게 좋아."

모두 함께 어두운 언덕의 경사면을 오르기 시작했다. 불빛은 저 멀리서 깜빡거렸다. 여전히 침착성 없이 아무렇게나 날뛰고 있다.

아서는 호흡이 거칠어지는 것을 느꼈다. 술을 마시고 언덕길을 뛰어가기 때문이겠지만, 그보다 잔뜩 긴장한 탓도 컸을 것이다.

뭔가 불길한 예감이 들었다.

낮에 봤던 검은 그림자가 머릿속을 스쳤다.

인간이라고는 생각되지 않는 그 재빠른 움직임. 숲의 나무들 사이를 이동하던 그 유령 같은 움직임.

"저쪽이야."

"아, 저기."

불빛을 쫓아 숲의 가장자리를 타고 나아갔다. 어둠이 상하좌우를 휘감아서 점점 방향감각이 희미해져 갔다. 15분, 아니, 20분은 달렸을까.

"사라졌어."

모두가 숨을 헉헉거리고 어둠 속에 하얀 입김을 내뿜으며 주위를 살펴보았다. 한참 동안 시선을 집중해 봤지만 불빛이 사라진 지 벌써 5분여가 지났다.

"없어진 거 같아."

"어딘가에 숨어 있는 거 아닐까?"

"그럴지도 모르겠네."

그 순간, 숲속에서 뭔가가 점멸했다.

"앗."

"저기야."

불빛은 사라지지 않았다. 숲 안쪽의 한 지점에 내내 멈춰 있었다.

다섯 명이 한 덩어리가 되어 숲속을 달려갔다. 습기 찬 공기가 가차없이 뺨을 때렸다. 차가워진 뺨 안쪽에서 얼얼하게 피가 뛰는 게 느껴졌다.

"저기예요."

선두에서 달려가던 경비원이 땅바닥에 놓인 큼직한 촛불을 손전등으로 비춰냈다. 불꽃이 흐늘흐늘 흔들렸다. 누군가 촛불을 켜서 그곳에 놓아둔 것이다.

"아무도 없어요."

주위를 살펴봐도 인기척은 없었다. 역시 벌써 도망쳐 버린 모양이다.

"여기는 뭐지? 텅 빈 공간이 있어."

키스가 주위를 둘러보다가 검은 그림자에 시선을 멈췄다.

"이런 곳에 큼직한 돌이 있잖아. 우리 부지 안에도 켈트 유적이 있었어?"

그렇게 말하고 발을 내딛으려던 순간, 그는 그 발을 움찔

멈췄다.

"키스, 왜 그래요?"

앨리스가 옆으로 다가가려고 하자 키스는 다급하게 부르짖었다.

"안 돼, 오지 마!"

"키스, 왜……."

아서가 다가갔다.

"보면 안 돼! 경찰을 불러야 해."

키스가 바짝 굳은 목소리를 냈다.

"설마……."

아서는 키스의 어깨 너머로 어둠 속을 내다보았다.

경비원이 든 손전등의 강렬한 불빛이 한순간 어둠을 찢고 직육면체의 돌 위에 얹혀 있는 것을 비춰냈다.

원래는 인간이었던 것.

그리고 이제는 네모난 토르소가 된, 두 동강이 난 인간의 동체를.

3장

스캔들

"조용하군."

남자가 문득 천장을 올려다보며 말했다.

심야. 이제는 빗소리도 들리지 않고 고요히 가라앉은 공기가 무겁게 투명해져 가는 것 같다.

"스튜디오니까요."

요한도 고개를 끄덕이며 응했다.

"아니, 이건 차단으로 확보한 정적이 아니야. 이 지역 자체가 조용하지. 이런 진짜 정적은 오랜만이야."

남자는 천천히 몸을 일으켜 입구 쪽으로 갔다. 이 방은 원래 창고였던 곳이라서 제대로 된 창문이 없다. 요한은 남자의 움직임을 지그시 지켜보았다.

"깜깜해. 어둠이 짙어."

좌우 여닫이문 입구 옆에 작은 창이 달려 있다. 남자는 그곳으로 밖을 내다보는 것이었다. 휑한 현관 밖의 어둠. 물론 그곳에는 아무것도 없고 아무것도 보이지 않을 터였다.

남자는 한참을 움직이지 않았다. 마치 누군가 오기를 기다리는 것처럼. 그게 아니면 누군가 침입하진 않을까 두려워하는 것처럼.

요한은 무표정하게 그 등을 응시했다. 편한 자세로 앉아 있었지만, 언제든지 덮칠 수 있도록 대기하는 야생동물처럼.

남자는 갑자기 발을 돌려 천천히 요한 앞으로 다시 돌아왔고 역시 천천히 자리에 앉았다.

"자, 그렇다면 두 번째 사건에 대해서도 모르겠네."

"예?"

한숨을 쉬듯이 내뱉은 남자의 말에 요한은 되물었다.

"연쇄살인이라는 건가요?"

"그래, 이번에 사건의 무대가 된 곳은 문제의 마을에서 조금 떨어진 거대한 저택이야. 아주 넓은 사유지."

"귀족의 영지인가요? 이 나라의 계급으로 말하면."

남자는 슬쩍 고개를 갸우뚱했다.

"아니, 토박이 귀족은 아닐 거야. 꽤 상류층인 모양이지만."

"흠, 계급이라. 상당히 세세하게 나뉘어 있죠, 이 나라의 경우에는."

요한은 약간 비꼬는 느낌으로 중얼거렸다.

남자는 담담하게 말을 이어갔다.

"영지를 유지 관리하는 게 요즘에는 여간 힘든 일이 아니야. 다들 속으로는 죽을 지경일걸. 하긴 그곳은 이재에 밝은 일족이 운영하는 저택이지만."

"살인 현장이 된 저택 말인가요?"

"그래, 예전부터 정치권과 손잡고 무기 사업을 해서 흑막이 끊이지 않던 일족이야. 저택의 역사는 오래됐지. 그 이름도 블랙로즈하우스라고 불리니까."

"오, 멋있는데요?"

요한이 눈을 반짝였다.

"이름도 근사하고, 먹고살기 곤란한 자들이 없는 곳에 파고든 점도 호감이 드는데요."

남자는 소리 내지 않고 웃었다.

"아무튼 그 저택 사람들은 유적에 별로 관심이 없었던 모양이야. E마을과 마찬가지로 사유지 안에 옛날 유적이 곳곳에 점재해 있기 때문에 미처 조사하지 못한 곳도 많았어. 그런 유적 중 한 곳에서 두 번째 사체가 발견됐어."

"두 번째 사체라고 하는 걸 보면 역시 똑같은 식으로 절단을?"

"응, 머리와 양손이 없어졌고, 동체는 딱 반으로."

"피해자의 신원은?"

"첫 번째 피해자처럼 아직 판명되지 않았어. 이번에도 서른 살 전후의 젊은 남자라는 점만 밝혀졌지."

"저택에서 목격자는 없었던가요?"

"글쎄, 없었던 모양이야."

"그렇군요. 좋아요, 그 저택 얘기를 좀 더 해주세요."

요한은 슬쩍 몸을 내밀며 미소를 지었다. 그 눈은 불온한 빛으로 번뜩이고 있었다.

❋

개가 요란하게 짖는 소리에 눈이 뜨였다.

그것도 한두 마리가 아니라 훈련되고 통제된 개들의 부르짖음이다.

아서는 반사적으로 몸을 일으켰다. 옆 침대에서 키스도 멍하니 반쯤 일어나 있었다. 방에는 조명을 켜둔 채였다. 창밖은 환했지만 날씨는 그리 좋지 않은 듯했다. 레이스 커튼 너머로 찌무룩하게 구름 낀 하늘이 보였다. 그리고 크게 펼쳐진 그 공간에 수많은 사람들이 돌아다니는 기척이 있었다.

"끄으응."

키스가 어깨를 돌리며 신음소리를 냈다.

역시 키스도 나이를 먹었구나, 하고 아서는 머릿속 한 귀퉁이에서 생각했다. 아침 햇살 속에서 보는 나이 든 사촌의 얼굴은 피곤함 때문인지 노인처럼 비쳤다.

나도 어지간히 얼빠진 얼굴을 하고 있겠구나.

흐리멍덩한 얼굴을 서로 마주 보는 사이에 어젯밤의 기억이 생생히 되살아났다. 끔찍한 장면이 순간순간 플래시백처럼 반복되었다.

밤의 숲. 손전등 불빛.
깊숙한 안쪽까지 들어갔다. 그 컴컴한 곳에.
그곳에 있었던 것, 큼직한 돌 위에 얹혀 있던 것…….

등줄기에 써늘한 오한이 내달렸다.
확실하게 본 것은 아니다. 키스가 한발 앞서 알아보고 가로막아 주었기 때문이다.
하지만 잊으려 해도 잊히지 않았다. 그 끔찍한 물체의 기묘한 윤곽. 그곳에서 빚어지는 섬뜩한 중량감과 질감이 머릿속에 낙인되어 떨어지지 않는다.
인간이었던 것, 이전에는 살아서 움직였던 것. 그것이 단지 살덩어리가 되어 놓여 있었다. 누군가 올려놓은 것이다. 그것을 만지고 그것을 들어 올리고 그것을 옮기고 그것의 무게를 느꼈던 것이다.
그게 정상적인 감각의 소유자가 할 수 있는 짓인가.
아서는 굼실굼실 몸을 움직여 바닥에 발을 딛었다.
세상에는 잔혹한 표현이 넘쳐난다. 영화에서도 현실에서도 연쇄살인범이 지겹도록 줄줄이 나타나 믿을 수 없는 방법으로 사람을 마구 죽인다. 하지만 눈앞에서 그 결과물을 목격한다는 건 또 다른 일이었다. 정말로 그런 짓을 하는 자가 있고, 그자가 실제로 우리 부지 안을 가로질러 그 끔찍한 것을 놓고 간 것이다.

다시금 등줄기가 오싹해졌다.

사체를 발견했을 때, 모두가 서로의 얼굴을 마주 보았다.

이 근처에 아직 범인이 있을지도 모른다······.

가장 먼저 떠오른 생각은 그것이었다. 그래서 모두 똘똘 뭉쳐서 집으로 돌아왔고, 경비원은 저택의 주인, 즉 아버지에게, 그리고 경비회사와 경찰에 연락했다. 아버지는 경찰에 신고하자는 말에 난색을 표했다는데 역시나 사태가 중대한 만큼 결국 허락한 모양이었다. 아직 부지 안에 범인이 있을지도 모른다. 가족과 손님들을 위험에 처하게 할 수는 없다.

경찰의 출동은 신속했다. 사이렌을 끄고 조용히 달려온 것은 역시 그리 멀지 않은 마을에서 일어난 지난번 살인사건과의 관련성을 고려했기 때문일 것이다. 분명 다음 날 경시청에서도 수사원이 파견될 터였다.

이미 잠자리에 든 손님도 있었기 때문에 사체를 발견한 몇 명과 경비원, 그리고 아버지만 불려 나와 참고인 조사를 받았다. 그러는 동안에도 경찰이 근처에 흩어져 수색을 한 것은 초동수사 때문일 것이다. 물론 주위에는 감시 경찰이 붙었고, 아침까지 밖에 나오지 말라는 엄명이 떨어졌다.

잠이 완전히 달아나 버린 일행은 어쩐지 으스스해서 아서는 키스와, 앨리스는 리세와 같은 방에서 자기로 했다.

하지만 당연하게도, 그런 광경을 목격한 데다 그런 걸 남기고 사라진 인물이 근처에 있을지도 모른다고 상상하니 도무지 잠이 오지 않았다. 아서와 키스는 결국 잠을 포기하고 사건에 관해 얘기를 나누기로 했다.

"어이구, 술기운도 잠도 싹 달아나 버렸어."

위스키를 홀짝거려 봤지만 맛이 느껴지지 않았다.

"뭔가 이상했어요."

우선 기묘한 것은 그들이 목격한 그 손전등 같은 불빛이었다. 명백히 상궤를 벗어난 움직임을 보인, 사람들의 눈길을 끄는 불빛.

"그건 일부러 저택 안에 있는 사람의 이목을 끌려고 했다고 볼 수밖에 없겠죠?"

아서는 기억을 되짚으며 말했다. 빙글빙글 손전등을 휘두르는 것처럼 미친 듯이 어둠 속에서 날뛰던 불빛을.

"그렇겠지. 특히 양관에 있는 우리 방 창문은 밖에서도 훤히 보였어. 우리가 방에 있다는 사실을 미리 알았던 거야."

키스가 고개를 끄덕이며 대답했다.

"우리가 알아보기를 원했던 게 틀림없네요."

"손전등을 흔든 사람은 사체를 방치해 놓고 간 자겠지?"

키스가 확인하듯이 물었다. 아서는 고개를 갸우뚱했다.

"아니, 그건 모르죠. 사체를 방치한 자와 손전등을 흔든 자가 별개 인물일 수도 있어요. 이를테면 우리 저택에 뭔가 보물이 있다고 생각한 도둑이 부지 안에 몰래 들어왔다면? 그리고 그자가 숲속에 잠복하고 있다가 사체를 우연히 봤다, 그러면 어떤 반응을 보일까요?"

"우선 거품을 물고 도망치려고 했겠지."

키스가 어깨를 움츠리며 대답했다. 아서는 고개를 끄덕이고 말을 이어갔다.

"당연히 그렇겠죠. 그다음에 우리와 똑같은 생각을 했을 거예요. 바로 가까이에 이런 짓을 벌인 범인이 있을지도 모른다. 아니, 어쩌면 그자는 범인과 덜컥 마주쳤을 수도 있어요. 깜깜한 숲속에 엽기 살인범과 단 둘뿐이다. 그러면 어떻게 할까요?"

"그래서 급하게 손전등을 휘둘렀다? 우리에게 도움을 청하거나 범인을 위협할 생각이었을 수도 있겠네. 아무튼 우리의 주의를 끌어서 바로 가까이에 있을지도 모르는 범인을 쫓아내고 자신이 도망치기 쉽게 하려는 게 목적이었다는 얘기지?"

"그렇죠. 물론 사체를 방치한 범인이 직접 손전등을 흔들었을 가능성도 있어요."

"무엇 때문에?"

"우리에게 그 사체를 한시바삐 발견하게 할 목적이었을 거예요."

"하필 이런 한밤중에?"

"제단 살인사건……."

아서는 타블로이드지의 제목을 머릿속에 떠올리며 중얼거렸다.

"범인은 사람들이 사체를 발견해 주기를 원했어요. 실제로 '제단 살인'이라고 이름 붙인 그 사건에서도 눈에 띄는 곳에 사체를 방치했죠. 전망이 툭 트인 언덕 위에, 마을 사람들에게 목격당할 위험을 무릅쓰고."

"정말 그러네."

"그 범인이 이번에는 우리 부지 안의 유적에 사체를 버리기로 했다면, 분명 이 근처를 사전 답사했겠죠. 그 결과, 이곳은 평소에 인적이 뜸한 데다 우리가 유적 따위에는 무관심해서 놈의 '제단'이 방치되어 있다는 사실도 알았을 거예요."

아서는 문득 창문을 돌아보았다. 창문 밖에서 누군가 엿듣는 듯한 느낌이 들었기 때문이다.

말 없는 암흑.

키스도 티 나지 않게 창밖을 확인했다. 누구라도 당연히 오싹해질 것이다.

아서는 애써 태연한 척 말을 이어갔다.

"정원사며 경비원이 매일 돌아본다고 해도 부지 안을 빠짐없이 살필 수 있는 건 아니잖아요. 특히 그 숲 쪽은 그야말로 사각지대예요. 우리도 그런 곳에 유적이 있다는 걸 알지 못했을 정도니까요."

"우리 일족의 주요 인물들은 과거보다 미래를 살아가는 타입이니까."

키스가 쓴웃음을 지으며 고개를 끄덕였다.

"그건 우리도 별반 다르지 않은 것 같은데요."

아서는 크흠 헛기침을 하며 말을 이어갔다.

"아무튼 자칫하면 어느 누구도 그자의 '제단'이나 '공물'을 알아차리지 못한 채 계속 그곳에 방치될 가능성이 높다는 걸 그자는 알고 있었어요. 하지만 그자는 어떻게든 발견되기를 바랐겠죠."

"그래서 손전등을……."

"그자는 지금 이 저택에 많은 사람들이 와 있다는 사실도 알았을 거예요. 그래서 우리가 이곳에 머무는 동안에 '제단'에 '공물'을 던져두기로 했다, 지금이라면 발견해 줄 가능성이 높기 때문이죠. 한밤중이었던 이유는 목격자를 만들지 않기 위해서였을 테고요. 아무래도 낮 시간에는 누군가 자신의 움직임을 수상쩍게 여길 우려도 있고, 산책을 나선 이에게 발각될지도 모르니까요. 하지만 밤에 손전등 불빛을 마구 흔들어 주의를 끌면 누군가 봐줄 것이고, 자신은 어둠을 틈타 도망칠 수 있겠죠."

"흠, 그런데 그자는 이 저택에 손님이 많이 온다는 걸 어떻게 알았을까?"

키스는 얼굴빛이 흐려진 채 조심스럽게 말을 덧붙였다.

"설마 우리 손님 중에 범인이 있는 건 아니겠지?"

그건 아서도 생각한 바였다. 마을 사람에게라도 물어보면 이 저택에 대한 정보는 쉽게 얻을 수 있다. 색안경을 끼고 바라본, 그리 곱지 않은 평판까지도 입수했을 것이다. 하지만 이번 파티에 대해서는 어떤가. 마을에서 식재료를 구입하는 저택 직원들에게서 얘기를 들었을지도 모르지만, 그리 떠들고 다닐 정도의 행사는 아니었다. 손님들이 속속 찾아오는 걸 보고 급하게 서둘러 실행에 옮겼을 가능성도 있다.

"아뇨, 사람들이 온다는 걸 알아낼 방법은 많아요. 저택에 드나드는 직원들의 모습만 봐도 뭔가 행사가 있겠구나 하고 눈치를 챘겠죠."

아서는 평온한 말투를 쓰도록 주의를 기울였다.

"어쨌든 일이 성가시게 됐어. 우리도 그렇고, 손님들도 괜한 의심을 받게 됐잖아."

키스는 고개를 홰홰 저으며 말했다. 그 말을 듣고 보니 현실적으로 일어날 온갖 귀찮은 일들이 어깨에 털썩 덮쳐드는 기분이었다.

"네, 그게 더 큰 문제네요. 우리 집안은 원래부터 두들기면 먼지가 나는 집안이라서 그러잖아도 불온한 공기가 떠도는데 살인사건까지 일어났으니."

런던에 돌아가면 호기심 많은 친구들에게 질문 공세를 받을지도 모른다. 무엇보다 전국적으로 주목하는 살인사건의 제2탄이 벌어졌다고 하면 언론도 조용히 있을 리가 없다.

"혹시 타블로이드지 기자들이 여기까지 몰려오려나."

키스가 전전긍긍하는 목소리로 중얼거렸다.

"그렇게 되지 않기를 빌어야죠."

두 사람은 그런 희망사항을 가슴에 품고 새벽녘에야 겨우 잠자리에 들었다.

하지만 그 희망사항은 아침에 하품을 씹어가며 옷을 입고 현관 앞에 나서자마자 단번에 산산조각이 났다.

"헉, 엄청난 광경이네."

키스의 눈이 휘둥그레졌다.

"블랙로즈하우스 역사상, 인구 밀도가 가장 높을 것 같네요."

아서도 발을 멈추고 눈앞의 광경을 멍하니 바라보았다.

언덕 위에 수많은 사람들이 돌아다니고 있었다.

경찰과 그들의 충실한 셰퍼드들.

TV드라마처럼 사방에 둘러쳐진 노란색 테이프.

"아서, 키스, 둘 다 방으로 돌아가는 게 좋을걸."

그 참에 나타난 데이브는 아예 포기했다는 표정이었다. 간밤의 참극에 대한 얘기는 이미 들은 모양이었다.

"너도 들었어? 어젯밤 사건."

"당연히 들었지. 지금부터 차례대로 어젯밤에 이곳에 머물렀던 사람 전원을 참고인 조사하겠대."

"아침식사는?"

"이따 누군가 가져다주겠지. 지금 정문에도 건너편 저택에도 기자가 몰려와 야단법석을 떨고 있어."

"뭐라고? 언론에서 어떻게 알았지? 사건 난 게 어젯밤인데."

아서가 놀라자 데이브는 지겹다는 표정으로 손을 내저었다.

"주차장을 보면 깜짝 놀랄걸. 경찰차가 그렇게 많은 건 처음 봤어. 그러니 아무리 감추려 해도 뭔가 큰일이 났다고 짐작하지 않는 쪽이 오히려 이상하지. E마을은 여기서 5킬로미터 정도밖에 안 되는 데다 지난번 '제단 살인사건'을 취재하던 자들이 근처 B&B*에 우글우글 숙박 중이었다는 거, 잊었어?"

키스와 아서는 동시에 한숨을 내쉬었다. 영국의 타블로이드지 신사들, 그 밖에 다양한 독자들을 위해 매일같이 바

---

* bed and breakfast, 영미권 국가에서 조식을 제공하는 숙박시설을 일컫는 말.

쁘게 뛰어다니는 그들이 얼마나 철두철미하신지는 모두가 잘 알고 있다.

"이제 블랙로즈하우스는 '광기의 관'으로 변했어. 이러다가 머지않아 관광코스가 되고 아버지의 밀랍인형이 런던에 전시될 거야."

"문패에 살인범이라는 낙서가 없기만을 빌어야겠네."

그때 아서는 데이브의 바지 자락에 진흙이 묻은 것을 보고 의아해서 물어보았다.

"너, 아침 먹으러 다녀온 거야?"

데이브는 고개를 저었다.

"아니, 나는 아무것도 모른 채 터덜터덜 북관에 나갔다가 갑작스럽게 플래시 세례를 받았어. 부지 안에 숨어든 파파라치와 덜컥 마주쳐서 떼어내느라 엄청 고생했어. 무슨 일이 일어났는지 나만 까맣게 몰랐지 뭐야. 무슨 스캔들을 일으킨 손님이 왔나 했더니, 숲에 사체가 버려졌다고 그 파파라치가 알려주더라고."

"그랬구나."

"파파라치라고요?"

등 뒤에서 나지막하고 날카로운 목소리가 울렸다.

아서는 흠칫했다.

그렇다, 깜빡 잊고 있었다. 내가 경계해 왔던 그 아가씨.

"리세 씨!"

데이브가 갑작스레 얼굴이 환해져서 그녀를 바라보았다.

아하, 나의 아우는 형보다 저 아가씨가 더 걱정이었구나.

"괜찮아요? 간밤에 힘들었죠? 리세 씨도 발견자 중 한 사람이었다던데."

데이브가 리세에게 다가가 다정하게 말을 건넸다.

"아뇨, 저는 못 봤어요. 앨리스가……."

"우와, 저건 또 뭐야? 셰퍼드가 우르르 몰려왔잖아. 영락없이 경찰학교 같아."

앨리스가 언덕 위를 바쁘게 오락가락하는 경찰들을 보며 눈이 둥그레졌다.

"그렇다니까, 경찰과 언론 관계자들로 북관이 난리통이야. 지금 그쪽에는 얼씬도 하지 않는 게 좋아. 아침식사는 각자 방으로 가져다준다고 했으니까."

"설마, 어떻게 이런 일이……."

리세는 그렇게 보려 해서 그런지 몰라도 얼굴빛이 좋지 않았다. 창백한 표정으로 한참이나 창밖을 응시했다. 그 불안해 보이는 얼굴이 보호 욕구를 불러일으켰는지 데이브는 친절하게 그녀 곁에 다가섰다.

"괜찮아요, 여기까지는 안 올 겁니다."

"네, 그렇겠죠? 어쩐지 무섭네요."

그녀 쪽에서도 슬쩍 몸을 기댔기 때문에 데이브가 흥분한 얼굴을 애써 감추는 게 뻔히 보였다.

하지만 아서는 그 아가씨의 창백한 얼굴이 다른 의미에서 마음에 걸렸다.

그녀는 명백히 타인의 시선을 피하고 있다.

파파라치라고요?

등 뒤에서 들려온 낮은 목소리가 귓속에 남아 있었다. 적어도 불안은 아니었다. 아서는 그렇게 확신했다. 그 말의 여운에는 뭔가 다른 게 담겨 있다. 예상 밖의 일이 일어났다, 혹은 상황이 불리해졌다, 그런 뉘앙스가 느껴졌던 것이다.

스캔들이 될 만한 손님이 와 있는 건가.

누군가 아까 그런 말을 했다.

그렇지, 데이브였다.

어쩌면 아우의 말이 옳은지도 모른다고, 아서는 생각했다.

매클래런 경위와 해밀턴 형사는 둘 다 생김새가 온화한 학자 타입이어서 단단히 경계 태세를 취하고 나갔던 아서는 어쩐지 김이 빠졌다.

평소에 TV드라마나 영화에서 다들 익숙하게 접하고 어린 시절부터 얘기는 많이 들었지만 사실은 전혀 알지 못하고 실생활에서는 일단 만날 일이 없는 사람, 그게 형사다.

"오래 기다리셨습니다."

기품 있게 빗어 올린 회색 머리칼과 지적인 회색 눈동자를 가진 매클래런 경위와 아프리카계에 키가 크고 잘생긴 해밀턴 형사가 나타났을 때, 아서는 자리에서 일어나면서 오히려 배신당한 듯한 기분이 들었을 정도다.

블랙로즈하우스의 소란스러운 아침은 눈 깜짝할 사이에 지나갔다. 상공에서 타타타타 하는 소리가 들린 것은 이 연쇄살인사건의 멋진 무대를 하늘에서 부감하고자 TV방송국과 신문사, 혹은 양쪽 모두에서 헬리콥터를 띄운 탓이다.

양관에 자리한 키스의 방에서 아서와 데이브, 앨리스와 리세는 키스와 함께 참고인 조사 순서를 참을성 있게 기다렸다.

잠시의 혼란 끝에 도착한 조식은 평소 그대로 완벽한 잉글리시 브렉퍼스트였다. 그들은 보통 때보다 긴 시간을 들여 거의 대화도 없이 아침을 먹었다.

아서는 신기했다. 현장 첫 발견자인 그들에게 가장 먼저 참고인 조사를 해야 할 텐데 형사가 좀체 나타나지 않는 건 뭔가 나름의 이유가 있어서일까.

"어디 보자, 이제 슬슬 정오 뉴스 시간이야."

키스가 시계를 보며 자리에서 일어나 TV를 켰다. 그 즉시 본 적이 있는, 아니, 실제로 본 적은 없지만 잘 알고 있는 광경이 화면에 떠올랐다. 놀랄 만큼 수많은 차량과 사람들이 그저 널찍하기만 한 부지를 멀찍감치 에워싸고 있었다.

"오, 분명 꽃잎 다섯 장의 장미 모양이다."

아서는 저도 모르게 혼잣말을 흘렸다.

'LIVE'라는 표시가 가장자리에 찍힌 화면은 바로 지금 그들의 머리 위에 떠 있는 헬리콥터에서 보낸 영상인 모양이었다. 하늘에서 내려다본 지금 이 시각의 블랙로즈하우스는 완만한 구릉에 흩어진 네 채의 사다리꼴 형태의 저택이었다. 다만 다섯 번째 꽃잎은 빠져 있다. 원래 한 장이 있어야 할 자리에 일그러진 타원 얼룩처럼 보이는 게 연못이다.

와앗, 하는 기묘한 환성이 터졌다.

"저런 식으로 생겼구나."

"역시 서관을 재건하는 게 낫겠어. 영 보기가 좋지 않아."

앨리스와 키스가 마치 남의 일이라도 되는 양 무심하게 중얼거리자 데이브가 어이없다는 표정을 지었다.

"세상 물정 모르는 소리들을 하시네. 뭔가 좀 다른 느낌을 말해줄 수는 없어?"

앨리스가 불끈한 얼굴로 데이브를 보았다.

"그럼 어떤 느낌이면 되는데?"

"지금 무시무시한 살인사건이 우리 부지 안에서 일어난 상황이잖아."

답답하다는 표정으로 쏘아붙이는 데이브에게 아서는 느긋하게 대꾸했다.

"맞아, 저 광대한 저택을 요즘 같은 시절에 어떻게 유지 관리하는지, 이 영상을 보고 세무서 공무원이 쓸데없는 관심을 갖지 않기를 빌 뿐이야."

문득 리세가 화면을 뚫어져라 응시한다는 것을 깨달았다.

상공에서 내려다본 블랙로즈하우스의 풍경.

리세의 시선에서는 그야말로 세무서 공무원 같은, 예사롭지 않은 관심이 엿보였다. 도상학을 연구하기 때문인가? 하지만 그녀의 저택에 대한 흥미는 단지 그런 이유뿐만이라고는 생각되지 않았다.

"어째서 남관南館이 아닐까……."

"응?"

리세의 중얼거림에 앨리스가 반응했다.

"북관, 동관, 서관이라면 남관이라고 해도 괜찮잖아?"

"아, 그건 그렇다."

앨리스가 맞장구를 쳤다.

"하지만 저택의 유래를 생각해 보면, 애초에 꽃잎 다섯 장의 장미를 모방한다는 건 정해져 있었어. 근데 꽃잎의 배치를 보면 위의 세 장에 해당하는 꽃잎, 즉 북과 동과 서는 확실하게 그 방향을 향하고 있는데 다른 두 장은 엄밀히 말하면 남쪽에 자리 잡은 건 아닌 것 같아. 그래서 두 장의 꽃잎에는 다른 이름을 붙이지 않았을까?"

"아, 그렇구나, 분명 남쪽을 향한 꽃잎은 없네. 응, 논리적으로 맞는 말이야."

리세는 납득한 듯 크게 고개를 끄덕였다. 오늘 아침에 얼핏 보였던 동요한 듯한 표정은 이제 어디에도 없고, 그녀는 다시 평소의 침착한 모습으로 돌아와 있었다.

그 동요의 원인은 무엇이었을까.

아서는 지그시 그녀를 관찰했다.

그때 느닷없이 엄청나게 큰 소리로 벨이 울렸다. 모두가 소스라치게 놀랐을 만큼 그 소리는 크고 꺼림칙했다.

"기다리고 기다리던 형사님들이 드디어 오신 모양이야."

데이브가 자리에서 벌떡 일어나 방을 나갔고, 이윽고 엔트런스 홀에서 여러 명이 웅성웅성 다가오는 기척이 들렸다.

데이브가 돌아와 모두에게 알렸다. 엔트런스 홀 옆의, 현재는 사용하지 않는 응접실에서 한 명씩 참고인 조사를 하기로 했다는 것이었다.

"첫 타자로 아서가 지명됐어."

데이브가 턱짓으로 문 쪽을 가리키며 말했다.

짐작은 했지만 그래도 움찔하게 된다. 참고인 조사에 익숙한 사람이라고는 웬만해서는 없을 터였다.

아서는 다녀오겠다고 말하고 키스를 향해 살짝 고개를 숙였다. 키스도 마주 끄덕여 주었다.

"정신 바짝 차리고."

앨리스가 응원을 보냈다.

엘트런스 홀에서는 집사 한 명과 경찰이 뭔가 수군수군 얘기를 하고 있었다. 홀 바깥에도 경찰이 서 있는 게 보였다. 감시하는 건 외부에서의 침입자인가, 아니면 홀 안쪽에 있는 우리인가. 아서는 갑자기 호흡이 가빠지는 것을 느꼈다.

마음을 다잡고 응접실로 들어가자 안에 아무도 없어서 순간 맥이 빠졌다. 형사가 기다릴 거라고 예상했던 것이다. 아무도 없는 썰렁한 방은 지금까지 사람이 있었던 기척도 없었다. 아서는 2인용 소파에 자리를 잡고 앉아서 기다렸다.

오전 중에는 경찰견이 사방을 뛰어다녀서 도그런 구역인가 싶을 만큼 북적거렸는데 지금은 바깥도 조용하다.

그때 문이 열리고 두 명의 형사가 나타났다.

"기다리게 해서 죄송합니다. 오전에 오즈월드 레밍턴 씨의 말씀을 듣는 데 시간이 상당히 많이 걸리는 바람에."

매클래런 경위의 말에 아서는 즉각 상황을 알아차렸다.

"아버지가 큰소리를 내셨군요. 즉각 철수시키라느니 매스컴을 어떻게든 처리하라느니."

두 형사는 잠깐 얼굴을 마주 보며 희미하게 쓴웃음을 지었다.

"아버님이 워낙 유명한 분이니까요, 이래저래 염려스러운 점도 많겠지요."

해밀턴 형사가 기품 있는 말솜씨로 아서의 발언을 보충해 주었다.

"그렇겠죠. 타이밍도 안 좋은 게, 마침 일족이 모두 모여 있는 때니까요."

아서가 고개를 끄덕이며 말하자 두 사람은 다시 한번 조용히 서로 마주 보았다.

"무슨 행사라도 있습니까?"

"아버지 생신 파티예요."

"생신이 언제지요?"

"10월 31일입니다."

"이틀 전부터 다들 모여 있는 겁니까?"

"네, 모두 아버지의 소집 명령에 따라 여기까지 찾아오셨죠."

"그렇군요."

두 사람이 크게 고개를 끄덕이는 걸 보니 우리의 사랑하는 오즈월드 레밍턴이 얼마나 독재자적 성격인지 이미 파악한 모양이다. 하긴 한 번이라도 대면한다면, 그리고 제대로 된 관찰력을 가진 사람이라면 금세 알 수 있을 것이다.

"그럼 사체를 발견한 경위를 다시 한번 자세히 얘기해 주시겠습니까?"

격식을 차린 말투로 매클래런 경위가 물었다.

누군가 손전등으로 아서 일행의 주의를 환기했다는 대목에 두 사람은 관심을 보였다.

"그 방에 있던 분들을 향해 흔들었다는 게 확실해요? 우연히 그 불빛을 본 게 아니고요?"

해밀턴 형사가 조심스러운 말투로 물었다.

"아뇨, 그만큼 힘차게 이쪽을 향해 손전등 불빛을 흔들었는데 우리가 그걸 못 알아봤을 리는 없어요. 우리 방은 레이스 커튼만 쳐두었고, 밤이면 이 근처가 온통 깜깜해지기 때문에 분명 숲속에서도 우리가 있던 방을 알아봤겠지요. 그게 범인인지 아니면 또 다른 자인지는 모르지만, 우리 쪽에서 알아봐 주길 바라고 한 행동임은 틀림없다고 생각합니다."

아서는 단호하게 말한 뒤, 범인이 한시바삐 사체가 발견되기를 원했던 게 아니냐고 키스와 나누었던 얘기도 말해보았다. 해밀턴 형사는 이번에도 주의 깊게 동의했다.

"그런 것 같군요. 지금까지 조사해 본 바로는 지난 일주일 동안 그 숲에 들어간 사람은 없었던 것으로 보여요. 정원사가 정기적으로 방문했다는데, 그 숲 바로 근처에 갔던 게 2주일 전이었어요. 물론 그때는 숲속에 별다른 이상은 없었다고 했고요."

"이거, 연속 살인사건인가요? 그…… '제단 살인사건'과?"

매클래런 경위의 얼굴이 약간 험악해졌다.

"현재까지 두 사건의 연관성에 대해 확실하게 밝혀진 바는 없어요. 수법이 비슷한 건 분명하지만, 어쨌든 요즘에는 엽기살인 정보가 넘쳐날 정도니까 모방범일 가능성도 없지는 않아요."

"피해자의 신원은 밝혀졌습니까?"

"그건 아직……."

잠깐의 침묵이 흐른 뒤에 해밀턴 형사가 입을 열었다.

"아서 씨는 이곳에 언제 도착했지요?"

"어제 왔습니다. 평소에는 런던에서 살고 있어요."

"혹시 이 근처에서 수상한 자를 본 적은?"

머릿속에 숲속을 이동하던 검은 망토의 인물이 떠올랐다. 그걸 수상하다고 하지 않으면 뭘 수상하다고 할까. 하지만 아서는 한순간 그 인물에 대한 얘기를 입 밖에 낼지 말지 망설였다. 그렇지만 데이브도 함께 목격했기 때문에 말하지 않는 것도 이상하다. 아서는 결심했다.

"실은 어제 이곳에 막 도착했을 때, 이상한 자를 봤습니다."

"이상한 자?"

두 형사가 동시에 몸을 스윽 내밀었다.

"네, 누군가 검은 망토를 둘러쓰고 있었어요, 마치 드루이드교 사제 같은 모습으로. 그래서 얼굴도 나이도 성별도 알 수 없었죠. 하지만 분명 숲에 있었고, 금세 자취를 감춰버렸어요."

막상 입 밖에 내고 보니 뭔가 어처구니없는 목격담처럼 느껴졌다. 검은 망토라니, 너무 구닥다리 스타일인 데다 싸구려 호러 영화의 등장인물 같다.

"대략 얼마 동안 목격했지요?"

"글쎄요, 10초에서 20초쯤인가……. 동생과 함께 쫓아가긴 했는데, 워낙 눈 깜짝할 사이에 벌어진 일이라."

"그러면 동생분도 그자를 봤겠군요?"

"둘이서 발견하고 쫓아갔으니까요. 근데 금세 사라져서 그만 포기하고 돌아왔습니다."

"나중에 그곳이 어딘지 알려줄 수 있을까요?"

"네, 그렇게 하겠습니다."

아서는 순순히 고개를 끄덕이고는 반사적으로 창밖에 시선을 던졌다. 그렇다, 그건 바로 어젯밤의 일이다. 아직 스물네 시간도 지나지 않았다. 그리고 그 기묘한 자를 놓쳐버린 뒤에 비슷한 검은 코트를 입은 아가씨를 만났던 것이다.

"그런데……."

매클래런 경위가 덤덤한 척 얘기를 꺼냈는데 아서는 잠시 멍해져서 알아듣는 게 늦었다.

"이건 다른 얘기지만, 누군가 오즈월드 레밍턴 씨에게 원한을 품을 만한 일은 없었어요?"

"예?"

급히 고개를 들고 아서는 두 사람을 보았다.

그리고 거기에 뜻밖에 삼엄한 표정의 얼굴이 있는 것을 보고 흠칫했다.

이 두 사람은 알고 있다…….

"어때요, 아서 씨가 보기에 아버님은 누군가에게 원한을 살 만한 인물입니까?"

아서는 잠시 망설였지만, 이윽고 작은 한숨을 내쉬었다.

"이미 아시잖아요?"

아서는 거꾸로 되물었다.

"무슨 말씀이신지······."

매클래런 경위는 시치미를 뗐다.

아서는 피식 웃으며 손을 펼쳤다.

"아버지와 얼굴 마주하고 오전 내내 함께 있었다면 이미 아시겠죠. 그 속물 독재자가 타인은 물론 일가족에게도 그리 달가운 인물이 아니라는 사실쯤은."

"글쎄요, 이 집안의 속사정까지는 제가 잘 알지 못해서."

매클래런 경위가 고개를 저으며 말했다.

"아버지는 협박을 당하고 있었습니다."

아서는 솔직히 털어놓았다.

두 사람의 표정은 달라지지 않았다. 역시 다 알고 있었다.

"언제부터지요?"

해밀턴 형사가 심각한 표정을 유지한 채로 물었다.

"최근 반년 사이에 그 빈도가 심해진 모양이에요. 지금까지 이따금 협박해 왔던 사람과는 또 다른 인물의 협박이 시작된 것 같아요. 아버지는 그런 일은 우리에게 비밀로 해왔지만, 어머니가 알고 크게 걱정했으니까요. 저는 어머니에게서 들었습니다."

"협박 내용에 대해서도 알고 있어요?"

"매번 런던 시내 소인이 찍힌 편지가 날아온다는 겁니다. 실제로 그 우편물을 보여주신 적은 없지만, 허술한 메시지가 아니라 오히려 교육을 잘 받은, 매우 이지적인 문장이라고 했어요. 머지않아 아버지의 목숨을 앗아가겠다, 그런 내용이라고 들었습니다."

"아버님 혹은 어머님은 그런 편지를 보낸 자가 누군지 짐작하고 계십니까?"

"글쎄요, 거기까지는 듣지 못했어요. 아마 아버지 쪽은 짐작되는 데가 너무 많아서 그중 누구인지 특정하지 못하는지도 모르죠."

두 형사는 다시 재빨리 서로의 얼굴을 마주 보았다.

"실은 아버님이 경시청에 상담을 청한 적이 있어요, 집요하게 협박을 당하고 있다고."

"그래요?"

생각지도 못한 말에 아서는 놀랐다.

"의외네요, 아버지가 경시청에 상담을 요청하다니."

아니, 거꾸로 아버지다운 일인지도 모른다. 그토록 오만하게 처신하면서도 실은 몹시 겁이 많은 면이 있다.

"그게 참, 기묘한 협박장이더라고요."

매클래런 경위는 한순간 당혹스러운 표정을 지었다.

"아주 옛날 투의 편지였어요. 너희 일족은 저주를 받았다, 과거의 죄로 인해 머지않아 천벌이 떨어지리라……. 그런 광신적인 분위기의 글이었습니다."

"예에?"

이번에는 아서가 시시한 호러 영화를 강제로 감상한 고교생이 된 기분이었다.

수수께끼의 검은 망토에 이어 저주받은 일족에게 떨어지는 천벌이라고?

"아버님은 몹시 두려워하셨어요. 이게 가장 최근에, 구체적으로는 일주일 전에 아버님에게 도착한 편지입니다."

매클래런 경위는 안주머니에서 반으로 접힌 종이를 꺼냈다.

"이걸 제가 봐도 괜찮을까요?"

"복사본이에요. 원본은 경찰에 있고."

"아뇨, 협박장을 보낸 사람이 나일 수도 있지 않습니까."

"그건, 글쎄요."

매클래런 경위는 처음으로 웃음기를 드러냈다.

"그래도 아서 씨가 봐줬으면 합니다."

아서는 편지 복사본을 펼쳤다.

움찔했다. 그곳에는 눈에 익은 작은 마크가 있었다.

꽃잎 다섯 장의 장미.

"이건……."

저도 모르게 아서는 마주 앉은 두 사람을 보았다. 그들은 지그시 아서의 모습을 지켜보고 있었다.

"이건 블랙로즈하우스에서 사용하는 레터헤드*예요."

---

* 편지지에 가문이나 기업의 명칭, 주소, 전화번호 등이 인쇄된 부분이나 그 편지지.

"그렇더군요. 하긴 얼마든지 위조도 가능하겠지만."

"그래도……."

웬만해서는 쉽게 찾아보기 어려운 문양의 편지지. 이 저택에 들어오지 않는 한 구하기도 어렵다.

즉 이 편지지는 이 저택 어디선가 반출되었다는 얘기다.

아서는 등이 일시에 써늘해졌다. 손끝이 차갑게 굳은 듯한 기분으로 그는 편지를 읽었다. 잔뜩 격식을 차린 서체가 검은색으로 찍힌 편지였다.

오즈월드 레밍턴과 그 일족에게

지금까지 다행스럽게도 목숨을 부지해 온 자들이여. 오랫동안 기다려 마지않던 그날이, 과거의 죄가 마침내 청산될 날이 다가왔다. 너희는 다음 생일을 맞이할 일이 없으리라. 너희 저주받은 일족은 자신의 피로 점철된 역사로부터 보복당할 때가 코앞에 닥쳐왔다. 너희의 검은 장미 저택은 만성절 아침, 서관의 망령과 함께 캄캄한 연못에 가라앉으리니.

성스러운 물고기

4장

액시던트

당연한 일이지만, 블랙로즈하우스의 손님들은 한 명도 빠짐없이 모두 발이 묶이고 말았다. 어쨌든 내일 있을 핼러윈 파티, 즉 오즈월드의 생일 축하연 때까지는 모두가 이곳에 머무를 계획이었기 때문에 결과적으로는 똑같은 일이었지만 심정적으로는 상당히 달랐다.

게다가 그들은, 조심스럽게 첫 번째 사건 발생 때의 알리바이까지 확인받아야 했다. 즉 우리의 스코틀랜드 야드[*]는 이 사건이 연쇄살인일 가능성, 그리고 이곳 사람들 중에 연쇄살인범이 있을 가능성도 고려한다는 얘기였다. 이건 더더욱 심정적으로 블랙로즈하우스에서의 하루하루가 편치 않은 상황임을 뜻했다.

---

[*] 런던 광역경찰청의 별명.

한바탕 참고인 조사가 끝나자 손님들은 마치 시험 답안지를 맞춰보듯이 저택 여기저기에서 서로의 질문 내용을 확인했다. 통주저음처럼 그들의 대화 속에 끝없이 맴도는 것은 초대한 자에 대한 불만이었다. 생일 축하연 당일에 불렀다면 이런 끔찍한 사건을 마주칠 일도 없었을 것이고, 어쩌면 초대 자체가 불가능했을 수도 있었기 때문이다.

아침식사가 늦었기 때문에 점심은 건너뛰겠다는 안내가 있었다. 그 대신 오후 티타임에 나오는 요리의 가짓수가 많아진다고 했다.

물론 이곳 양관에서도 참고인 조사에서 오고 간 대화를 서로 비교해 보고 있었다. 장소는 다시금 키스의 방 창가였다. 간밤에 바로 이곳에서 숲속의 불빛을 목격했다. 오늘은 알렌 숙부와 데이브와 리세도 합세했다.

오즈월드가 협박을 당했다는 사실은 알렌 숙부와 키스도 알고 있었다. 반면 데이브와 앨리스는 참고인 조사 때 처음으로 그런 얘기를 들어서 적잖이 충격받은 기색이었다. 어쨌든 매사에 자기 좋을 대로 몰아붙이는 독재자 아버지가 경찰에 상담까지 요청한 걸 보면 이건 예삿일이 아니었다.

그 잘생긴 두 형사는 가장 최근에 도착한 소름 끼치는 협박장의 레터헤드가 바로 이 블랙로즈하우스에서 나왔다는 사실도 모두에게 밝힌 모양이었다. 아마 이쪽의 반응을 살펴보기 위해서였을 것이다. 하긴 굳이 이 저택 안의 레터헤드를 협박에 쓸 만큼 대담한 인간이 그리 순순히 실토하리라곤 기대하지 않았겠지만.

레터헤드에 관한 얘기는 모두를 불안으로 몰아넣었다. 물론 뒤쪽 숲에서의 엽기살인도 내내 신경은 쓰였지만 그건 어차피 '외부'의 사건이고 어쩌다 지형적인 이유로 제단이 사용되었을 뿐이라는 인상이 강했다.

하지만 레터헤드는 '내부'의 일이다. 우리 바로 곁의 누군가, 우리가 잘 아는 인물이 강력한 악의를 품고 오즈월드를 위협하고 있다. 오즈월드가 사랑받을 만한 인간이 아니라는 건 다들 충분히 겪어서 알고 있지만, 실제로 으스스한 협박 편지에 시달렸다는 건 역시 한 가족으로서 큰 충격이었다.

"근데 나는 그 옛날식 문장이 아무래도 마음에 걸려. 뭐냐고, '성스러운 물고기'라는 건."

항상 태평한 앨리스가 웬일로 목소리를 낮춰 오싹하다는 듯이 중얼거렸다.

"적어도 돈 문제로 사기를 당해 격노한 자는 아닌 것 같아."

알렌 숙부가 담배 연기를 허공에 길게 토해내며 말했다. 요즘에는 어디든 흡연을 제한하고 금연하는 풍조지만 블랙로즈하우스에서는 아직도 담배 연기가 건재했다.

"이쪽의 역사를 알고 있다는 건 확실해. 우리 일족의 좋지 않은 역사, 이 토지와 저택의 과거에 대한 예비 지식이 있는 거야."

키스도 알렌 숙부에게서 담배를 한 개비 받아 불을 붙였다.

"그 연못, 물고기가 있었나?"

데이브가 원래 '서관'이 있었던 쪽으로 시선을 던지며 중얼거렸다. 지금은 살풍경한 연못이 된 곳에서 이리저리 헤엄치는 물고기를 모두가 머릿속에 떠올렸다.

성스러운 물고기.

그 암호는 몹시 불길했다. 소름 끼치는 편지글이 되살아났다.

> 너희의 검은 장미 저택은 만성절 아침, 서관의 망령과 함께 캄캄한 연못에 가라앉으리니.

"'너희'라고 한 걸 보면 아버지뿐만 아니라 일족 모두가 대상이라는 뜻이에요."

아서는 앉음새를 바로잡으며 말했다. 다들 그에게 주목했다.

"애초에 왜 이쪽은 '양관'과 '물고기관'일까. 숙부님, 그 유래를 아세요?"

알렌 숙부는 고개를 저었다.

"나도 몰라. 단순히 기독교적인 명명이라는 것밖에."

"그 협박장, 뒤쪽 숲의 사체와는 관계없겠지?"

데이브가 확인이라도 하듯이 물었다.

모두가 의아한 표정으로 그를 보았다.

"경찰에서 가장 알고 싶어하는 게 바로 그 점이겠지."

키스가 어깨를 으쓱하며 말했다.

"우리도 마찬가지예요."

"하지만 다행인지 불행인지 '성스러운 물고기' 씨가 예고한 만성절 아침에는 경찰이 우르르 몰려와 지키고 있을 거야. 매클래런 경위도 그 예고에 대비해 경계하겠다고 했어."

"우연인가……."

아서는 혼잣말처럼 중얼거렸다.

문득 머릿속에 기묘한 그림이 떠올랐다. 고양이를 닮은 아버지가 한밤중에 은밀히 천으로 감싼 토르소를 일륜차에 싣고 숲속으로 가는 장면이었다.

탐욕스럽고 독선적이며 이기적인, 그런 주제에 지독히 겁이 많은 아버지다. 협박장의 범죄 예고에 죽을 만큼 벌벌 떨었다는 건 경찰에 상담했던 정황만으로도 알 수 있다. 아버지가 이번 생일 축하연을 도시에서 벗어난 블랙로즈하우스에서 개최하고, 며칠 전부터 빈축을 살 것을 뻔히 알면서도 친척들을 죄다 불러들인 까닭은 너무도 두려웠기 때문이 아닐까.

"아서 오빠, 나하고 똑같은 생각을 하고 있지?"

앨리스가 흘끗 아서를 보며 말했다.

"이를테면 아버지가 우리를 방패로 삼은 거야. 생일에 혼자 있기 싫어서 친척은 물론이고 친척도 아닌 사람들까지 다 불러들여 여차할 때는 자신을 지키고 자기 대신 희생양이 되게 하려는 속셈이었다는?"

너무도 노골적인 말에 아서는 쓴웃음을 지었다.

하지만 여동생의 말이 맞다. 뭔가 이상하다고는 생각했다. 왜 저 인색한 아버지가 대대로 내려온 성배가 이러니저러니 하면서 그걸 미끼 삼아 친척들을 불러들이고 아무 관계도 없는 손님들까지 줄줄이 초대했는가. 한마디로, 방패는 많은 편이 더 좋다는 생각이었던 것이다.

"설득력 있는 얘기야. 비상소집의 이유를 이제야 알겠네."

키스가 어이없는 쓴웃음이 뒤섞인 표정으로 고개를 끄덕이며 말했다.

"하지만 아무리 그래도 경찰을 불러들이려고 뒤쪽 숲에 요즘 유행하는 사체까지 갖다두지는 않았겠지?"

아서는 머릿속을 그대로 읽혀버린 것 같아 후훗 하고 작게 웃었다.

"솔직히 말하면 저도 방금 그런 상상이 저절로 떠올랐어요. 직접 죽이지는 않았겠지만, 아버지가 어딘가 병원에서 사체를 구해 뒤쪽 숲에 아무도 모르게 던져두고 손전등을 휘둘러 우리한테 발견하도록 하는 장면. 그 덕분에 경찰이 대거 몰려왔고 엄중하게 경비를 해주고 있다, 아, 일단 안심이다······. 그게 아버지가 바라던 상황이 아닌지."

"묘하게 현실감이 있군. 전혀 아니라고 부정하기도 어려워, 네 아버지를 보면."

앨렌 숙부가 불쑥 중얼거렸다.

"리세, 미안해. 어쩌다 보니 리세까지 이런 일에 휘말리게 해버렸네. 이럴 줄 알았으면 초대하지 않았을 텐데."

울상이 된 얼굴로 앨리스가 아까부터 조용히 얘기를 듣고 있는 리세를 향해 사과했다. 리세는 놀란 표정을 짓더니 이내 환하게 웃으며 고개를 가로저었다.

"아니야, 난 여기가 좋아. 이런 멋진 곳에 초대해 줘서 고마워. 게다가……."

모두가 왠지 일제히 리세를 주목했다. 이 아가씨는 자연스럽게 대중의 시선을 끄는 재주가 있다. 언제나 그렇듯이 그녀는 침착하고 냉철하게 말을 이어갔다.

"지금까지 얘기를 들어보니 협박장을 보낸 사람은 그런 오즈월드 씨의 성격도 파악한 것 같아요. 그렇다면 오즈월드 씨가 혼자 있기보다 많은 사람들을 불러들일 것도 예상하지 않았을까요?"

그건 모두를 오싹하게 하는 말이었다.

"그, 그러면……."

앨리스가 목이 잠긴 소리로 물었다.

리세는 조용히 대답했다.

"그러니까 협박범은 평소보다 많은, 정체가 잘 알려지지 않은 초대 손님 속에 슬쩍 끼어드는 방법을 쓰지 않았을까요? ……나라면 그렇게 했을 거예요."

나라면 그렇게 했을 거예요.
그녀의 말이 아직도 주변을 둥둥 떠다니는 것 같다.
왜 일부러 그런 말을 입에 올렸을까. 자칫하면 그녀 자신이 의심받을 수도 있는데.
테이블 위를 장식한 하얀 장미가 아름다웠다. 채소와 과일 샌드위치, 스콘에 비스킷, 크림에 잼. 뒤숭숭하고 호화스러운 오후 티타임에는 손님들 대부분이 나와 있었다.
아무래도 참고인 조사를 받은 친지들은 조금 전 아서 일행과 비슷한 결론을 내린 모양이었다. 오즈월드가 협박당하고 있었고, 그 예고일이 자신의 생일 축하연 당일이라는 사실을 알자 친척들이 엉뚱하게 휘말리게 될 텐데도 그것을 묵인하거나 오히려 기대했던 거라고 결론을 내려도 이상할 게 없었다.
아서는 항상 하던 대로 구석 소파에 자리를 잡고 손님들의 모습을 찬찬히 관찰했다. 곳곳에서 화가 나서 어쩔 줄 모르는 속닥거림이 흘러나왔다. 하나같이 표정이 험악했다. 하지만 분노라는 건 전향적인 법이라서 뒤쪽 숲에서 처참한 사체가 발견되었다는 공포와 불안으로 가득했던 오늘 아침 분위기에 비하면 오히려 인간다운 활기마저 느껴졌다.

물론 오즈월드는 나타나지 않았다. 지금 이곳에 나왔다가는 분명 못매 정도로는 끝나지 않을 터였다.

오늘 밤 디너, 자못 평온한 분위기가 되겠구나…….

아서는 문득 생각이 나서 자리를 털고 일어나 도서실로 향했다. 교양인은 오히려 소수파인 일족이라서 독서를 즐기는 사람은 거의 없지만 단지 장식품처럼 만들어둔 도서실이었다. 그래도 번듯한 데스크가 있고, 편지지와 봉투도 비치되어 있다.

도서실에 발을 들이자 서늘한 공기가 얼굴에 훅 끼쳤다. 사용하지 않는 방 특유의 그 가라앉은 공기 속으로 들어갔다.

으리으리한 데스크 앞에 앉아 서랍을 열어보았다. 아무도 사용한 기미가 없는 편지지와 봉투가 고요히 정돈되어 있었다. 꽃잎 다섯 장의 장미 마크가 찍힌 레터헤드. 맨 위의 편지지는 가장자리가 살짝 말려 있어서 오랫동안 아무도 손대지 않았다는 걸 알 수 있었다.

뭔가 행사라도 열리지 않는 한, 이 편지지를 사용할 일은 거의 없다. 필요에 따라 그때그때 런던의 문구점에 주문할 터라서 대량으로 외부에 반출될 일도 없다. 하지만 도서실뿐만 아니라 게스트용 방에도 비치되어 있기 때문에 이 저택에 왔던 사람이라면 두세 장 집어가는 일이야 지극히 간단하다.

입수 경로를 따져봤자 별로 나올 만한 것도 없겠구나.

그렇게 생각하며 아서는 응접실로 돌아왔다. 실내 한가

운데서 몸집 큰 로버트 숙부가 얼굴이 벌게져서 뭔가 연설을 하고 있었다.

"……결론적으로, 선조 대대로 내려온 보물 따위는 있지도 않고…… 우리를 단순히 오즈월드의 호위대로 끌어들여서…… 실로 이기적인 처사가 아닐 수 없고…… 먼 곳에서 일부러 와주신 손님들도 계시는데…… 이런 위험하고 무례한 취급을 당하다니 언어도단이고…… 참고인 조사도 전원이 끝났으니 우리는 이제 한시바삐 떠나는 게 마땅한……."

띄엄띄엄 들려오는 말들은 지극히 합당했다. 주위 사람들도 연신 고개를 끄덕이며 동의를 표했다.

로버트 숙부는 아버지 바로 밑의 동생으로, 아버지와는 서로 앙숙이었다. 고지식하고 신경질적인 로버트 숙부는 마구잡이로 밀어붙이는 성격의 오즈월드와는 어린 시절부터 사사건건 부딪혔다고 한다. 하지만 선조 대대로 이어온 가족 회사가 으레 그렇듯이 두 사람은 동일한 회사의 경영자이고 상무였기 때문에 아무리 싫어도 협력할 수밖에 없는 처지였다. 그나마 오즈월드는 동생에 대해 별반 신경을 쓰지 않았지만, 로버트 쪽은 형에게 상당히 굴절된 감정을 품고 있는 눈치였다.

그건 그럴 만도 했다. 오즈월드는 섣부른 확신과 즉흥적 판단으로 온갖 일을 벌려놓기만 하고, 심지어 도망치는 데는 선수여서 조금이라도 자신에게 불리하다고 느껴지면 잽싸게 빠져나갔다. 그걸 수습하고 해결해야 하는 사람은 언제나 로버트였다. 당연히 원망이 차곡차곡 쌓였을 터였다.

하지만 어떤 의미에서는 경영진으로서 나름 바람직한 조합이라고 아서는 생각했다. 만일 두 사람의 성격이 반대였다면 회사를 꾸려나가기가 힘들었겠지만, 풋워크가 가볍고 챌린저 기질이 있다는 점은 경영자로서 그리 나쁘지 않고, 성실한 아우가 뒷받침을 해주기 때문에 오즈월드도 마음껏 도전에 나설 수 있다. 또한 그런 형이 있기 때문에 불평을 늘어놓으면서도 결코 새로운 시도는 엄두도 못 내는 로버트가 존재 의의를 가질 수 있다. 결국 서로 도움을 주고받는 공생관계였지만, 옛이야기에도 나오듯이 혈연으로 묶인 형제이기 때문에 세월과 함께 감정의 골이 깊어진 것이다.

언젠가 로버트 숙부가 아버지의 등에 칼을 꽂는 일이 터지더라도 아서는 딱히 그를 원망할 마음이 없었다. 오히려 그런 부친으로 인해 교도소에 들어간다면 그게 더 로버트 숙부에게 죄송스럽고 딱한 일이다.

불쑥 코앞에 자욱하게 감도는 달큼한 향기에 아서는 퍼뜩 정신을 차렸다.

"우리, 이제 그만 돌아가도 되나요? 정말 엄청난 일이 벌어졌네요, 어쩐지 무서워요."

살짝 올려다보는 촉촉해진 눈빛이 바로 앞에 있어서 아서는 흠칫 놀랐다.

어디 보자, 이 여자, 어맨다라고 했던가? 오늘도 유난히 선명한 초록빛 정장을 입고 있다. 요즘 에밀리아의 학교에서 유행하는 색깔인가.

"죄송합니다. 애써 찾아주신 분들을 험한 일에 휘말리게 하고 말았군요. 무척 불쾌하셨겠지요."

아서는 그녀를 향해 정중하게 머리를 숙였다.

"아뇨, 아니에요."

어맨다는 당황한 목소리로 손사래를 쳤다.

아서는 한껏 진지한 표정을 지으며 말했다.

"로버트 숙부님 말씀대로 이미 뒤쪽 숲 사건의 참고인 조사가 끝났으니 손님들께서는 그만 돌아가셔도 아무도 나무랄 사람이 없습니다. 최대한 빠르게 떠나실 수 있게 저도 손을 써보겠습니다."

"어머, 그럴 리가요. 경찰이 저렇게 많이 나와서 엄중하게 지켜주시잖아요. 오히려 이곳에 있는 게 더 안전하겠죠. 게다가 모처럼 이렇게 친해졌는데 벌써 돌아가기는 너무 아쉬워요."

어맨다는 생긋이 웃어 보였다. 아무래도 이 여자는 블랙로즈하우스를 무대로 한 고딕 로맨스의 여주인공 역할을 하기로 마음먹은 모양이다. 엽기살인, 저주받은 저택, 그곳에서 만난 젊은 남녀…… 대략 그런 스토리다.

"잠시 저쪽에서 이야기 좀 할 수 있을까요? 어떤 일을 하시는지 좀 더 여쭤보고 싶어요. 제 친구가 아서 씨가 근무하는 연구소에 관심이 있다는 얘기는 했었죠?"

어맨다가 조용한 구석 쪽 소파로 시선을 던지며 말했다.

아서는 망설였다. 이봐요, 당신은 이 영화에 이름을 올리지 못했어. 한두 번 등장하는 장면이 있을지도 모르지만, 아마 그걸로 끝일 거야.

그때 타악 하고 누군가 어깨를 세게 쳤다.

"이봐, 아서, 취직이 결정됐다면서? 축하한다."

벌레 씹은 듯한 표정으로 그렇게 말한 이는 로버트 숙부였다.

"네에, 고맙습니다. 참고인 조사는 어땠어요? 손님들을 오늘 중으로 보내드릴 수 있을까요?"

"난 떠날 거야. 형님 보디가드 노릇을 할 생각은 없어."

아서는 어맨다에게 눈인사를 건네고 지극히 자연스럽게 로버트 숙부와 함께 홈바 카운터로 향했다. 어맨다의 불만스러운 얼굴이 시야 끝에 남았지만, 엔드롤에나마 이름이 실리기를, 이라고 마음속으로 중얼거렸다.

로버트 숙부는 홈바 카운터 안으로 들어가 벽의 붙박이 선반에 놓인 화려한 유리병의 고급 위스키를 대충 꺼내 온더록스 유리잔에 콸콸 따랐다.

"그런데 저 성실하기 짝이 없는 형사들이 내일 저녁때까지 자리를 지켜주지 않으면 난처하다는 거야. 말도 안 되지.

형님 한 사람만 어딘가 따로 데려가 경호해 주면 되잖아. 이렇게 수많은 사람들을 끌어들이다니, 아무튼 자기밖에 모르는 인간이라니까."

로버트 숙부는 분노가 폭발한 기색이었다. 이렇게 되면 그는 붉으락푸르락 안색이 확확 바뀌어서 어떻게 말려볼 방법이 없다.

"아, 그보다 숙부님이라면 아버지에게 원한을 품을 만한 사람을 어렴풋이나마 짐작하실 것 같은데요. 어쨌든 회사에 대해 객관적으로 정확히 파악할 수 있는 포지션은 숙부님뿐이잖아요."

아서는 은근히 칭찬하는 말을 했다. 그게 로버트 숙부의 마음속 스위치를 누른 모양이다. 약간 표정이 누그러드는 게 보였다. 이제 한 번만 더 눌러주면 된다.

"게다가 그 협박장 내용, 보셨지요? 그건 단순한 조무래기라기보다 우리 쪽 사정을 잘 아는 자의 편지예요. 원래부터 겁이 많았지만 그렇다고 아버지가 조무래기에게 신경 쓸 사람은 아니잖아요. 두려워서 어쩔 줄 모르는 모습을 보니 아무래도 심상치 않아요. 체면이고 뭐고 내던지고 우리를 불러들인 것만 봐도 분명합니다. 어쩌면 아버지는 편지를 보낸 자가 누군지 알고 있는 게 아닐까요?"

로버트 숙부의 눈이 조용해지면서 잠시 생각에 잠긴 표정이 되었다. 이내 유리잔을 만지작거리며 뭔가 우물우물 중얼거렸다. 그 눈이 허공을 허우적거리고 있었다.

"그건 그렇지. 어쩌면…… 아니, 설마 그럴 리가, 설마 그 아가씨가……."

"예?"

로버트 숙부는 유리잔의 위스키를 꿀꺽꿀꺽 들이켰다.

"어째 이상하긴 했어. 왜 이런 곳에 와 있나 하고. 아니, 아냐, 그래도 설마……."

"누구 얘기예요?"

숙부가 쓰윽 얼굴을 들었다. 아서를 지나쳐 그 시선은 저만치 먼 곳을 보고 있었다.

아서는 슬그머니 뒤를 돌아보았다. 하지만 그곳에는 수많은 사람들이 있어서 숙부가 그중 누구를 쳐다보는지는 알 수 없었다.

하지만 다음 순간, 아서는 숙부가 아무것도 보고 있지 않다는 것을 깨달았다. 몸을 부들부들 떨면서 순식간에 얼굴이 흙빛이 되었던 것이다.

부릅뜬 두 눈이 분명하게 벌겋게 물들어 갔다. 입가에 거품이 새어 나오더니 이상한 빛깔의 액체가 주르륵 흘렀다.

"로버트 숙부님!"

아서는 부르짖으며 무너지는 그의 몸을 급히 받아 안았다.

모두가 놀라서 이쪽을 돌아보는 기척이 느껴졌다. 실내가 일시에 조용해지고 동시에 뭔가 거친 소리가 왕왕 울리는 것 같기도 했다.

"누구 없어요? 의사 좀 불러줘요! 경찰, 경찰도!"

아서는 소리쳤다. 다음 순간, 비명과 고함이 터지고 모두가 움직이기 시작하면서 실내가 소란스러워졌다.

"도와줘! 도와줘!"

시야 끝에서 데이브가 달려오는 게 보였다.

빨리, 제발!

아서는 채 목소리가 되지 않는 소리로 외쳤다.

엄청나게 묵직한 숙부의 몸이 아서를 덮치며 흐물흐물 무너져 내렸다. 이대로 그 몸과 함께 자신도 바닥을 향해 잠기고 마는 게 아닌가 하는 공포감이 덮쳐들었다.

✺

"독약? 독약이라고요? 위스키병 속에?"

요한이 몸을 스윽 내밀며 눈을 반짝였다.

"응, 독약이었어. 즉각 그 술병에 대한 조사에 들어갔지. 정확한 명칭은 잊었지만, 뭐라더라, 아비산인지 비소인지 그런 게 상당량 혼입되었다는 사실이 밝혀졌어."

요한이 뜻밖에 강한 관심을 드러냈기 때문인지 남자는 당황한 듯 중언부언했다.

"그 술병은 물론 미리 개봉한 것이었겠네요?"

요한은 호기심을 감추지 않았다.

"그렇지. 그만큼 큰 저택의 흠바잖아, 개봉한 술병에서 아주 묵직하고 호화로운 커팅 디캔터에 옮겨둔 것이었어. 다만 다른 술병에는 이상이 없었다고 들었어."

"하긴 누구라도 대개는 개봉된 병에서 따라 마시게 마련이죠. 디캔터에 옮겨둔 거라면 더더욱 그렇고."

요한은 테이블에 놓인 와인잔을 지그시 응시하며 말했다.

남자는 뭔가 거북스러운 듯 몸을 굼실거렸다.

요한은 와인잔에서 시선을 떼지 않은 채 혼잣말처럼 중얼거렸다.

"이를테면 내가 여기서 작업한다는 것을 아는 사람이 식재료 창고의 와인병에 독약을 넣어둔다면? 뭐, 상당히 좋은 방법이 되겠네요. 어쨌든 독약의 가장 큰 장점은 과묵한 데다 시한폭탄이 될 수 있다는 점이니까요. 독약을 넣어둔 자는 미리 도망치는 데 성공할 수도 있고 말이죠."

"설마……."

남자는 자신의 술잔에 흘끗 시선을 던졌다.

요한이 짧게 웃었다.

"걱정 마세요. 나도 마시는 걸 봤잖아요. 아직 이렇게 멀쩡한걸요."

그렇게 말하고 자신의 잔과 남자의 잔에 넘실넘실 와인을 따랐다.

"독약에 상당히 관심이 많은데?"

남자는 은근히 비아냥거리는 투로 요한의 얼굴을 보았다.

"그럼요, 관심이 많죠."

요한은 스스럼없는 표정으로 고개를 끄덕였다.

"당연하잖아요, 우리 주위에 독극물이 넘쳐나고 있어요. 애초에 자연계도 마찬가지죠. 약의 대부분이 실은 독이에요. 단순히 양이나 사용법이 다를 뿐이죠."

"그야 그렇지."

남자는 부루퉁하게 동의했다. 요한은 미소를 지었다.

"나는 독약을 사용하는 사람에게 관심이 있어요. 독약을 넣는다는 게 의외로 어려운 일이거든요. 어지간히 주도면밀하게 준비하지 않고서는 돌고 돌아 자칫하면 자신을 덮치기도 하죠. 경박하게도 언뜻 떠오른 생각으로 독약을 사용했다가 자멸한 자들을 본 적이 있어요. 다양한 가능성을 충분히 고려한 끝에 완벽하게 관리할 수 있다고 확신한 사람이 아니고서는 독약을 사용할 자격이 없죠."

"마치 자기 얘기를 하는 것 같군. 아니, 자네야말로 독약을 사용할 자격이 있다고 해야 할까."

"그건 비꼬는 소리? 아니면 칭찬인가요?"

"물론 칭찬이야."

"고맙군요."

요한은 앞으로 내밀었던 몸을 뒤로 물려 의자 등받이에 털썩 기댔다.

"그래서 그 독약이 든 술을 마신 사람은 사망했어요?"

남자는 휘휘 고개를 저었다.

"아니야. 일단 주위에 경찰이 바글바글 대기 중이었고, 손님 중에 의사도 있었어. 재빠른 응급처치 덕분에 목숨은 건진 모양이야."

한동안 소란과 패닉에 빠졌던 응접실이 드디어 정적을 되찾아가고 있었다. 손님들은 애써 평정심을 되찾은 척하며 점잖게 각자의 방으로 돌아갔다. 응접실은 기묘하게 휑한 허탈감에 감싸였다. 방 한쪽에서 거북스러운 침묵을 공유하며 다섯 명의 사람들이 피곤한 표정으로 소파에 앉아 있었다. 알렌, 키스, 데이브, 앨리스, 리세였다. 또다시 참고인 조사를 받으러 간 아서가 돌아오기를 지그시 기다리고 있는 참이었다.

"이건 내가 튀르키예에서 사온 거니까 안심하고 마셔도 돼."

앨리스가 레드와인 병을 모두에게 내보이며 봉인과 라벨

을 확인할 수 있게 해주었다. 경찰의 현장보존 지시에 따라 이미 봉쇄된 홈바 쪽을 다들 흘끗 돌아보았다.

"여기 왔던 손님들은 당분간 남의 집에 가도 개봉한 술은 못 마시겠다."

알렌이 나직하게 중얼거렸다.

그렇다, 이 허탈감은 공포에 대한 리액션이었다. 진짜 공포는 이제부터 스멀스멀 다가올 것이다. 누구든 마셨을 수 있는 독약. 그 사실이 사람의 손이 닿은 모든 것을 의심하게 한다. 공기처럼 당연하게 받아들였던 모든 것에 의혹의 시선을 던지게 된 것이다.

"그야말로 공포의 저택이 됐군. 숲속의 그 지긋지긋한 사체는 그나마 '외부' 사건이었는데 이걸로 악몽이 단숨에 저택 내부로 들이닥쳤어."

키스가 혼잣말처럼 중얼거리며 앨리스의 술병을 받아 능숙한 손놀림으로 마개를 따기 시작했다.

"하지만 이건 별개의 사건이잖아요."

데이브가 불만스러운 목소리를 냈다.

"아버지 협박사건과 그 '제단 살인사건'은 전혀 다른 사건이죠."

"정말 그럴까?"

키스는 고개를 갸우뚱했다.

"그럼 관계가 있다고 보세요?"

데이브는 못마땅한 기색을 감추지 않았다.

키스가 어깨를 으쓱 쳐들었다.

"아니, 나도 관계가 없기를 바라지. 하지만 이런 절묘한 타이밍에 저택 뒤쪽 숲에서 그런 사건이 일어나다니, 아무리 봐도 이상하잖아."

"분명 우연치고는 특이하지만, '제단 살인사건'은 우리가 도착하기 전에 일어났는데 이번 일과 관계가 있다는 주장도 무리한 얘기 같은데요?"

"아무튼 조금 전 일로 이게 '우리' 사건이라는 점은 확실해졌어. 외부에서 엽기적 연쇄살인이 일어남과 동시에 '우리에게도' 사건이 터졌다는 건 분명하잖아."

앨리스가 두 사람 사이에 끼어들듯이 말하자 모두가 고개를 끄덕였다.

"협박장이 괜한 헛소리는 아니었던 거야. 그 위스키병, 마개를 땄던 게 어제였대. 근데 이 저택에 있던 누군가가 명백한 살의를 갖고 그 술에 독약을 넣었어. 레터헤드도 그렇고, 상당한 악의를 품은 자야. 우리 중 누구라도 여차하면 그 술을 마실 수 있었어."

알렌이 불쾌한 표정으로 주위를 한 바퀴 돌아보며 말했다. 그러다가 아서가 초췌한 얼굴로 돌아오는 모습을 시야 끝에서 포착하고 팔을 번쩍 들었다.

"오, 아서 왕의 귀환이야."

"이쪽이야, 어서 오빠. 고생했지? 지겹도록 조사를 받은 모양이네."

앨리스가 크게 손짓했다.

"로버트 숙부님은 어떠셔?"

아서는 그렇게 말하며 소파에 털썩 앉아 앨리스가 건네준 잔에 입을 대려다가 멈칫했다.

"괜찮아, 이건 내가 튀르키예에서 가져온 술이니까."

오빠의 시선이 불안에 허우적거리는 걸 눈치채고 앨리스가 술병을 내보였다. 아서는 쓴웃음을 지었다.

"술 마시는 즐거움이 반으로 줄어버렸네."

"반대로 아슬아슬한 즐거움을 느낄 수 있겠지."

알렌이 피식 웃으며 말했다. 키스가 그 뒤를 이었다.

"의사가 마침 가까이에 있어서 위기를 넘겼어. 로버트 숙부님은 이제 안정되어서 생명의 위험은 없다는 소식이야."

"정말 다행이에요. 그대로 세상 떠나셨다면 평생 악몽에 시달렸을 텐데."

아서는 드물게 심약한 목소리로 중얼거렸다. 로버트 숙부가 자신에게로 쓰러졌을 때의 그 이상한 묵직함이 심장 안쪽에 둔하게 남아 있었다.

"경찰이 뭘 물어봤어?"

앨리스가 더 이상 기다리지 못하겠다는 듯이 물었다.

"아무튼 로버트 숙부님이 쓰러졌을 때의 상황을 몇 번이나 시시콜콜 캐물었어. 누군가 술병에 손을 대는 장면을 못 봤느냐, 홈바 카운터에 어떻게 가게 되었느냐 등등."

아서는 목덜미를 주무르며 대답했다. 뭉친 긴장이 영 풀리지 않았다. 경찰이 출동한 다음에 일어난 사건인 만큼 두 형사는 표정이 험상궂고 질문도 집요했다. 런던 경시청에서 나와서 대기하는 사이에 이런 일이 벌어졌으니 체면이 말이 아닐 것이다.

"아서 오빠는 누군가 술병에 손대는 걸 봤어?"

"아니, 못 봤지. 로버트 숙부님이 나한테 말을 걸어서 함께 홈바로 이동했고, 숙부님이 직접 선반에 있던 병을 꺼내서 술을 따라 마셨어. 단지 그것뿐이야. 부자연스러운 점도 전혀 없었고, 누군가 다른 사람이 술병 쪽에 접근했던 것도 아니야."

"독약은 술병 속에 들어 있었지요, 술잔이 아니라?"

리세가 조용히 물었다.

아서는 그 목소리의 주인을 향해 저도 모르게 시선을 던졌다. 그녀는 놀랄 만큼 조용히 기척을 지우고 그곳에 앉아 있었다.

"네, 독약은 병 속에 섞여 있었어요. 상당히 많은 양이어서 몇 명쯤은 죽일 수 있을 정도였다는군요."

아서는 형사에게서 들은 말을 반추하면서 대답했다.

머릿속에서는 로버트 숙부가 쓰러지기 전에 했던 말이

맴돌고 있었다.

아니, 설마 그럴 리가, 설마 그 아가씨가…….

아서는 그 수수께끼 같은 숙부의 중얼거림을 두 형사에게 전할 수 없었다. 어째서인지는 모른다. 하지만 말하지 않는 게 좋다고 그의 본능이 속삭였다.
"로버트 숙부님과 그때 어떤 얘기를 했어?"
앨리스가 물었다.
"그것도 몇 번을 캐묻더라."
아서는 한숨을 내쉬었다. 그 건에 관해서는 형사에게 솔직히 얘기했다.
"아버지를 협박한 자에 대해 짐작되는 게 없느냐고 내가 로버트 숙부님에게 물어봤어. 경찰에 상담까지 한 걸 보면 아버지의 두려움이 심상치 않다, 아버지는 뭔가 짚이는 일이 있는 게 아닌가 싶다, 그렇다면 사업 쪽과 관련이 있을 가능성이 가장 높고, 아버지의 사업을 가장 잘 아는 사람은 로버트 숙부님이시니까 혹시 짐작되는 게 없느냐고 확인해 본 거야."
"그래서 숙부님의 대답은?"
키스가 진지한 얼굴로 재우쳐 물었다.
아서는 고개를 저었다.
"뭔가 생각에 잠긴 기색이었어요. 그러고는 술잔을 들고 마셨는데 그렇게 되신 거예요."

아서는 주의를 기울여 대답했다.

그때 로버트 숙부는 혼자 생각에 잠겨 있었다. 자신이 뭔가 중얼거렸다는 것도 어쩌면 자각하지 못했는지도 모른다. 아서가 그의 중얼거림을 귀담아들은 걸 숙부는 기억하고 있을까. 분명 기억하지 못할 것이다. 아서는 그렇게 예상했기 때문에 형사에게는 그 얘기를 하지 않았다.

"생각에 잠겼을 정도라면 얼른 짚이는 사람은 없었다는 얘기겠네."

앨리스가 복잡한 표정을 보였다.

"뭔가 감추는 것 같지는 않았어. 우선 당장 머릿속에 떠오르는 사람이 없다는 느낌이었지."

"반대로 너무 많아서 그중 누군가를 딱 짚어내지 못했을 수도 있지."

알렌 숙부가 거침없이 툭 내뱉었다. 다들 쓴웃음을 지었지만, 알렌 숙부의 그 한마디가 도움이 된 것도 사실이었다. 그제야 겨우 분위기가 조금씩 풀어졌던 것이다.

담소를 나누면서 아서는 손님들의 얼굴을 머릿속에 떠올렸다.

그때 로버트 숙부는 어딘가를 보고 있었다. 그렇다면 그 시선 끝에 '그 아가씨'가 있었을 가능성이 높다. 정확히 확인했어야 했다고 아서는 후회했다. 로버트 숙부가 누구를 보고 있었는지 파악했다면 사건 해결에 참고가 됐을지도 모른다. 하지만 응접실에는 수많은 사람들이 있었기 때문에 대상을 특정하기는 어려웠다.

그 아가씨, 라고 한 걸 보면 친척들은 제외된다. 적어도 에밀리아나 앨리스를 두고 '그 아가씨'라고 지칭하는 일은 없다. 그렇다면 로버트 숙부에게는 한없이 첫 대면에 가까운 인물이었다는 얘기가 된다.

그 대상이 될 만한 사람은 누구인가. 에밀리아의 친구들, 사촌 스테디, 혹은 새로 들어온 메이드인가?

경찰에서 저택 직원들을 철저히 살펴보고 있지만 오래전부터 다니던 이들이 많아서 딱히 이렇다 할 성과는 없는 듯했다. 무엇보다 미스터리에서는 일반 직원이 범인인 건 허용되지 않는다.

아니면 수수께끼 같은 앨리스의 친구인가?

아서는 담소하는 사람들 속 리세를 슬쩍 바라보았다. 저 리세가 '그 아가씨'일 수도 있을까. 만일 그렇다면 그녀는 대체 어떤 '그 아가씨'인가.

로버트 숙부는 또 한마디를 중얼거렸다.

왜 이런 곳에 와 있나, 라고.

찬찬히 생각해 보면 그것도 기묘한 말이었다. '이런 곳에 와 있는 게 이상한 사람'이라는 게 무슨 뜻일까. 아버지가 누군가에게 원한을 산 기억은 없느냐고 물어봤을 때 했던 말이다. 즉 로버트 숙부는 손님 중에서 아는 얼굴을 발견했다. 그 사람은 아버지를 몹시 원망할 만한 인물이거나 혹은 그 관계자였다. 그렇게 깨달은 결과가 "왜 이런 곳에 와 있나"라는 말로 튀어나왔다고 짐작할 수도 있지 않을까.

"오늘 밤 디너는 어떻게 하지?"

앨리스가 문득 떠올랐다는 듯이 물었다. 이미 해는 저물고 만추의 서늘함이 실내에 기어들고 있었다.

"주방도 식당도 엄중한 경계 태세 속에서 디너를 진행할 거래."

아서가 나른한 목소리로 답했다.

"경찰도 망설인 모양인데 그래도 전원이 한곳에 모여 있는 편이 오히려 경비가 쉽다고 판단한 것 같아. 내일은 드디어 즐거운 생일 축하연이기도 하고."

"사탕 안 주면 장난칠 거야, 라는 말은 농담으로도 못하겠다."

키스가 맥 빠진 웃음소리를 내며 말했다.

앨리스와 리세는 서로 얼굴을 마주 보며 고개를 끄덕이더니 자리에서 일어섰다.

"우리는 일단 방에 올라가 옷 좀 갈아입고 나올게."

디너 때 여성은 나름대로 준비가 필요하리라.

"미녀 아가씨들, 아름답게 차려입고 다시 나오시게. 이래저래 분위기도 살벌하니까."

알렌 숙부가 크게 고개를 끄덕이며 말하자 두 사람은 그제야 젊은 아가씨들답게 화사한 웃음소리를 흘렸다.

"술은 적당히 마셔야겠네. 언제 또 예측하지 못한 불상사가 일어날지 모르는 상황이잖아."

데이브가 와인을 마시며 고개를 저었다.

"그래, 누군가 냅다 폭탄을 던질 수도 있지. 범인은 악으로 똘똘 뭉쳐 있는 모양이니까."

알렌 숙부는 평소의 컨디션이 돌아왔는지 빙글빙글 웃고 있었다.

"난 술을 마셔도 전혀 취하질 않아. 긴장한 탓인가."

키스가 원망스러운 듯 빈 와인병을 보며 혀를 끌끌 찼다.

아서는 자리에서 일어나 세 사람을 둘러보았다.

"잠깐 바깥바람 좀 쐬고 올게요. 어쩐지 피곤하네요. 아무렇지도 않을 줄 알았는데 역시 형사와 얘기하는 건 스트레스가 큰 모양이에요."

"당연히 그렇지."

그들의 배웅을 받으며 아서는 휘적휘적 걸음을 옮겨 화장실로 갔다. 얼굴을 씻었더니 조금쯤 개운해졌다.

휑한 저택 안이 어쩐지 으스스했다. 어슴푸레한 복도 그

늘진 곳에 뭔가 서 있는 듯한 느낌까지 들었다.

그런데 실제로 누군가 복도 구석 의자에 앉아 있어서 아서는 소스라치게 놀랐다. 더럭 겁이 나서 뭔가 잘못 봤나 했지만, 그곳에 칠흑의 눈빛을 한 그 아가씨가 앉아서 이쪽을 바라보고 있어서 다시금 흠칫 놀랐다.

"아, 놀라시게 해서 죄송해요. 실은 말씀드릴 게 있어서."

리세는 천천히 자리에서 일어나 그를 향해 조용히 걸어왔다.

"저한테요?"

아서는 저도 모르게 얼빠진 목소리를 냈다.

"네에, 아서 씨는 감이 무척 좋은 분이니까요."

리세의 시선이 정확히 그를 향하고 있었다.

그 시선을 피할 수가 없었다.

"그래서 여기저기 얘기하시기 전에 제가 미리 설명하는 게 좋을 것 같군요."

"여기저기 얘기하다니, 제가요? 무슨 말인지……."

아서는 애써 태연한 표정을 지으려고 해봤지만, 이 아가씨는 그런 그의 노력을 아예 무시하듯이 말했다.

"아서 씨, 저를 의심하고 계시지요?"

리세가 고개를 갸우뚱하고 빙그레 웃으면서 물었다.

아서는 과장스러운 웃음을 터뜨렸다. 마음속의 혼란을 감추기 위해서였다.

"뭘 의심하지요? 저는 리세 씨에 대해 아무것도 모르는데."
"네, 그래서……."
리세의 얼굴에서 웃음기가 사라졌다.
"그래서 제 입으로 직접 설명하려고요. 저희 집안과 아서 씨의 집안, 즉 레밍턴가와 맺었던 오래된 인연에 대해."

인연.

아서는 눈이 번쩍 뜨이는 기분이었다.
로버트 숙부의 목소리가, 당혹스러운 표정이, 허공을 허우적거리던 시선이 눈앞에 선히 떠올랐다.

역시 이 여자가 '그 아가씨'인가.

크게 동요한 아서 앞에 먼 나라에서 온 아가씨는 조용하게 서 있었다.
"……아마도 짧은 얘기는 아니겠지요?"
어느새 그렇게 되묻고 있었다.
"경우에 따라서는 그렇겠죠."
리세는 여전히 담담했다. 저주받은 일족과의 인연을 고백하려는 모습치고는 지나치게 무덤덤하다는 느낌도 들었다.
아서는 분위기만은 만점인 어두운 복도를 둘러보았다.

"이런 어두운 곳에 멀뚱히 서서 얘기하기는 좀 그렇고, 아우의 눈에 띄기라도 하면 공연한 의심도 살 것 같고, 그렇다고 홈바는 노란 테이프로 막혀 있고……. 어딘가 좋은 장소가 없을까요?"

"그러시다면 도서실은 어떨까요? 도서실이라면 아서 씨의 야성미 넘치는 동생분도 들여다볼 생각을 안 하실 테고, 제 기억에 따르면 아직 마개를 따지 않은 위스키병도 있는 것 같던데."

"오, 좋은데요."

아서는 작게 휘파람을 불었다.

"밤에 휘파람 불면 뱀이 오는데?"

리세는 살짝 미간을 좁히며 급히 입술에 검지를 댔다.

"엇, 리세 씨의 나라에서는 그런가요?"

"네, 그런 속설이 있어요."

"재미있네. 아, 먼저 가 있어요. 나는 술잔과 얼음을 챙겨 올 테니까."

"고맙습니다. 저는 디너에 대비해 잠깐 옷 좀 갈아입고 올게요."

리세가 빠른 걸음으로 객실로 향하는 모습을 보면서 아서는 자신의 마음이 들뜨는 것을 깨달았다. 뭐야, 이거? 고등학생도 아니고.

동시에, 리세가 도서실에 간 적이 있다는 사실도 뒤늦게 깨달았다. 꽃잎 다섯 장의 장미 레터헤드가 있는 그곳에.

얼음을 가지러 주방으로 가자 경찰이 주변을 삼엄하게 지키고 있고, 스태프들도 잔뜩 긴장한 분위기였다. 하긴 그럴 만도 하다. 아무래도 오늘 밤은 역시 즐거운 디너가 될 모양이다.

집사라도 된 것처럼 온더록스 잔과 얼음 통을 공손히 쟁반에 받쳐 들고 도서실로 갔다. 적동색이라고 하던가, 반짝거리는 소재의 블라우스에 클래식한 나비넥타이를 매고 검은 스커트를 입은 리세가 바로 그 레터헤드를 찬찬히 들여다보고 있었다.

성스러운 물고기……. 설마 그녀가?

저도 모르게 그 모습을 빤히 지켜보고 말았다. 하지만 그녀의 눈빛에는 순수한 호기심만 떠 있는 듯했다.

"술은 저쪽이에요."

리세가 불쑥 말을 건네는 바람에 아서는 흠칫했다. 생각했던 것보다 더 오래 그녀를 바라보고 있었던 모양이다. 분명 데스크 뒤편 책장에 해묵은 스카치위스키가 조용히 놓여 있었다.

"여기에 이상한 걸 넣진 않았겠지요?"

"그러기를 빌어야죠."

두 사람은 조심스럽게 마개를 점검해 개봉 흔적이 없는 것을 확인한 뒤에 기분 좋은 꼴꼴꼴 소리를 들으며 술을 잔에 따라 마치 의식처럼 묵직하게 건배를 나누었다.

"디너 전에 마시기에는 약간 자극이 강하군요."

"정신이 번쩍 나는 약이죠."

누군가 혼자 몰래 마실 요량으로 챙겨뒀던 것이리라. 하지만 그 누군가는 겨울을 대비해 곳곳에 도토리를 저장해 두는 다람쥐처럼 여기에 넣어둔 술병을 깜빡 잊어버린 게 틀림없다. 뱃속으로 미끄러져 들어가는 액체는 펀치가 있고 향도 그윽해서 제법 괜찮은 술이었다.

"자, 고백을 들어볼까요? 아주 궁금하군요."

아서는 책상 한쪽에 가볍게 자리를 잡고 앉아 리세에게 얘기를 청했다.

"아서 씨는 자신의 가문에 대해 어느 정도나 알고 계시지요?"

갑작스러운 질문이 날아들었다.

"어려운 질문인데요?"

아서는 술잔을 빙글 돌렸다. 얼음이 가벼운 소리를 냈다.

"공식적으로 알려진 유서 깊은 역사라면 조금은 알고 있죠. 그렇지 않은 부분에 대해서는 어렴풋이 알고 있다는 정도? 바로 지금, 저택 곳곳에 노란 테이프가 둘러쳐지게 된 원인을 다양하게 갖고 있는 집안이다, 라는 정도의 인식이랄까요."

"겸손한 말씀을. 레밍턴가는 원래 귀족 가문 아닌가요?"

"사이비 귀족이에요. '말석을 차지하다'라는 말이 있는데 그런 경우가 되겠죠. 우리 집안은 귀족 가문에 부수되는 권익을 위해 기품 있는 척할 뿐이지, 단물만 빨 수 있다면 귀족이든 아니든 전혀 개의치 않아요."

"그렇게 자신의 집안과 거리를 유지한다는 거, 어떤 의미에서는 대단하세요. 그것도 일종의 처세술이죠."

리세가 진지한 얼굴로 말했기 때문에 비꼬는 게 아니라 진심을 토로한 것으로 들렸다.

이상한 아가씨다, 아서는 새삼 생각했다.

"그러면 리세 씨의 가문은 어떤지······."

"우리 가문?"

리세는 그렇게 말하고 문득 눈빛이 아련해지더니 자조적인 웃음을 지었다.

"글쎄요, 혈연관계인데 혈연관계가 아니에요. 그러면 이해관계뿐인가 하면 꼭 그렇지도 않아요. 하지만 틀림없이 동일한 성분의 피가 체내에 포함되어 있고, 그 피가 향하는 곳이 같다는 점만은 확신해요. 그런 피의 방향성만으로 이어진 사람들인지도 모르겠네요."

혼잣말처럼 중얼거리더니 그녀는 생긋 웃으며 아서를 보았다. 그 웃는 얼굴을 보자 아서는 자신이 어린아이가 된 듯한 기분이 들었다.

이 웃음, 어디선가 본 적이 있다. 인생의 원숙기, 혹은 황혼을 맞이한 성인 여성이 아직 아무것도 알지 못하고 눈앞에 오로지 환한 미래만 펼쳐져 있다고 믿는 아이에게 내보이는 웃음.

"그래서, 결론은?"

일부러 무뚝뚝하게 묻자 리세도 무뚝뚝하게 대답했다.

"일종의 마피아예요."

"재패니스 마피아? 타란티노의 영화에 나오던데."

리세는 큭큭 웃었다.

"레밍턴가는 제1차 세계대전 당시에 무기 상인이었지요?"

"무기 상인 '이었던' 게 아니라 지금도 여전히 무기 상인이에요. 미국 대기업처럼 노골적으로 정부와 결탁해 무기를 만들어 파는 건 아니지만, 군수산업에 투자해 먹고산다는 점만은 확실하니까요. 내 감으로는, 아마 법망을 요리조리 빠져나가면서 간접적으로 제삼국에도 무기를 팔고 있을걸요."

"장사에 열심이군요."

"그렇죠, 뒤쪽 숲에 사체가 나뒹구는 것도 모를 정도로."

그의 뇌리에 어둠 속에서 날뛰던 손전등 불빛이 되살아났다. 그 불빛이 아니었다면 가드닝이니 영지의 자연을 자원봉사로 개방한다느니 하는 영국인다운 취미에는 아무 관심도 없는 이 집안사람들이 그 사체를 발견하는 게 분명 한참 늦어졌을 터였다. 자칫하면 백골사체가 된 다음에나 발견되었을 수도 있다.

그렇게 생각하니 우리한테 사체를 발견하게 하려고 필사적으로 손전등을 휘두른 범인이 우스꽝스럽게 여겨졌다.

사체를 발견하지 못했다면 살인은 없었던 것이나 마찬가지였다······.

문득 그런 생각이 머릿속에 떠올랐다.

리세가 조용히 레터헤드 한 장을 집어 얼굴 앞에 펼쳐 보였다. 아서는 당황해서 왜 그러느냐고 묻듯이 리세를 보았다.

"이거, 실은 우리 집안의 선조가 레밍턴가에 가져온 거예요."

블랙로즈, 꽃잎 다섯 장의 장미.

"무슨 말이죠? 혹시 선조가 플랜트헌터였어요?"

"구체적으로 어떤 일을 했는지는 잘 모르겠어요."

리세는 꽃무늬를 손끝으로 훑으며 말했다.

"다만 20세기 초의 영일동맹 전후에 영국에 왔고, 레밍턴가와 사업을 했다는 기록이 남아 있었어요."

"서관이 화재로 소실된 무렵이군요."

그리고 그 뒤로 서관은 재건되지 않았다.

"이 저택에 머문 적도 있는 모양이에요. 제1차 세계대전 전후에 여러 번 왕래했다고 하니까요. 어떤 사업이었는지,

그건 확실하게 알려진 게 없지만요."

"신흥국과 친분을 맺고 사업을 하려고 했다는 점이 그야말로 우리 선조답군요."

편승할 만한 유망 그룹을 잽싸게 알아내는 것도 레밍턴가다운 일이다. 세계사의 전면으로 뛰쳐나온 동양의 신흥국에서 강한 돈 냄새를 맡았던 게 틀림없다.

"그런데 그때 이곳에 머물렀던 선조가 총포 폭발사고로 사망했다는 거예요."

"아니, 그런 큰 실례를."

아서는 반사적으로 머리를 숙였다.

리세는 웃으면서 손을 저었다.

"아뇨, 단순한 사고였어요. 아마 사냥 중에 일어난 일이었던 것 같아요. 어쨌든 그 장례식 때 일본의 관습에 따라 가문이 그려진 장막을 준비한 것을 보고 그 이후로 레밍턴가에서 블랙로즈 문장을 쓰게 된 것 같아요."

"리세 씨 집안의 문장이 블랙로즈였어요?"

"문장은 몇 종류가 있었지만, 블랙로즈도 음영 도라지꽃도 아니었어요. 아마 이곳 영지의 연못 형태 등을 보고 우리 집안의 누군가가 제안했겠지요. 영국이니까 장미, 라고 단순히 생각했을 수도 있어요. 저는 이 저택을 둘러보고 블랙로즈 문장을 고안해 낸 사람은 틀림없이 이곳 현지에 다녀갔다고 짐작했어요. 이곳의 지형을 자기 눈으로 직접 본 게 아니라면 그런 문장을 제안할 일은 없으니까요."

"아, 그래서……."

아서는 무의식중에 고개를 끄덕였다.

"뭐가 '그래서'라는 말씀이신지."

리세의 눈빛이 조금 날카로워졌다.

"아니, 리세 씨의 모습을 보고 처음 찾아온 게 아닌 듯한 느낌을 받았거든요."

"제가요?"

"뭐랄까, 마치 기억을 더듬는 듯한, 오래전에 이곳에 와본 적이 있는 듯한 표정일 때가 종종 있었어요. 그건 문장 디자인을 통해 거꾸로 현지의 지형을 알아맞혔기 때문이군요."

"그렇답니다. 어휴, 제가 그런 표정을 보였던가요?"

리세가 조용히 웃으며 말했다. 그 눈빛에는 내가 왜 그랬나 하는 반성 같은 게 떠 있었다.

"그래서 총포 폭발사고로 선조가 사망했던 일 때문에 우리 집안에 원한을 품은 건가요?"

"아뇨, 전혀. 그건 단순한 사고였는걸요. 하지만 우리 선조가 이곳에 다녀갔고 사고로 사망했다는 사실을 감춰두면 지금 이 상황에서는 자칫 오해를 살 수 있겠다고 판단했을 뿐이에요. 그리고 그런 옛날 일로 원한을 품을 만큼 우리 집안사람들은 한가하지도 로맨틱하지도 않아요."

확실히, 100여 년이 지난 옛날 일을 복수의 빌미로 삼는다면 상당히 유장한 인간이다.

"지금도 사업상의 교류가 있습니까?"

"아뇨, 제1차 세계대전 이후로 왕래가 끊겨서 이제 그런 건 없을 거예요."

"리세 씨가 앨리스를 사귀고 이곳까지 오게 된 건 단순한 우연인가요? 아, 혹시 쓰러진 로버트 숙부님과도 아는 사이예요?"

아서는 티 나지 않게 중요한 질문을 던졌다. 숙부가 말했던 '그 아가씨'가 리세가 아닌가 하는 의심은 아직도 지워지지 않고 있었다.

리세는 딱 잘라 대답했다.

"완전한 우연이에요. 앨리스와 친해진 뒤에야 레밍턴가에 대한 얘기를 들었는데, 우리와 인연이 있는 집안이어서 깜짝 놀랐어요. 로버트 숙부님에 대해서는 잘 알지 못해요. 다만 앨리스를 보러 몇 번 놀러 간 적이 있으니까 어쩌면 그런 때 저를 보셨을 가능성은 있겠죠."

잘도 피하는구나. 그런 느낌이 들었다.

"로버트 숙부님은 리세 씨 집안과의 인연을 알고 있어요?"

아서는 겁에 질려 있던 아버지의 얼굴을 머릿속에 떠올렸다. 그 아버지는 우리 집안의 역사를 상세히 알고 있을까. 이런 소소한 피의 인연들이 그 밖에 또 얼마나 많을까.

"모르시지 않을까요? 적어도 아버님 대에서는 일본과 교류가 없었고, 일본에는 관심도 없으신 모양이던데요."

"리세 씨의 성이 미즈노라고 했지요?"

"네."

"저도 알아볼게요. 감춰진 역사를 더듬어보는 일은 재미있으니까."

"정말 그렇죠?"

어쩌면 자칭 '성스러운 물고기'라는 인물도 레밍턴가의 숨겨진 역사에 큰 관심이 있는지 모른다. '성스러운 물고기'는 혹시 미즈노가와 레밍턴가의 관계에 대해서도 알고 있는 게 아닐까. 그렇다면 상당히 해박한 '역사 전문가'라는 얘기가 된다. 그런 성향의 인물들을 찾아본다면 '성스러운 물고기'의 정체를 밝혀낼 수 있을지도 모른다. 이건 형사에게 제보해야 하는 일일까.

"혹시나 해서 확인하겠는데, 방금 나눈 이야기를 훌륭하신 형사님들께 전해도 괜찮아요?"

"아, 문제는 바로 그거예요."

리세는 마치 이런 질문을 기다렸다는 듯이 말했다.

"저도 그 점을 고민하고 있거든요. 100여 년 전에 선조가 이곳에서 사망했다는 얘기를 지금 꺼내는 것도 이상하고, 그렇다고 입을 꾹 다물었다가 경찰에서 분명 초대객의 과거를 샅샅이 조사할 텐데 그때 가서 밝혀지는 것도 안 좋겠죠. 뭔가 어중간한 인연이랄까, 왜 미리 말하지 않았느냐고 추궁하면 그것도 어이없고, 신고를 하자니 너무 오래전 얘기고……."

그렇구나, 그래서 선수를 친 것인가.

아서는 납득했다.

말하자면 리세는 일종의 보험으로 아서를 선택해 과거를 털어놓기로 한 것이다. 물론 아서가 '뭔가' 수상하다며 그녀를 의심한 것을 눈치챘기 때문이기도 하다.

"반대로 경찰에서 어디까지 알아낼지, 그것도 흥미진진하군요. 일단 제 쪽에서 먼저 형사에게 그 얘기를 할 생각은 없어요. 리세 씨도 경찰 쪽에서 그 얘기를 꺼낸다면 '알지 못했다'라고 하는 쪽이 자연스럽지 않을까요?"

"그러네요. 고맙습니다, 공연히 엉뚱한 의심을 사면 몹시 번거로웠을 텐데."

그 담담한 표정을 보자 문득 불안이 가슴을 스쳤다.

그녀에게 뭔가 또 다른 목적이 있는 건 아닐까.

살인사건 따위는 그녀에게는 예정 밖의 일이고, 뭔가 좀 더 큰, 반드시 해야 할 일이 있는 게 아닐까…….

그건 대체 무엇인가.

막연한 불안이 마음속에 퍼져갔지만, 단지 희미한 무늬였을 뿐 정확한 윤곽을 그려내지 못했다.

"내일은 드디어 아버님의 생신일이군요. 이런 소란이 벌어졌는데 어떻게 하실 계획일까요?"

리세가 탁상 달력에 시선을 던지며 물었다.

"뭐, 기막히게 멋진 핼러윈이 되겠지요."

"성배를 보여주실까요?"

"글쎄 어떨지. 오늘 디너에서의 상황을 보고 결정하지 않을까요? 친족들이 아버지를 비난하려고 단단히 벼르고 있으니까요. 아버지는 지금 성배 따위는 문제가 아닐 수도 있고, 반대로 성배 쪽으로 친족들의 관심을 끌려고 할 수도 있어요."

아버지의 그간의 행적을 보면 양쪽 다 가능성이 있다.

"이해가 안 돼요."

리세는 술잔 안을 지그시 들여다보며 말했다.

"뭐가요?"

"이건 레밍턴가의 사건일까요? 아니면 '제단 살인사건'의 일부? 아서 씨는 어떻게 생각해요?"

"글쎄요, 제 느낌으로는 처음에 마을에서 발견된 사체는 레밍턴가와는 관계가 없는 것 같아요. 하지만 저택 뒤쪽 숲에 사체를 방치한 자는 레밍턴가에 대해 잘 알고 있지 않을까요?"

"모방범이라는 뜻인가요?"

"반드시 그렇다고 할 수도 없다는 게 좀 이상해요. 레밍턴가의 사건과 '제단 살인사건'은 정확히 똑같지는 않지만,

두 개의 원이 어딘가에서 서로 교차한다는 인상이랄까."

"두 개의 원이 어딘가에서……."

리세는 먼 곳을 보는 눈매가 되었다.

"왜요?"

"아뇨, 아니에요."

리세는 빙긋이 웃었다. 또 그 웃음이다.

"그냥 닮았다는 생각이 들어서요."

아서는 누가 닮았다는 말이냐고 묻지 않았다. 직감적으로 자신과 리세 본인이 닮았다는 얘기라고 짐작했기 때문이다.

두 사람은 동시에 얼굴을 들었다. 복도에 사람들이 지나가는 기척이 들렸다. 아무래도 이제 곧 디너가 시작될 모양이다.

"가볼까요?"

"네."

두 사람은 잔을 들고 자리에서 일어섰다. 얼음이 완전히 녹아 미지근한 물이 되었다. 아서는 책장에 위스키병을 다시 넣어두려다가 문득 라벨에 시선을 멈추었다.

"이 병, 갖고 가볼까. 마개를 땄는데 이대로 두고 가기가 아쉽군요."

"아서 씨의 방으로 가져가세요. 나중에 모두 함께 마시면 좋겠네요."

"그럴까요? 쟁반에 들고 가야겠네. 약간 창피하긴 하지만."

복도를 내다보니 경찰도 줄지어 지나가고 있었다. 어느새 인원을 늘렸는지, 손님들에 지지 않을 만큼 많은 수였다.
"정말 즐거운 만찬이 되겠네요."
리세가 한숨을 섞어 중얼거렸다.
그 말에는 아서도 동의하지 않을 수 없었다.

5장

버드워처

위압감 넘치는 메인 다이닝룸에 불온한 기척이 감돌았다.

간밤의 연회가 따분한 고행이었던 것에 비해 오늘 저녁은 탄핵 재판의 자리가 될 것 같은 예감이 농후했다. 그 때문에 실내의 공기는 실로 불쾌한 긴장감으로 팽팽히 당겨졌고 그것이 도리어 손님들에게 묘한 활기를 불어넣고 있었다.

복도 바깥이며 주방 쪽에 경찰이 줄지어 서 있었지만 역시나 다이닝룸 안에까지는 들어오지 않았다. 주인이 거절했는지, 아니면 경찰 측에서 손님들이 자유롭게 불만을 토로하게 해서 혹시라도 뜻밖의 정보가 굴러 들어오기를 기대했는지, 그건 수수께끼다.

자아, 저 독선적이고 실제로는 소심하기 짝이 없는 아버지가 이 자리에 과연 어떤 얼굴로 나타날까. 이건 정말 볼만한 장면이 되겠구나.

아서는 시니컬한 기분으로 애피타이저가 속속 나오는 것을 지켜보았다.

한참을 기다려도 당주 오즈월드는 나타나지 않았다. 손님들의 술렁거림은 점점 커져갔다. 식사에는 손을 대지 않았지만 와인은 여기저기서 개봉했고(물론 제대로 봉해졌다는 것을 확인한 뒤에), 유난히 마시는 속도가 빨랐다.

"도망친 건가."

아서가 나직하게 중얼거리자 왼편의 리세가 얼굴을 움직이지 않고 작게 웃었다.

"급하게 병이 나셨다거나?"

"뭐, 그럴 가능성도 있죠."

"딱하게도."

"자업자득이에요. 어찌 됐든 올지 말지 확실하게 해주셔야지, 안 그러면 다들 빈속에 와인만 들이켜서 심하게 취해버릴 텐데."

그렇게 투덜거린 참에 술렁거림이 뚝 멈췄다. 앞쪽 문이 열리고 모두가 만반의 준비를 하며 기다리던 이 저택의 당주가 나타난 것이다.

아이구, 대단하시네.

아서는 솔직히 놀랐다. 다이닝룸은 고요히 가라앉았고 전원의 시선이 어느 누구와도 눈을 맞추지 않은 채 들어오는, 늙고 뚱뚱한 고양이를 닮은 한 남자에게로 집중되었다. 당주 오즈월드 레밍턴은 표정은 약간 굳어 있지만 아주 침착했다.

흠, 대단하셔. 저런 배짱이 있을 줄이야.

하지만 손님들의 시선은 곧바로 당주의 뒤쪽으로 옮겨갔다. 천이 씌워진 상자 같은 것을 받쳐든 직원이 당주를 뒤따라왔던 것이다.

잔물결 같은, 미처 말이 되지 못한 오오오, 하는 소리가 실내를 훑고 지나갔다.

오, 저게?

아마도 상자를 응시하던 모든 손님들이 마음속으로 외쳤을 게 틀림없다.

저게 블랙로즈하우스에 대대로 전해져 내려왔다는 그 '성배'?

"헉, 진짜로 있었어?"
오른편에 앉은 데이브가 흥분한 기미로 속닥거렸다.
"글쎄, 그냥 후추 통인지도 모르지."
아서가 찬물을 끼얹자 데이브는 머쓱한 표정으로 말했다.
"저게 후추 통이라면 아버지는 살아서 이 방을 못 나갈걸?"
당주가 한껏 거드름을 피우며 자리에 앉자 직원은 상자

를 받쳐든 채 당주의 대각선 뒤편에 반듯한 자세로 섰다. 다시금 테이블에 앉은 모든 손님들의 시선이 그쪽으로 쏠렸다.

"오래 기다리게 해서 송구하군."

오즈월드 레밍턴은 엄숙히 선언했다.

"이걸 준비하느라 시간이 좀 걸렸어. 어쨌든 여러분에게 보여주는 게 처음이니까 말이야."

그가 대각선 뒤편에 선 직원을 흘끗 돌아보았다. 물론 손님들의 시선도 그쪽으로 향했다. 상자 위를 덮은 하얀 천은 수많은 이들의 주목 속에 마치 스포트라이트를 받은 것처럼 빛나고 있었다.

"은행 대여금고에 보관해 두었던 이 성배를 이번에 여러분에게 보여주려고 꺼내왔어. 아마 얘기를 전해 들은 사람도 있겠지만, 20여 년 전에 이 저택을 개축할 때 벽 속에서 나온 물건이야. 자세한 내력이 밝혀진 게 없어서 여태껏 보관만 해왔는데 얼마 전에 내 생일을 계기로 적합한 곳에 보내 감정을 받기로 결정했어."

이번에야말로 손님들이 일제히 목소리를 높여 웅성거려서 실내가 소란스러워졌다.

아주 그럴싸해. 능숙하시네, 아버지.

아서는 감탄했다. 조금 전까지의 불만과 원망에 찬 웅성거림과는 다르게, 지금 손님들의 얼굴에 떠오른 것은 흥분과 호기심이었다. 첫 등장에 실제 성배를 들고 나오는 것으로 아버지는 사람들의 관심을 완전히 그쪽으로 돌려버린 것이다.

"이번에 거듭된 액시던트로 여러분에게 불쾌감을 준 일은 대단히 죄송하게 생각한다."

당주는 자연스럽게 '액시던트'라는 단어를 힘주어 강조했다.

"본의 아니게 걱정을 끼쳤으나 로버트도 쾌차하고 있다고 한다. 범인은 조만간 우리의 우수한 경찰 제군께서 반드시 체포해 주시리라 믿어 의심치 않는다."

오즈월드의 말투에는 비꼬는 뉘앙스가 담겨 있어서 손님 몇몇이 짧은 웃음으로 반응을 보였다.

"어쨌든 이번에 좀 더 많은 분들에게 이걸 보여주고 싶은 마음에 이렇게 불편한 곳까지 여러분을 초대했다. 하지만 결과적으로 다들 공사다망한 가운데 발이 묶이게 된 점에 대해서는 깊이 사과하고자 한다."

제법 기특한 말씀을 하시네.

아서는 내심 쓴웃음을 지었다. 하지만 나쁘지 않았다. 누군가 자신의 목숨을 노리는 상황이라서 불특정 다수의 인간들이 북적거리는 도시를 피해 멀리 격리된 장소로 유상무상의 관계자들을 소집해 방패막이로 삼았다, 라고 하는 것보다는 훨씬 듣기 좋은 변명이다. 하지만…….

문득 등이 써늘해지는 기분이 들었다.

뭔가 아버지답지 않아.

아서의 머릿속에 그런 감이 번뜩였다.

그가 알고 있는 아버지라면 이런 상황에서 이러니저러니 변명을 하거나 도리어 꽥꽥 고함을 치거나 다른 누군가에게 책임을 전가하거나 아니면 잽싸게 도망쳐 버리거나, 그중 하나를 선택했을 터였다. 이런 식으로 대응하라고 조언해 줄 사람이라면 로버트 숙부뿐일 텐데 그 숙부는 현재 인사불성으로 누워 있다.

누군가 아버지에게 지시를 내리고 있다?

그런 생각이 얼핏 들었지만, 지시를 내릴 수 있을 만한 인물이 아무도 짚이지 않았다. 경찰인가? 저 온화하고 지적인 형사들이 저런 충고를 했다고? 아니, 그럴 리는 없다.

아서는 고개를 갸우뚱했다. 누군가 옆에서 훈수를 둔 것이든, 기적처럼 아버지가 상식에 맞는 처신을 결정한 것이든, 어쨌거나 일단 당주가 사과한 것으로 손님들의 불만은 적잖이 누그러드는 분위기였다.

가장 큰 관심은 어서 빨리 흰 천이 걷히고 물건이 모습을 드러내는 것이리라.

그 사실을 뻔히 알 텐데도 오즈월드는 다시금 뜸을 들이며 말을 이어갔다.

"유감스럽게도 지금 경찰이 자리를 피해주는 장소는 여

기 다이닝룸뿐이야. 디너가 끝나면 우리가 떠날 때까지 저택의 어떤 관이든, 그리고 내부든 외부든 모두 경비를 맡아주기로 했어."

"그래서 저건 정말로 보여주실 거예요?"

누군가 답답해서 견딜 수 없었는지 냉큼 말을 끼웠다.

"물론이야."

오즈월드는 느긋하게 고개를 끄덕였다.

"디너가 진행되는 동안 이 자리에 비치해 둘 거야. 우리 일족의 재산이니 찬찬히 살펴보고 혹시라도 그 내력에 관해 짐작되는 게 있다면 서슴없이 말해주길 바란다. 어떤 의견이든 참고하도록 하겠다. 그리고 이 재산과 관련하여 내일 나의 생일 디너 파티 때 여러분과 상의할 것이 있으니 그때 다시 얘기했으면 한다."

오즈월드는 뒤에서 대기하던 스태프에게 눈짓으로 신호를 보냈다. 스태프는 조심스러운 표정으로 오즈월드의 접시와 커틀러리 앞쪽의 네모난 빈 공간에 천이 씌워진 상자를 내려놓았다. 미리 빈자리를 마련해 둔 것이다.

스태프가 약간은 연극적인 몸짓으로 단숨에 천을 스르륵 걷어냈다. 모두의 눈길이 못 박히듯 그쪽에 꽂히며 오오, 하는 탄성이 일었다. 아서의 시선도 유리 케이스 안으로 빨려 들어갔다.

그곳에는 기이한, 하지만 독특한 아름다움을 가진 물체가 진좌하고 있었다.

유리 케이스 안의 물건은 마치 내측에서 빛을 발하는 것 같았다. 무시무시하게 오래된, 엄혹한 세월을 고스란히 받아낸 것, 그런데도 여전히 신비한 아름다움이 거기에 있었다.

성배? 저것이 바로 그 성배라는 것인가.

흥분한 목소리가 웅성웅성 흘러나왔다. 먼 테이블의 사람들은 일어서고 가까운 테이블의 사람들은 목을 길게 뺀 채 직육면체 유리 케이스 안을 응시했다.

분명 잔의 형태지만, 눈앞에 있는 것은 상당히 색다른 모양의 금속제 물건이었다. 지극히 납작하고, 다리 부분은 불룩하다. 마치 아령의 위아래 둥근 부분을 꾹 눌러놓은 것 같아서 거꾸로 뒤집어도 똑같은 모양이 될 터였다. 전체적으로 거무스름하지만 예전에는 금을 덮어씌웠는지 곳곳에 금빛 흔적이 남아 있었다. 분명 진짜 금이 사용되었으리라. 조명이 비치는 상태에 따라 미세한 부분까지 담담한 빛이 나서 무어라 말할 수 없는 위엄이 감돌았다. 찬찬히 보니 붉은색이며 초록색도 눈에 띄었다. 작은 보석이 다리 쪽을 빙 두르듯이 줄줄이 박혀 있었다.

이건 진품이다. 최소한 뭔가를 모방해서 만든 복제품이 아니라 상당한 공예품임은 틀림이 없다. 아서는 그렇게 판단했다. 이른바 '성배'인지 어떤지는 확실치도 않고 아마도 거짓일 확률이 높지만, 이 물건 자체는 훌륭한 골동품이라고 이 자리에 있는 사람들 모두가 확신했으리라.

놀랍네. 우리 집안에는 전혀 어울리지 않는 제대로 된 미술품이야.

아서는 마음속으로 중얼거리며 무심코 리세 쪽을 돌아보았다가 흠칫했다.

그녀는 홀린 듯이 그 성배를 응시하고 있었다.

매우 진지하게, 몹시 차가운 눈빛으로.

"리세 씨, 왜 그러죠? 혹시 가짜예요?"

슬쩍 물어봤더니 리세는 퍼뜩 정신을 차린 듯 아서를 돌아보았다. 겸연쩍은 듯한 표정으로 아, 하고 웃었다.

"아뇨, 아마 진품일 거예요. 진품이라는 게 어떤 의미인지는 모르겠지만, 일단 공예품으로서는."

"무슨 말인지 알겠어요. '잃어버린 성배' 따위는 아니지만, 그래도 저 공예품의 가치는 전혀 감소되지 않는다는 뜻이지요?"

"네, 그런 의미에서 아주 훌륭한 공예품이라고 생각해요."

리세가 고개를 끄덕였다.

"아버지가 보낸다는 적합한 곳, 아마 소더비나 크리스티 경매장이겠지?"

데이브가 끼어들었다.

리세는 그 말에는 고개를 갸우뚱했다.

"그건 아닐걸요. 그런 경매장은 감정 능력은 있지만 실제로 감정을 하지는 않아요. 저걸 보내서 감정을 받는다면 대영박물관이나 어딘가 대학교의 전문가일 거예요."

"그렇군. 어쨌든 엄청나게 높은 가격이 나올 것 같은데요?"

데이브는 흥분하고 있었다.

"네, 미술품으로서는 아주 흥미로운 물건이죠."

리세의 말 속에 다른 뜻이 있는 것을 감지하고 아서는 무슨 말이냐고 물었다.

"저건 성배가 아니에요."

리세가 딱 잘라 대답했다.

"성배가 아니라고?"

아서와 데이브는 한목소리로 되물었다.

"쉿!"

리세가 급히 입술에 검지를 댔다. 두 사람은 당황해서 주위를 둘러봤지만 사람들은 제각기 품평에 빠져 세 사람의 대화를 엿들은 자는 없는 듯했다.

"어떻게 그렇게 단언하지요?"

아서는 목소리를 낮췄다.

"저건 일본의 장구거든요."

"뭡니까, 그 장…… 이라는 건?"

데이브가 귀를 가까이 대며 물었다.

"장구. 일본의 악기예요. 어깨에 얹고 북처럼 통통 치죠. 실물은 안이 텅 비었고 양쪽 원형 부분에 동물 가죽을 대서 북으로 쓰는 거예요."

"아, 그래서 내부가 얕았군요."

"맞아요. 하지만 저건 실제 악기가 아니라 장구를 모방한 공예품일 거예요. 그래서 위아래가 텅 빈 공간이 아니라 잔 모양이죠. 저기 검은 부분은 옻칠이 벗겨진 흔적이에요. 그 야말로 공들여 세공한, 요즘 일본에서도 만들기 힘든 고급품이에요."

"우와."

"그럼 저건 누군가 일본에서 들고 온 물건이라는?"

아서는 말을 내뱉고 나서야 흠칫했다.

설마 저것도 리세의 선조가 우리 가문에 가져온 물건이라는 건가.

그 질문이 입 밖으로 튀어나올 뻔했지만, 데이브가 옆에서 흥미진진한 눈빛으로 귀를 쫑긋 세우고 있어서 가까스로 꿀꺽 삼켰다.

"그럴지도 모르죠."

리세는 가볍게 미소를 짓고 다시 유리 케이스 안을 곰곰이 들여다보았다.

이 아가씨는 저 물건에 대해 미리 알고 있었던 게 아닐까.

아서는 그런 의문이 머릿속에 떠올랐지만 차마 그녀의 영리한 옆얼굴에 대고 묻지는 못했다.

이 방에서 그 으스스한 숲속의 불빛을 본 것이 겨우 하루 전이라는 사실이 믿기지 않는다.

당주의 의도대로 성배가 디너에서의 화제를 휩쓸어서 뜻밖일 만큼 화기애애하게 자리가 파한 뒤, 아서와 앨리스는 다시 양관에 있는 키스의 방으로 건너왔다. 하지만 이번에는 사람이 두 배로 불어났다. 알렌 숙부, 데이브와 리세도 함께 온 것이다.

사건이 있던 밤, 이 세 사람은 각각 다른 곳에 있었다.

문득 아서는 한 가지 의심에 다다랐다.

이 세 사람은 알리바이가 없다. 그들 중 누군가가 숲속에서 손전등을 흔들었을 가능성은 없을까.

아니, 솔직히 말해야지, 하고 아서는 자신의 추리를 정정했다.

리세가 저 숲에서 손전등을 흔들었을 가능성은 없을까.

그렇게 생각하고 보니 처음 리세를 만났을 때 그 인상이 강하게 각인되었다는 사실을 새삼 통감할 수밖에 없었다. 검은 망토를 두르고 숲속을 이동하던 사람 그림자. 아서의 기억과 상상 속에서 그 망토 속 얼굴은 리세로 찍혀 있는 것이다.

"정말로 보물이었어. 그거, 대영박물관에서도 탐낼걸?"

앨리스가 흥분한 목소리로 떠드는 바람에 아서는 퍼뜩 정신을 차렸다.

"반대로 우리 선조 중 누군가가 대영박물관에서 훔쳐왔다고 해도 나는 별로 놀랍지 않을 것 같다."

알렌 숙부가 부루퉁한 얼굴로 중얼거렸다.

"엇, 알렌 숙부님은 그 보물이 마음에 안 들었어요?"

키스의 물음에 알렌 숙부는 흥 하고 콧방귀를 뀌었다.

"도대체가 분수에 맞지를 않잖아. 우리 일족과는 전혀 어울리지 않는다고. 더구나 오즈월드 레밍턴 소유라니, 돼지에 진주 꼴이지. 어서 빨리 팔아서 마땅한 자리에 앉혀주는 게 옳아."

그의 말투가 너무도 신랄해서 앨리스와 리세가 킥킥거리며 웃었다.

"알렌 숙부님도 성배를 본 건 처음이었군요?"

아서가 물었다.

알렌 숙부는 부루퉁한 표정으로 고개를 끄덕였다.

"처음이야. 내가 전에 봤던 건 전혀 다른 물건이었어."

"그건 어떤 것이었는데요?"

"내가 본 건 분명 오래되기는 했지만 거의 질그릇에 가까웠어. 형태도 굽이 달린 잔처럼 생겼고 소박하다고 할까, 솔직히 말하면 초라한 물건이었어."

"직접 보셨군요."

"성배인 것으로 추정된다, 라는 식으로 불확실한 전제가 붙어 있었지."

"그 원조 성배는 지금 어디에 있을까."

앨리스가 고개를 갸우뚱하며 물었다.

"아니, 그보다 이번의 물건은 어디에서 나왔죠? 개축할 때 벽 속 어딘가에서 찾았다던데, 그럼 여태껏 숨겨뒀다는 얘기잖아요."

"아니면 봉인해 뒀을 수도 있고……."

리세가 속삭이듯 말했다.

"봉인?"

"아냐, 퍼뜩 생각난 것뿐이야."

리세는 장난스럽게 웃었다.

"아, 진짜 그럴지도 몰라. 지금 우리에게 쏟아지는 재앙은

잠을 깨워서 화가 난 성배의 저주일 수도 있어."

앨리스가 깔깔거리며 말했다. 여동생의 이런 점은 결점이자 장점이구나, 아서는 새삼 실감했다.

"하지만 아무래도 이상하지 않아요?"

아서는 키스와 알렌 숙부를 번갈아 보며 말했다.

"이상하다니, 뭐가?"

데이브가 물었다. 아서는 위스키로 목을 축였다.

"아버지의 태도 말이야. 내가 본 느낌으로는 오늘 밤에 유난히 침착했어. 저 소심한 아버지가 그토록 당당하게 성배를 공개했다는 게 아무래도 이해가 되지 않아. 어제는 훨씬 더 겁에 질려 있었어. 그런데 '성스러운 물고기'가 예고한 날이 당장 내일로 닥쳤는데도 오늘은 오히려 마음이 턱 놓인 듯한 태도였잖아. 왜 그랬을까? 누군가 아버지에게 그럴싸한 충고라도 해줬나? 아니면 미디어 대책 담당자라도 붙여준 건가?"

"그야 경찰분들께서 곁에 딱 붙어 지켜주시니까 그런 거 아냐? 그렇게 떼로 몰려왔는데 뭐, 당연히 아무 일 없겠지."

데이브가 퉁명스럽게 대꾸했다.

"하지만 그 속에서도 로버트 숙부님은 독약을 마시고 쓰러졌어."

"이렇게 말하면 이상하지만, 그 덕분에 경찰이 본격적으로 나서줬다고 생각하면……."

키스가 머뭇거리듯이 말을 끼웠다.

"그러면 아버지가 독약을?"

아서가 키스를 돌아보며 물었다.

"아, 그런 수가 있었구나. 협박이 장난이 아니라는 걸 증명해서 경찰이 본격적으로 나서게 하려고."

데이브의 맞장구에 옆에서 리세가 힘없는 웃음소리를 냈다.

"정말 이 저택의 당주님은 가족들에게 철저히 미움을 사셨네요."

"우리는 모두 그를 반면교사로 삼아 성장해 왔다고 해도 과언이 아니니까요."

당연하다는 표정으로 아서가 응했다.

"영국 신사와는 완전히 거리가 먼 인간이고, 난 그를 보면 '겁약怯弱'이라는 단어가 저절로 머릿속에 떠올라요."

"흥미로운 인간인 건 확실하지. 단 가까이에 있지 않을 때에 한해서."

알렌 숙부도 동의했다.

"뭔가 뒷거래라도 있었던 거 아냐?"

데이브가 불쑥 말했다.

"응?"

모두가 일제히 데이브를 주목했다. 그는 어깨를 으쓱 쳐들었다.

"아니, 디너 때 아버지 모습을 보니까 혹시 '성스러운 물고기'인지 뭔지와 어떤 식으로든 협상에 성공한 게 아닌가 하는 생각도 들더라고. 아버지는 눈에 보이지 않는 악의에는 엄청 겁을 먹지만, 실제 사람을 마주하는 협상이나 줄다리기에는 선수잖아. 어쩌면 그 성배를 미끼로 뒷거래를 제안했을 수도 있어. 그래서 그렇게 당당하게 공개했겠지. 그게 교환 조건의 하나였을지도."

"음, 그럴싸하네."

알렌 숙부가 끄으응 소리를 냈다.

아서도 아우의 의견이 제법 합당하게 들려 내심 감탄했다. 데이브는 아버지와 닮은 데라고는 전혀 없는 서글서글하고 온순한 성품이지만, 아버지의 '현실적인' 면모는 가장 잘 물려받았다. 그의 경제계 진출은 적재적소의 인재 기용이라고 실감했다.

"그렇다면 지금 이 저택에 머무는 자들 중에 '성스러운 물고기'가 있다는 얘기인데."

키스가 팔짱을 끼고 생각에 잠긴 얼굴로 말을 이어갔다.

"'성스러운 물고기'나 그의 협력자가 이 저택에 와 있고 그 성배를 봤다……. 경찰에서는 이 사실을 알고 있을까?"

"글쎄, 모르겠네요. 아, 혹시 경찰이 내린 지시일 가능성은 없을까요?"

"그런 걸 고분고분 따르겠어, 아버지가?"

"그럼 '제단 살인사건'은 역시 별개의 사건인 모양이네."

앨리스가 혼잣말처럼 중얼거렸다.

"그렇다는 얘기가 되겠지? 우연히 두 사건이 시간차를 두고 일어났다니, 우연치고는 아주 특이한데……."

키스는 뭔가 이해가 되지 않는다는 얼굴로 뺨을 긁적였다.

"그쪽 사건은 해결될 기미가 있어? 피해자의 신원은 밝혀졌는지 모르겠네."

앨리스가 흘끔 창 쪽을 돌아보며 말했다.

다시 어둠 속에 손전등 불빛이 보이는 건 아닐까 하고 오싹해졌다. 그 상상을 급히 지우면서 아서는 투덜거렸다.

"타블로이드지를 사러 나갈 수 없어서 아쉽네. 이제 겨우 《더 선》의 문체에 익숙해졌는데."

그렇다, 그들은 그날 마감 시간을 지키지 못했다.

런던에서 온 기자와 카메라맨은 오늘도 E마을을 구석구석 돌아다니며 주민들에게서 어떻게든 특종이 될 만한 기삿거리를 뽑아내려고 용을 썼지만 그럴싸한 얘기라고는 거의 없었다.

피에 굶주린 대중은 망각도 빠르고 점점 더 많은 피를 원하기 때문에 끊임없이 '제단 살인사건'에 관한 새 정보를 수혈하듯이 주입해 주지 않으면 지면紙面은 금세 생기를 잃고 빈혈 기미를 보이는 것이다.

무엇보다 피해자의 신원을 모른다는 게 가장 타격이 컸

다. 피해자만 밝혀진다면 그 가족과 경력, 자취를 감추기까지의 발자취 등등의 기삿거리가 생기고 과거의 드라마를 발굴해 낼 수도 있다. 하지만 신원불명으로 덜렁 나뒹구는 절단 사체, 라는 점만으로는 어떻게도 감정이입을 해볼 도리가 없다.

젊은 남자였고, 더구나 두 명이다. 그런데 둘 다 신원을 모른다는 건 너무도 불리하다. 하긴 유류품도 지문도 치아도 없으니 신원 확인이 지극히 어렵다는 건 이제 누구라도 다 알고 있다.

동일범인지 모방범인지도 밝혀진 바가 없다. 목격자가 지극히 적은 데다 첫 번째 사체는 아예 어디선가 뚝 떨어졌다는 식이었기 때문에 기자는 E마을에서 하루하루 체재 일자가 더해갈수록 점점 더 정체 모를 불길함을 느끼고 있었다.

게다가 가을은 깊어가고 음울하고 기나긴 겨울이 바로 코앞까지 닥쳐서 엽기적인 살인사건의 분위기로는 그야말로 안성맞춤이었다.

발이 부르트도록 돌아다니다 저녁이면 당연하게도 마을에 고작 한두 개뿐인 펍으로 각 신문사의 낯익은 기자들이 모여들었다. 어떤 신문사 기자든 잔뜩 지쳐버린 얼굴로 들이켜는 술잔만 불어났다. 언제까지 체재비가 나올지도 알 수 없었다. 런던의 데스크에서도 쓸데없이 경비만 축내느니 당장 돌아오라고 소리치고 싶겠지만 행여 무슨 일이라도 터져서 다른 신문사에 특종을 빼앗겼다가는 난처해지기 때문에 답답해하면서도 뭐가 됐든 어서 빨리 터져주기를 기다리고 있는 상황이었다.

카메라맨은 험상궂은 파파라치 같은 생김새와는 달리 버드워칭이 취미였다. 촬영할 게 없으면 새를 찍었다. 하지만 기자들에게 자연 애호 취미 따위는 없었다.

그래서 그의 주량은 점점 더 불어났다. 펍에 나가 요즘 유행하는 벨기에 맥주를 마셨다.

"이렇게 어두컴컴한 동네라니, 새도 못 찍겠네."

디지털카메라로 지금까지 찍어온 사진을 점검하는 카메라맨에게 한 기자가 미운 소리를 했다. 하지만 카메라맨은 아랑곳하지 않았다.

"아니, 이 근처에는 아주 희귀한 소쩍새가 있어."

"뭐야, 그게?"

"올빼미의 일종이야. 잠깐 나가서 찾아봐야겠어."

카메라맨은 위스키잔을 홀짝 비우고 자리에서 일어섰다.

"어이, 나간 김에 사체도 좀 찾아봐."

반쯤 자포자기의 심정으로 기자가 잔을 번쩍 들며 말했다.

카메라맨은 시끄러운 펍을 빠져나왔다. 최근의 세계적 흐름에 따라 문밖에서 담배를 피우는 지인들에게 인사를 건넸다.

차가운 안개가 목구멍으로 흘러들었다. 그나마 런던 안개와는 달리 그 안의 불순물은 훨씬 적은 듯했다. 모자와 수염이 금세 눅눅해져서 불쾌했지만 점퍼를 두툼하게 입어서 몸은 따듯했다.

밤 시간의 안개는 묵직하고 뭔가 할 말이 있는 것처럼 자꾸만 엉겨든다. 온몸에 휘감겨 금세 발걸음이 무거워졌지만 그의 귀는 멀리서 우짖는 새소리를 포착했다. 부우부우 하는 부엉이 소리. 새소리가 나는 방향을 파악하기란 상당히 어렵다. 카메라맨은 귀를 쫑긋 세우고 천천히 흙바닥을 딛고 나아갔다.

이렇게 새를 찾아 안개 속을 걷고 있으면 어린 시절로 되돌아간 느낌이 든다. 할아버지와 산울타리 속 새 둥지를 찾아다니고 할머니와 베리를 따라 다녔던 게 바로 얼마 전 같은데 실제로는 벌써 30여 년이 지난 옛일이라니, 신기하기만 하다.

이따금 부엉이 소리가 들려왔지만 그 모습은 좀체 보이지 않았다. 등 뒤쪽에서 나는지 앞쪽에서 나는지도 알 수 없어서 그는 우왕좌왕했다. 하지만 상당히 가까이에서 소리가 나는 걸 보면 멀리 날아가 버린 것은 아닌 모양이다.

저 멀리 부옇게 파란빛이 밝혀진 것은 경찰 순찰차의 불빛 때문이다. 두 번째 사건이 일어난 저택에 꽤 높으신 분들이 사는지 수많은 경찰이 경비에 동원되었다고 한다. 그야말로 어처구니없는 세금 낭비 아닌가.

문득 피곤이 다리를 덮쳤다. 머리는 말짱한 게 이미 술기

운은 사라졌는데 온종일 돌아다닌 탓에 다리에 아직 피곤이 남은 것이다.

카메라맨은 어딘가 앉을 만한 데를 찾아보았다. 농로 끝에 한 그루 나무가 있고 그 아래 벤치 같은 게 보였다.

불빛은 없지만 주위가 흐릿하게 밝았다. 눈이 어둠에 익숙해졌는지 사물을 구분하지 못할 정도는 아니었다.

카메라맨은 느릿느릿 벤치에 자리를 잡고 앉았다. 엉덩이가 써늘했지만 습기가 올라올 정도는 아니었다.

무심코 손목시계를 들여다보았다.

밤 12시 7분.

어느새 날짜가 바뀌는 시각이었다.

어휴, 이런 시골 마을에 뜻하지 않게 오래 머물게 됐구나. 카메라맨은 한숨을 내쉬었다.

그 순간 머리 위에서 부우부우 하는 소리가 쏟아졌다.

반사적으로 카메라 렌즈를 그쪽으로 향했다. 등잔 밑이 어둡다더니 이렇게 가까이 있을 줄이야. 뭔가가 퍼드득 날아오르는 기척이 있었다. 그 그림자를 향해 셔터를 눌렀다.

그와 동시에 멀리에서 펑 하고 불기둥이 치솟는 게 보였다.

뒤미처 콰아앙 하고 땅바닥을 타고 온 묵직한 소리가 뱃구레를 울렸다.

폭발음?

카메라맨은 반사적으로 벌떡 일어나 불기둥을 향해 연거푸 셔터를 눌렀다. 환한 불기둥은 한동안 어둠을 비춰내더니 이윽고 암적색이 되면서 금세 사라졌다. 시선을 집중해 봤지만 모든 것이 어둠 속으로 가라앉아 버렸다. 카메라맨은 불기둥이 치솟았던 쪽을 향해 내달렸다.

뭔가 일이 터진 게 틀림없다.

이윽고 후드드득 소리가 나는 것을 깨달았다.

뭔가 떨어져 내려왔다.

비인가.

하지만 비라고 하기에는 감촉이 이상했다. 끈적끈적하고 그 속에 단단한 것이며 우둘투둘한 것이 섞여 있다.

뭐야, 이게?

카메라맨은 초조해하며 어깨며 머리를 털어냈다. 끈끈한 감촉. 손가락에 남은 미끈한 것.

그는 디지털카메라 화면의 불빛으로 무심코 자신의 손가락을 들여다보았다.

그건 비가 아니었다.

그가 알고 있는 무색투명한 빗물이 아니다.

그의 손은 새빨갰다. 아니, 적갈색인 것이며 거무스름한 것도 섞여 있다.

그는 퍼뜩 깨달았다.

그의 온몸에 떨어져 내리는 물체가 이전에 살아 있던 것, 맥박 치는 심장을 몸 안에 갖고 있던 것의 살점이고 피라는 사실을.

6장

미싱

그건 10월 30일 한밤중, 날짜가 바뀔 무렵의 일이었다.

"현실적으로, 다음에는 어떤 수를 쓰고 나올까요?"
아서는 혼잣말처럼 중얼거렸다.
"현실적으로?"
키스가 되물었다. 밤도 깊어서 실내에는 느슨한 피로감이 감돌고 있었다.
"드디어 내일, 아, 이제 잠시 뒤에는 오늘이 되겠지만, 생신 축하연 당일이자 핼러윈 데이잖아요."
아서는 무심코 천장을 올려다보며 말을 이어갔다. 마치 그곳에 '내일'이 대롱대롱 매달려 있다는 듯이.
"'성스러운 물고기'라는 자는 자신의 범행을 일관되게 강력히 예고했어요, 날짜까지 확정해서. 당연히 이쪽이 경계하고 경비도 삼엄해진다는 점을 예상했을 거예요."

"응, 그렇겠지."

모두가 고개를 끄덕였다.

"하지만 이제 허들이 아주 높아졌어요. 시골의 일개 저택에 경찰이 철통같은 감시를 하고 있잖아요. 게다가 주위에는 언론사 관계자들이 우글우글 몰려들었죠. 이중, 삼중의 감시인 셈이에요. 이런 상태에서 어떻게 아버지에게 접근하죠?"

"그 '성스러운 물고기'는 어디까지 예상했을까?"

데이브가 꼬고 있던 다리를 바꿔 얹으며 말했다.

"역시 그자는 '제단 살인사건'과는 관계없는 거 같아. 아무리 화려한 범행 예고를 했더라도 이렇게까지 일을 복잡하게 만들 필요는 없잖아. 경비가 어떻게 됐든, 일단 움직이기 힘들어졌다는 점만은 틀림없어."

"그러게 말이야. 아마 경시청에서 이렇게까지 대거 출동할 줄은 예상을 못 했던 게 아닐까?"

앨리스가 어깨를 으쓱 쳐들며 말했다.

"단독범이 아니라고 한다면 지금 이 상황도 해명이 되지 않을까요?"

그렇게 말을 꺼낸 것은 변함없이 담담한 어조의 리세였다. 아서는 완전히 익숙해진 눈빛으로 그녀를 관찰했다.

이 아가씨는 범인이 아버지의 성격을 정확히 파악한 다음에 범행을 예고했을 거라고 주장했다. 그렇다면 그녀는?

그녀는 아버지의 성격을 파악하고 있을까. 아니면 이미 파악이 끝났을까. 앨리스의 얘기를 듣고서? 아니면 그전부터?

"그럼 공범이 있다는 얘기?"

데이브가 물었다.

"네, '성스러운 물고기'가 팀으로 움직인다고 하면, 사람이 많을수록 저택에 잠입하기가 수월해지겠죠."

팀으로? 그건 미처 생각하지 못했다. 아서는 허를 찔린 느낌이었다. 그 클래식한 편지 내용을 보고 단지 복수에 불타는 단독범일 것이라고만 짐작했다. 물론 공범이 있을지도 모르지만 기껏해야 한 명 정도라고 예상했다. 하지만 편지 문장의 냉철한 인상, 저택 안에 독약이 든 술을 몰래 넣어둔 음습함 등을 보면 분명 팀으로 움직인 듯한 기미가 없지 않다.

"음, 일리 있는 말이야."

알렌 숙부가 팔짱을 끼고 머리를 앞뒤로 끄덕였다.

"하지만 결국 다람쥐 쳇바퀴 돌듯이 처음에 나왔던 의문으로 돌아가게 되는군. 그토록 큰 원한을 살 만한 일이라는 게 대체 뭐지?"

다들 저절로 서로의 얼굴을 마주 보았다.

"물론 오즈월드 레밍턴을 비롯한 우리 일가가 호감을 받지 못했고 많든 적든 미움을 샀다는 건 잘 알아. 하지만 왜 '지금'이지? 직접적인 원인은 뭐야?"

알렌 숙부의 그 말은 모두의 의문을 대변하고 있었다.

"누가 오즈월드를 협박하는지도 물론 중요하지만, 실은 왜 '지금 이 시기'냐는 것도 중요하다는 생각이 들어."

아서도 그 말에 동의했다. 누가, 왜, 라는 코앞의 의문에 매몰되어서 뭔가 다른 중요한 단서를 놓친 것은 아닐까.

그때 다들 움찔하면서 입을 딱 다물고 얼굴을 번쩍 들었다.

아서도 그중 한 사람이었다. 고개를 들어 바라본 순간, 모두의 눈빛에 물음표가 떠오른 것처럼 보였다.

"뭐야, 저게……."

앨리스가 억양 없는 목소리로 중얼거렸다.
"뭔가 소리가 들려. 누군가 밖에서 떠들어대나?"
"쉿!"
모두가 숨을 죽이고 귀를 기울였다.
어딘가 멀리서 여러 개의 소리가 겹쳐서 들려왔다.
저택 바깥이었다.
"새소리? 아니, 개가 짖는 건가?"
키스가 창문 쪽을 돌아보았다.
또다시 바깥이다. 그때와 똑같이 한밤중에.
다들 눈에 띄게 긴장하는 기색이었다. 창백하게 질린 얼굴로 바깥으로 시선을 던졌다. 마구 날뛰던 손전등의 그 불빛이 다시 보이는 듯한 착각이 들었다.

하지만 오늘은 어떤 빛도 없이, 창밖은 칠흑의 어둠이었다.

들린다.

다들 침묵에 잠겼다.

분명 사람 소리가 아니다. 크르르르 하는 소리는 새소리 같기도 하고 낮게 으르렁거리는 개의 소리가 섞인 것처럼도 들렸다.

"무슨 일이야, 왜 이렇게 소란스럽지?"

앨리스가 목소리를 한껏 낮춰서 물었다.

"어쩌지? 나가볼까?"

데이브가 아서를 돌아보며 물었다.

아서는 망설였다. 어둠 속에 흐릿하게 보이던 그 거뭇거뭇한 살덩어리가 눈앞에 떠올랐다. 또다시 그런 걸 보게 된다면…….

"지난번처럼 경비원을 불러야 하나."

키스가 중얼거리더니 수화기를 집어 들었다.

"엇?"

그는 수화기를 귀에 댔다가 내리면서 후크를 꾹꾹 눌렀다.

"연결이 안 돼."

"그럴 리가."

아서는 급히 키스에게서 수화기를 넘겨받아 귀에 대보았다. 익숙한 뚜뚜 소리도 없이 어떤 음도 들리지 않았다.

전화선이 끊겼어.

등이 써늘해졌다. 저도 모르게 주위를 둘러보다가 이내 커튼을 열어둔 창밖으로 시선이 향했다.

누군가 그곳에서 이 방을 엿보는 듯한 느낌이 들었다. 이 다음에는 불이 꺼져버리는 게 아닐까.

"전화가 안 돼. 내선을 연결할 수가 없어."

아서가 말하자 다들 동요해서 자리에서 일어섰다.

"어떡해?"

"상황을 살펴보러 나가야 하지 않을까?"

"아니, 밖에 나가지 않는 게 좋아."

저마다 급한 말투로 한마디씩 하면서 우두커니 서버렸다.

여전히 멀리에서 짐승들의 소리가 겹겹이 들려왔다. 그 살기 어린 소음이 불안을 부채질했다.

"어디서 들려오는 거지?"

키스가 창가로 다가갔다.

"글쎄, 서쪽 연못 방향인 것 같은데……."

앨리스가 자신 없는 목소리로 응했다.

다음 순간, 창밖이 번쩍 빛났다.

다들 의미 없는 짧은 비명을 올리며 몸을 움츠렸다.

뒤미처 엄청난 굉음과 충격이 덮쳐왔다.

부르르르 떠는 창유리의 진동, 콰앙 하는 폭발음.

"엎드려!"

알렌 숙부의 부르짖음과 동시에 유리창 깨지는 소리가 실내를 휘감았다. 일제히 머리를 손으로 가리고 바닥에 웅크려 앉았다. 잘게 쪼개진 파편이 우수수 쏟아졌다. 물큰한 탄내와 함께 정체를 알 수 없는 기묘한 냄새가 피어올랐다.

얼마나 그러고 있었는지, 이윽고 주위가 조용해졌다.

"다들 괜찮아?"

키스가 가까스로 주변을 살폈다.

모두 꼼짝도 못 하고 바짝 굳어 있었지만 이윽고 정신을 차린 듯 몸을 움직였다. 유리 파편이 바닥에 떨어지는 소리, 바닥에 떨어진 파편이 구둣발에 밟히는 소리.

부자연스러운 동작으로 하나둘 얼굴을 들었다.

"크흑."

데이브의 짧은 비명이 터지고 펄쩍 뒤로 물러서는 기척이 들렸다.

"리세, 괜찮아?"

앨리스의 걱정스러운 목소리에 리세가 고개를 들며 침착하게 답했다.

"난 괜찮아."

아서도 머뭇머뭇 얼굴을 들었다. 머리며 어깨에서 유리 파편이 후드득 떨어졌다.

그리고 그 순간, 눈앞에 떨어진 덩어리를 알아보았다.

불그죽죽하게 젖은, 털이 수북한 것.

"우욱."
그 정체를 깨닫고 아서는 반사적으로 입을 손바닥으로 막았다.
찢긴 짐승의 다리가 단면을 위로 향한 채 바닥에 나뒹굴고 있었다.

그 이후의 야단법석은 마치 전날 밤의 영상을 되감기해 재생한 듯한 데자뷔를 느끼게 했다. 아니, 그보다 더한 소란이었다. 이번에는 파괴행위까지 동반되어 방마다 온통 유리 파편이 흩어져 발 디딜 틈조차 없었다.
보험 청구수속으로 바빠지겠구나.
아서는 사람들의 머리며 어깨가 반짝거리는 것을 보고 자신의 머리와 몸에서도 작은 유리 파편들을 다치지 않게 조심조심 털어냈다.
블랙로즈하우스의 다른 건물 쪽에서도 비명소리와 고함소리가 뒤섞여 들려왔다. 폭발로부터 5분여가 지났다. 역시 큰 사고가 터졌을 때, 감정이란 나중에야 찾아오는 모양이다.
그 소리가 신호가 된 듯이 곳곳에 불이 켜졌다. 서치라이트며 손전등까지 불빛 크기는 제각각이지만 마치 한낮처럼 부지 안이 환하게 밝혀지자 다시 경찰과 개들이 잔디 위를 뛰어다니는 광경이 눈에 띄었다.

경찰이 험한 말을 날리는 소리가 들려왔다. 수많은 경찰이 지키고 있는데도 이런 엄청난 소란을 일으킨 미친 자에게 분노하고 어이없어하며 고함을 내지르는 모양이다.

아직 연기가 자욱하고 화약 냄새가 감돈다. 폭발사건을 일으킨 범인은 그리 멀리 도망가지 못했다. 분명 눈 깜짝할 사이에 범인을 포위할 수 있다. 아마 그런 기대감에서 나온 고함일 것이다.

하지만 그렇게 쉽게 해결될까.

금세 잡힐 거라고 확신한 것도 한순간, 아서의 머릿속에 강한 의구심이 솟구쳤다. 아무도 예상하지 못한 덫을 차례차례 놓고 있는 자가 그렇게 금세 잡힐 만한 실수를 할까.

"아, 이번에는 완전 스플래터 영화 같잖아."

앨리스의 목소리가 날아들었다.

찢긴 짐승의 다리를 보고 간담이 서늘했지만 다행히 핏물은 튀지 않은 것 같다. 최소한 이 방에서는 부상자도 나오지 않았다.

하지만 벽 쪽 창문 두 군데는 유리가 산산조각이 나버려서 계속 이 방에서 머물기가 어렵게 되었다. 키스는 이제 방을 옮겨야 할 터였다.

"이게 대체 뭐야, 폭발에 개들이 휘말린 건가?"

거무죽죽한 덩어리를 내려다보며 데이브가 중얼거렸다. 리세를 그 참혹한 살덩어리에서 멀리 떼어놓으려는 듯이 앞을 가로막고 서 있었다.

아주 바람직한 배려야. 아서는 마음속으로 아우에게 말을 건넸다.

하지만 저 아가씨는 굳이 너의 보호를 받을 필요가 없다는 기색이야. 너도 잘 알겠지만 혹시나 해서 말해두겠는데, 여자들은 평소에도 우리보다 훨씬 더 피를 보는 데 익숙해.

"아마 개의 몸에 폭약을 달아 풀어놓았나 봐요."

데이브의 등 뒤에서 리세가 말했다.

"아, 그런 거였군."

그녀의 말에 고개를 끄덕인 사람은 알렌 숙부였다.

"짐승들이 뛰어가는 소리가 났어, 숲에서 뒤쪽 정원으로."

그는 손가락 끝을 지면과 평행으로 스윽 훑으면서 말했다.

리세도 공감한 듯 고개를 끄덕였다.

"아마 먹이로 유인해 개를 재웠겠지요. 숲에서 잠든 개의 몸에 폭약을 달고, 몇 시간 뒤에 폭발하도록 타이머를 조정해 둔 게 아닐까요? 잠이 깬 개는 움직이기 시작했고 숲을 뛰쳐나와 뒤쪽 정원으로 내달렸다, 그러면서 숲속에서 잠들어 있던 새들을 깨우는 바람에 소란스러워졌다……."

마치 보고 온 사람처럼 말하는구나.

돌연한 폭발로 난장판이 된 현장에서 소소한 정보를 포착해 매우 논리정연하게 설명하고 있다. 역시 이 아가씨는 대단하다.

"맞아, 저쪽에서 새인지 개인지, 동물이 울부짖는 소리로 상당히 소란스러웠잖아."

앨리스가 정원 쪽을 내다보며 말했다.

다들 조심스럽게 움직였지만 각자 발밑에서 유리 파편이 으스러지는 둔탁한 소리가 울렸다. 놀란 마음이 겨우 가라앉자 유리가 사라진 창문으로 들이치는 찬바람이 뼈에 스몄다. 키스가 양팔을 움츠리며 부르르 어깨를 떨었다.

"자리를 옮기자. 어차피 이 방에서 지내기는 글렀어."

"어디로 가요?"

"짐은 어떻게 하죠?"

앨리스가 방 안의 악기며 캐리어를 돌아보며 말하자 키스는 어깨를 으쓱 쳐들었다.

"그대로 놔둬. 경찰 감식팀에서 나올 수도 있고, 분명 다시 참고인 조사를 받아야 할 테니까."

"으, 머리카락에도 유리 가루가……."

무심코 머리를 만지던 앨리스가 깜짝 놀라 손을 떼더니 풀장에서 나온 개처럼 머리를 마구 흔들어 유리 가루를 털어 냈다.

"사막 유적지보다 더 심해."

"그나저나 아버지는 무사할까?"

데이브가 생각난 듯이 말했다.

"뭐, 괜찮을 거야. 이런 한밤중에 정원에 나가기라도 했다면 얘기는 달라지겠지만."

줄지어 밖으로 나와보니 외부가 마치 실내처럼 북적거리고 환하게 밝혀져 있었다. 다른 건물에서도 손님과 직원들이 몰려 나와 불안한 듯 폭발이 일어난 쪽을 바라보았다.

"물러서요! 이쪽으로 오면 안 됩니다. 집 안에서 대기하세요!"

건장한 체격의 경찰이 소리쳤다. 하지만 아무도 들어가려 하지 않았다. 무슨 일이 일어났는지 궁금할 터였다. 그런 요란한 폭발이 일어났으니 당연하다. 잠이 달아난 것은 물론이고 생존까지 위협받는 상황이었다.

경찰이 다시 대량의 노란 테이프를 둘러쳐서 저택 안 사람들의 행동반경은 더욱더 좁아질 모양이다. 마치 노란 거미줄에 건물 자체가 꽁꽁 묶인 것처럼 보였다. 경찰들이 심각한 얼굴로 연락을 주고받으며 급하게 뛰어다녔다.

그때 멀리서 다가오는 구급차 불빛을 발견하고 아서는 흠칫했다.

구급차?

"다친 사람이 있나."

아서가 무심코 말하자 다들 똑같은 생각인지 긴장한 표

정으로 구급차 불빛 쪽을 향해 지그시 시선을 집중했다.

"혹시 아버지? 마침내 당한 거야?"

데이브가 창백해진 얼굴로 아서를 돌아보았다. 형제는 서로의 얼굴에서 불안과 혼란을 확인했다.

"무슨 일인지 알아봐야겠어."

아서가 걸음을 뗐다.

"어디 가려고?"

"경비본부가 있을 거야. 형사를 찾아봐야지."

아서는 폭발이 일어났던 쪽으로 향했다. 수많은 경찰이 마른 풀밭 위에 흩어져 사방으로 튄 폭발의 잔해를 수색하는 모양이었다.

데이브가 뒤따라왔다. 현관까지 나온 앨리스와 리세가 두 사람을 배웅했다.

밤의 정원은 광선이 너무 강해서 피사체 주변이 뿌옇게 보일 만큼 환했지만 오히려 색채감을 잃어버린 게 마치 흑백 영화 속에 들어선 기분을 느끼게 했다.

땅바닥 곳곳에 흩어진 물방울무늬로 보였던 것들은 아무래도 몸에 폭발물을 매달았던 것으로 추정되는 동물의 잔해인 듯했다. 그걸 깨달은 순간, 등줄기가 얼어붙는 느낌이었지만 애써 의식하지 않으려 했다.

"아서!"

뒤쪽에서 돌연 데이브가 걸음을 멈추고 저절로 오싹해지

는 소리로 형을 불러 세웠다.

"왜 그래?"

돌아보니 데이브가 바짝 굳은 채 시든 화분 쪽을 보고 있었다.

"왜……."

그렇게 말하려다가 아서도 그의 시선 끝을 바라보고 움찔 온몸이 굳어버렸다. 자신이 보고 있는 것이 무엇인지, 의식이 깨닫기보다 몸이 먼저 반응했다.

그건 자신과 동일한 구성물의 일부였다.

화분 위에 얹힌 허연 물체.

손가락의 일부였다.

동물의 것이 아니다. 명백히 인간의 것이었다. 피가 말라붙은 손톱을 분명하게 알아볼 수 있었기 때문이다.

온몸의 피가 거꾸로 솟구치는 것 같았다. 그다음에는 머리에서 피가 스르륵 빠져나가 말 그대로 체온이 몇 도쯤 떨어지는 느낌이었다.

"설마."

목구멍에서 뭔가가 울컥 소리를 냈다. 강한 구토감이 치밀었다. 고개를 돌리고 저도 모르게 그 자리에 웅크렸다. 심장이 두근두근 거칠게 뛰었다.

아까 방에서 봤던 것은 분명 동물의 사지였다. 절대로 인간의 것은 아니었다. 단면도 보였고, 명백히 동물이었다.

하지만 방금 본 것은 분명……

데이브가 구토하는 모습이 시야 끝에 잡혔다. 역시나 충격을 받은 것이리라. 아서도 속이 울렁거렸지만 아무것도 나오지 않았다. 그보다 대체 무슨 일이 일어났는지 온몸의 세포가 필사적으로 알아내려 하고 있었다.

하지만 새삼 머릿속에 떠오른 생각에 오싹 소름이 끼쳤다.

이 주변에 흩어진 잔해에 동물의 살 조각만이 아니라 인간의 살점도 포함되었는가.

그 순간 온몸의 털구멍이 일제히 열리면서 공포의 냄새를 흘렸다.

블랙로즈하우스의 정원이 인간이었던 것으로 뒤덮여 있다.

이번에야말로 위 속에서 씁쓸한 것이 솟구쳐 아서는 허리를 꺾고 토했다.

"이쪽에 들어오면 안 돼요, 돌아가요!"

가까이에서 날카로운 외침이 들렸다.

그런 경고가 아니더라도 지금 당장 꽁무니를 말고 달아나고 싶었지만 위 속의 것이 다 쏟아지기 전까지는 어쩔 수 없었다. 상대도 이쪽이 생리적 충동에 내맡겨졌다는 사실을 깨달은 모양이다.

가까스로 구역질이 진정되어 힘없이 고개를 들자 엄격한

눈빛으로 내려다보는 해밀턴 형사가 보였다. 그도 이곳에서 한심하게 몸을 웅크리고 증거물을 망치고 있는 바보가 아서임을 알아본 모양이었다.

"저, 저기에 손가락이……."

아서가 가까스로 목소리를 냈다. 그 목소리가 한없이 약하게 들려서 스스로도 한심했다.

"설마 사람까지……."

해밀턴 형사를 올려다보며 물었지만 그는 말이 없었다. 즉 부정하지 않는다는 뜻이다.

"개 한 마리, 그리고 아마도 사람. 그게 폭발로 날아간 모양이에요."

해밀턴 형사는 목소리를 낮추며 덤덤히 말했다.

"저 너머에서 우연히 새를 촬영하던 카메라맨이 있었거든."

"새?"

한순간 잘못 들었나 했지만 형사의 진지한 얼굴을 보니 농담은 아닌 듯했다.

"부엉이를 촬영하는 게 취미라는군요. 이 근처에 희귀한 새가 있어서."

해밀턴 형사는 어깨를 움츠려 보이며 말했다.

"그 카메라맨이 폭발 순간을 목격했어요. 그때 사람 살점 같은 게 쏟아졌다고 우리 경비본부에 신고했죠."

"누, 누가 죽었죠?"

웅크렸던 몸을 일으키고 데이브가 대화에 가담했다.

"아직 정확한 건 모르겠어요. 발견된 살덩이 일부를 통해 성인 남성으로 추정한 게 전부예요. 그리고……."

해밀턴 형사는 조용히 말을 이어가더니 잠시 뜸을 들였다.

"그리고 이 저택의 주인, 오즈월드 레밍턴 씨의 모습이 안 보여요. 방에도 어디에도 없어요. 현재 행방불명으로 모두가 나서서 수색 중입니다."

"행방불명……."

"아버지가?"

멍하니 중얼거리며 아서와 데이브는 둘 중 누구랄 것도 없이 서로를 마주 보았다.

해밀턴 형사는 더 이상 대꾸 없이 휴대전화를 귀에 대고 빠른 말투로 뭔가 지시를 내렸다.

"명심해요, 이곳은 아직 감식팀이 조사 중이에요. 즉시 방에 돌아가 대기하세요. 나중에 찾아갈 테니까."

발길을 돌려 뛰어가는 형사의 등을 보며 환하게 밝혀진 한밤중의 정원에서 두 사람은 할 말을 잃은 채 멍하니 서 있었다.

7장

일루전

'성스러운 물고기'의 예고대로 저주받은 핼러윈 데이는 그렇게 비할 데 없이 처참한 형태로 막이 올랐다.

정보 수집을 위해 경비본부를 찾아 나섰던 아서와 데이브가 끔찍한 현장을 목격하고 위가 텅 빈 채 허청허청 돌아와 보니 부상자는 없었지만 양관의 유리창은 반절 이상 산산조각이 나 있었다. 저택 내부는 복도며 방이 온통 유리 파편으로 서걱거리고 바깥바람은 그대로 들이쳐 얼음 보관실처럼 추위가 엄습했다.

그나마 파괴된 게 주로 복도 쪽 창문이었기 때문에 객실 유리창을 못 쓰게 된 곳은 키스가 지내던 방뿐이었다. 그래서 키스만 거처를 옮기기로 했고, 일단 아서의 방으로 피난해 왔다.

주변은 백주대낮처럼 환하고 사람들이 급하게 오락가락

해서 소란은 전혀 가라앉을 기미가 없었다.

정원을 내다보니 도저히 현실로 받아들이기 힘든 광경이 펼쳐졌다. 일대에 산산이 흩어진 그 살점에 대한 일은 더 이상 생각하고 싶지도 않았다.

아서는 저도 모르게 몸을 부르르 떨며 고개를 저었다.

떠올려서는 안 된다. 저곳에서 봤던 손가락 일부는 절대로…….

다시 속이 울렁거려서 머릿속에 떠오른 이미지를 황급히 지워버렸다.

"도저히 잠이 올 것 같지 않아."

조용하던 데이브가 무기력하게 말했다.

그런데 잠들지 못한 건 데이브만이 아니었던 모양이다. 아무튼 주위는 소란스럽고 밖은 환한 데다 창문이 망가져 틈새 바람과 외부 소음이 그대로 들어온다. 도무지 잠을 잘 분위기가 아니어서 결국 다시 모두가 한자리에 모였다.

키스의 방만큼 넓지 않아서 다들 소파와 침대에 거리를 좁힌 채 앉아 있는 모습에는 마음속 동요가 고스란히 드러나 있었다. 최대한 가까이 모여 있고 싶다. 즉 바꿔 말하면 아무도 외톨이로 남고 싶지 않은 것이다.

"어떻게 됐어?"

정보를 원하는 그들의 시선에 아서와 데이브는 떨떠름하게 서로를 마주 보았다.

폭발에 휘말린 게 개뿐만이 아니라 성인 남성도 함께였다는 사실을 밝히자니 너무도 마음이 무거웠다. 게다가 그 성인 남성이 가족인지도 모른다는 얘기는 더더욱.

"아버지가 행방불명이래."

아서는 작게 헛기침을 한 다음에 창백한 얼굴로 입을 열었다.

"행방불명이라니, 그게 무슨 말이야?"

앨리스가 재우쳐 물었다.

"설마 아까 그 폭발에 휘말리신 건 아니지요?"

매번 그렇듯이 감이 좋은 리세가 뒤미처 물었다.

아서는 힘없이 고개를 저었다.

"그건 아직 모르겠어요. 하지만 개와 함께 성인 남성 한 명이 희생되었다는군요."

다들 큰 충격에 휩싸인 얼굴이었다.

"설마, 아빠였어?"

앨리스가 부르짖듯이 물었다.

"아니, 아직 몰라. 지금 신원을 조사하는 중이래."

데이브가 고개를 저으며 무엇보다 자기 자신을 달래듯이 말했다. 누구와도 눈을 맞추려 하지 않는 모습을 보면 그도 그런 가능성을 고려하는 게 분명했다.

어색한 침묵이 내려앉았다. 이러니저러니 험담도 했고 실제로 몹시 싫어했던 인물이지만 그런 식으로 죽어도 된다는 뜻은 아니었다.

"⋯⋯폭발은 이번에도 숲 쪽에서 일어났지?"

알렌 숙부가 벽 너머에 펼쳐진 숲으로 흘끗 시선을 던지며 물었다.

"그저께도 숲, 오늘도 숲이야. 하긴 남의 시선을 피할 수 있으니 누구라도 그쪽에서 일을 꾸미겠지. 다른 데는 죄다 전망이 툭 트였잖아."

"서관 자리에 연못도 있으니까 몸을 감추기에 적합하겠죠. 당연히 거기서 가장 가까운 곳이 여기 양관이니까 우리가 목격도 하고 유리창도 죄다 깨져버린 거예요."

아서도 알렌 숙부의 시선 끝을 바라보며 말했다.

"근데 만일 네 아버지가 아까 일어난 폭발에 당한 거라면 북관에서 일부러 거기까지 나갔다는 얘기가 돼."

"그렇죠. 이상하네."

키스도 고개를 끄덕였다.

"이런 한밤중에 오즈월드가 터덜터덜 숲 쪽으로 나갈 이유가 있을까? 그야말로 살인 예고 날이 코앞에 닥쳤어. 내가 오즈월드라면 방 문을 단단히 걸어 잠그고 조용히 틀어박혔을 거야. 경찰이 노크를 하건 말건, 누가 뭐라고 하건 말건, 아무도 믿지 않고 문을 열어주지 않았겠지."

"네, 그렇죠."

다들 그 장면을 상상했는지 동시에 고개를 끄덕였다.

"혹시 위협해서 끌고 간 거 아닐까?"

앨리스가 섬뜩하다는 듯이 모두의 얼굴을 둘러보며 말했다.

키스가 그 말을 일소에 부쳤다.

"그건 말이 안 되지. 경찰이 저렇게 대거 출동했어. 경비 경찰도 문 앞에 서 있었고. 한밤중에 북관에서 오즈월드를 끌고 나갈 수는 없어."

"그럼 아버지가 자진해서 아무도 몰래 빠져나간 걸까요?"

아서는 알렌 숙부를 보며 말했다.

"그런 얘기가 되겠지. 경찰이 한눈파는 사이를 노려 몰래 나갔다든가."

"아니면 특별히 신뢰하는 사람이 불러냈다든가?"

"특별히 신뢰하는 사람……."

모두가 저절로 서로의 얼굴을 마주 보았다.

솔직히 그런 사람이 많았을 리는 없다. 그나마 지금 이 자리에 모인 우리라면 조금쯤은 신뢰했을 것이라는 마음, 그렇다고 설마 우리 중에 그를 불러낸 자가 있었을 리는 없다는 마음이 뒤섞인 표정이었다.

"근데……."

데이브가 고개를 갸우뚱하며 말을 이었다.

"북관에서 어떻게 나왔지? 아버지가 쓰는 방은 2층이고 발코니도 없어. 아까 그 형사는 '모습이 안 보인다'고 말했어. 방에도 어디에도 없다면서. 즉 '나갔다'고 하지는 않은 거야. 하지만 그 방을 몰래 빠져나오기란 불가능해."

제법 예리하구나. 아서는 아우의 기억력에 감탄했다. 방금 크게 놀라서 토하고 돌아온 참인데도 데이브는 형사의 말을 정확히 기억하고 있었다.

"아직 어딘가에 숨어 있는 거 아냐? 폭발음이 들리니까 무서워서 옷장이나 어딘가 비밀의 방 같은 데로 꼭꼭 숨은 거지."

앨리스가 진지한 얼굴로 말했다.

듣고 보니 어딘가에 숨어 웅크리고 있는 아버지의 모습이 오히려 생생하게 머릿속에 떠올랐다. 혼자서 한밤중에 정원으로 향하는 장면보다 훨씬 더 현실적이다.

"하지만 경찰이 대거 나서서 찾고 있어. 계속 들키지 않고 숨을 만한 장소가 있겠어?"

데이브는 회의적이었다.

"게다가 숨어 있었다면 이제 나와도 되잖아. 무슨 숨바꼭질도 아니고, 누군가 찾아줄 때까지 기다린다고?"

찾아주기를 기다린다…….

문득 아서는 뭔가가 마음에 걸리는 것을 느꼈다. 뭐지?

머릿속에서 번쩍번쩍 흔들리는 빛이 보였다.

그래, 어제 그 숲속의 사체. 손전등을 휘둘러 우리의 시선을 끌려고 했던 누군가.

그건 정말로 사체를 얼른 발견하게 하려던 것이었을까.

만일 다른 목적이 있었다면?

"대체 어떤 식으로 폭발을 일으켰을까."

리세가 낮게 속삭였다.

"어떤 식으로, 라니?"

앨리스가 그다음 말을 재촉했다.

"개가 짖고 새가 우짖는 소리가 들렸지? 나는 폭발물을 개의 몸에 달았을 거라고 생각했는데, 사람도 동시에 희생됐다면 폭발물 주변에 사람과 개가 같이 있었다는 얘기야."

"침입자가 어딘가를 폭파시키려다가 개에게 들켜서 실수로 같이 날아가 버린 건가?"

데이브가 팔짱을 끼면서 중얼거렸다.

"어딘가를 폭파시키다니, 아버지가 있던 방을? 아니면 블랙로즈하우스를?"

아서가 되묻자 그는 끄응 하고 신음했다.

그 순간 유난히 큰 소리로 벨이 울렸다. 모두가 화들짝 놀랐다.

"어디서 울렸어?"

"현관 쪽이야."

"누가 왔나 봐."

왠지 서로 얼굴을 마주 보았다. 일단 아서와 데이브가 나가보기로 했다.

찬바람이 들이치는 복도를 건너 현관으로 나가자 문 옆

의 깨진 창으로 해밀턴 형사가 이쪽을 살펴보고 있었다.

"죄송합니다, 밤늦은 시간에."

아서는 가슴이 철렁했다. 해밀턴 형사의 얼굴에서 뭔가 중대한 일을 보고해야 하는 사람의 결의 같은 게 보였기 때문이다.

"아뇨, 괜찮습니다. 뭔가 밝혀졌나요?"

아서는 마음의 준비를 하면서 그렇게 말을 건네고 현관문을 열었다.

"아버님이 아니었어요."

형사는 단도직입적으로 말했다.

"예?"

아서와 데이브는 저절로 목소리가 높아졌다.

"아버지가 아니었어요? 그 조각조각 흩어진 사체가?"

데이브가 덤비듯이 형사에게 물었다.

"예."

형사는 꾸벅 고개를 끄덕였다.

"그게…… 팔이 발견되었거든요. 비교적 손상이 적은 오른팔이에요. 조사해 본 바로는 젊은 남성이었어요, 기껏해야 2, 30대의."

잠깐 말을 머뭇거린 까닭은 손상이 적다고는 해도 참혹하기는 마찬가지였기 때문일 것이다.

"그렇다면 아버지의 팔일 수는 없겠군요."

아서는 납득했다.

"게다가 지문도 아버님과 달랐어요. 그러니 희생자는 아버님이 아닙니다."

"다행이네요. 감사합니다."

휴우 하고 형제가 나란히 가슴을 쓸어내렸다.

"하지만 아버지는 여전히 찾지 못했군요?"

아서의 질문에 해밀턴 형사는 말없이 고개를 끄덕였다.

"어떤 상황이었지요? 아까 '모습이 안 보인다'고 하셨는데, 밖에 나가는 걸 누군가 봤습니까?"

데이브가 다시 몸을 내밀며 물었다. 해밀턴 형사는 약간 의아해하는 표정이었다. 형사도 자신이 했던 말을 데이브가 정확히 기억하고 있어서 감탄한 모양이다.

"그게, 실은······."

형사는 한순간 망설였지만 이내 솔직하게 털어놓았다.

"변명으로 들릴지 모르지만, '방 안에서 사라져 버렸다'라는 게 딱 맞는 표현이에요. 복도에 있던 두 명의 경비 경찰이 그 방에서 나온 사람은 아무도 없다고 했어요. 창문 아래쪽에도 경찰이 있었는데 거기에서도 아무 이상이 없었다는 겁니다."

"어머니는?"

"어머님은 먼저 잠자리에 들었기 때문에 아무것도 모르셨어요. 아버님이 옆방에서 책을 읽는 줄만 알았다고 하더군요."

"방 안 어디에도 없었어요? 그러니까…… 옷장 같은 데도?"

혹시나 해서 물어봤지만 해밀턴 형사는 고개를 가로저었다.

"아니, 없었어요. 창문도 잠겨 있었고."

"밀실인가……."

아서는 저도 모르게 그렇게 중얼거렸지만, 말을 내뱉은 뒤에야 유치한 소리였다며 내심 겸연쩍어했다. 해밀턴 형사는 못 들은 척해주었다.

"하지만 어머님 얘기로는 아버님 코트가 없어졌다는군요. 그러니까 밖에 나가실 생각이었던 건 틀림없습니다."

"나갈 생각이었다고요, 아버지가? 이런 날 밤에?"

그렇게 되물은 건 살인 예고 날을 앞두고 한밤중에 외출 따위를 할 리는 없기 때문이었다.

"틀림없이 밖에 나가실 생각이었어요."

아서가 무슨 말을 하려는지 다 알고 있다는 눈빛으로 형사는 고개를 끄덕였다.

"누군가 만날 예정이었을까요?"

"그건 모르겠어요. 아무도 그런 예정이 있다는 말은 못 들었다고 했지만."

"그렇겠죠. 우리도 방금 그 얘기를 하던 중이었어요. 아버지가 오늘 밤에 외출할 리가 없다, 혹시 나간다면 뭔가 상당한 사정이 있었던 게 아니냐고."

"이번 폭발사건이 아버님에게 온 협박 예고와 관계가 있는지, 아직 밝혀진 건 없어요. 그러니까 서로 다른 사건일 수도 있습니다."

"그럼 최근에 일어난 그 '제단 살인사건'의 연장선상일까요? 그저께 일어난 사건과도 관련이 있고?"

"그것도 지금 수사 중입니다."

"그저께 사건과 관련이 있다면, 대체 왜 이런 짓을 벌였을까요?"

"이런 짓이라니, 무슨 말이지요?"

"연쇄살인이라면 대부분 동일한 수법을 쓰잖아요. 두 번 다 머리와 양손을 절단해 가고 동체는 두 동강을 냈는데 왜 오늘 밤에는 폭탄이지요?"

게다가 연달아 동일한 장소에서 엄청난 위험을 무릅쓰고 강행할 이유가 있을까.

해밀턴 형사가 참을성 있게 설명해 주었다.

"우리도 다양한 가능성을 열어놓고 수사 중이에요. 우선 아버님 건에 대해 소식을 전해주러 온 겁니다. 다른 얘기는 날이 밝으면 하기로 하죠."

해밀턴 형사가 손목시계를 흘끔 들여다보았다. 그만 자리를 뜨고 싶다는 신호였다. 바쁜 와중에 아서를 비롯해 가족들이 걱정할까 봐 일부러 와준 모양이다. 의외로 친절한 사람이다.

"고맙습니다."

아서는 급히 감사 인사를 건넸다.

"그 남성이 '제단 살인사건'의 희생자인지 아닌지는 아직 모르지만……."

형사는 문득 생각난 듯 다시 입을 뗐다.

"처음으로 신원이 밝혀졌어요, 지문이 데이터베이스에 남아 있어서."

그렇구나, 그래서 아버지가 아니라고 단정할 수 있었던 것이다.

"신원이 밝혀졌어요? 다행이네요."

"전과자였어요, 절도죄로 몇 번 잡혀 들어왔던."

"그럼 '제단 살인사건' 수사도 이제 급물살을 타겠군요."

"예, 그래야지요. 사뮈엘 본이라는 사람인데, 혹시 그런 이름을 들어본 적이 있어요?"

"사뮈엘 본……."

아서는 데이브와 얼굴을 마주 보았다. 서로의 눈빛에서 '모른다'라는 사인을 봤고 해밀턴 형사도 같은 것을 읽어낸 듯했다.

"모르시는군요. 하긴 그런 범죄자와 이 저택 분들 사이에 접점이 있어서는 곤란하겠죠."

마지막 말은 농담처럼 흘러나왔지만 형사는 표정이 굳어

있었다.

"또 무슨 일이 터질지 알 수 없는 상황이고, 아버님의 행방도 찾지 못했어요. 날이 밝는 대로 다시 순차적으로 참고인 조사가 있을 겁니다. 다들 조심하시기를."

"잘 부탁드립니다."

형제는 공손히 머리를 숙였다.

또 무슨 일이 터질지 알 수 없다. 아니, 그뿐만 아니라 우리는 지금 어떤 일이 일어났는지도 모르고 있다.

아서는 그렇게 마음속으로 중얼거렸다.

주검이 온통 부지 안에 흩뿌려진 희생자의 정체가 당주가 아니라 젊은 전과자라는 소식은 방에서 기다리던 이들에게 즉시 전달되었다. 입 밖에 내지는 않았지만 역시나 안도하는 분위기였다.

"하지만 어쨌든 그 전과자가 우리 부지 안에 침입했다는 얘기잖아."

앨리스가 문득 생각난 듯이 지적했다.

"이렇게 경비가 삼엄한데 어떻게 들어왔을까?"

새삼 오싹해졌는지 앨리스가 자신의 팔을 쓰다듬었다.

그러자 키스가 흘끗 아서를 돌아보며 말했다.

"그보다 폭발한 시점이 그자의 생전인지 사후인지 궁금하군. 형사가 뭐라고 했어?"

아서는 키스가 하려는 말이 무엇인지 알아차렸다.

"아, 그건 물어보지 않았네요. 사뮈엘 본이라는 남자의 사인이 폭발 때문이냐, 아니면 폭발 전에 이미 사망한 것이냐, 하는 질문이지요?"

"그렇지."

모두가 한순간 입을 꾹 다물었다. 그건 그야말로 소름 끼치는 상상이었다. 산 채로 폭발하다니, 너무도 끔찍하다.

그 상상을 지워버리듯이 데이브가 담담하게 말했다.

"참혹한 죽음이지만, 그자가 반드시 피해자라고 단언할 수는 없어. 어쩌면 그자가 아버지를 폭사시키려다가 실수로 자기가 당했을 가능성도 있잖아."

키스가 고개를 끄덕였다.

"그래, 그럴 가능성도 있지. 전과자였다면 누군가의 청부를 받아 실행범 역할을 했다고 보는 것도 부자연스럽지 않아. 이게 '성스러운 물고기'의 짓이라고 한다면 리세 씨가 지적했던 대로 단독범이 아니라 팀으로 움직였을 테니까."

"하지만 케케묵은 옛날 투의 요란한 범행 예고치고는 수법이 너무 허술해. 나는 적잖이 환멸감이 든다."

알렌 숙부가 불끈한 표정으로 중얼거렸기 때문에 아서는 쓴웃음을 지었다. 알렌 숙부다운 말이었다.

하지만 그건 아서 자신도 느꼈던 점이었다. 이런 시골에서 한밤중에 요란한 불꽃을 쏘아 올리다니, 마치 인근에 마구잡이로 트러블을 광고하는 식이다. 그런 음습하고 우회적인 협박장을 보냈던 인간이라기에는 뭔가 '그답지' 않았다.

"폭탄을 터뜨리면 당연히 사람들이 우르르 몰려들 텐데 말이야."

앨리스가 비웃듯이 어깨를 으쓱 쳐들자 데이브가 그건 아니라면서 반론에 나섰다.

"아버지를 해치울 목적이었다면 오히려 그쪽이 더 확실해. 이중, 삼중의 경비를 돌파하며 저택에 잠입하는 게 훨씬 더 비현실적이지."

"그런 허접한 전과자가 개를 데리고 올까? 방해만 되잖아."

앨리스는 범인이 사용한 수법이 불만인 모양이다.

"개는 그자의 개였을까? 어쩌면 들개였을 수도 있어."

"어쩌다 들개가 폭발에 휘말렸다고? 그건 말이 안 돼. 하지만 만일 그자가 개를 데려왔다면 그 이유는 대체 뭐지? 감시견? 아니면 호신용?"

"그자는 어떤 차림새였을까?"

여기저기서 줄줄이 의문이 튀어나오는 바람에 아서는 자신이 형사에게서 별다른 정보를 얻어내지 못한 것을 후회했다. 앞으로는 정신을 바짝 차려야지. 정보를 입수할 수 있는 기회를 충분히 활용해야 한다. 기회는 딱 한 번뿐이라는 사실을 명심하자.

"그런데 만일 그 남자가 폭발 전에 이미 사망했다고 한다면?"

리세가 의미심장하게 질문을 던졌다.

키스는 자기가 먼저 그런 말을 꺼냈으면서도 그새 다른 사람들과 마찬가지로 죽은 남자가 당주를 폭사시킬 작정이었다고 생각을 바꿨는지 리세의 말에 의외라는 표정을 보였다.

"그럴 가능성이 있을까?"

뺨을 긁적이며 반문하는 키스에게 리세는 천천히 말했다.

"폭발을 일으킨 자는 '성스러운 물고기'였다. 우선 그게 전제라는 건 동의하시지요?"

키스를 대신해 아서가 답했다.

"그 밖에는 그런 일을 저지를 만한 자가 떠오르지 않는군요. 실제로는 범인이 따로 있는지도 모르지만, 지금 이 타이밍에 그런 짓을 시도했다고 하면 우선 '성스러운 물고기'를 의심해야겠죠."

"그러니까 그 남자가 폭발 때 살아 있었다면 당연히 폭발에 관여했다고 봐야겠죠. 따라서 그 남자는 '성스러운 물고기'와 같은 편이다, 거기까지도 동의하시지요?"

"그렇죠."

이번에는 모두가 고개를 끄덕였다.

"그런데 그 남자가 폭발 전에 이미 사망한 상태였다면 어떻게 될까요?"

"어떻게 되느냐……."

데이브가 난감하다는 듯 몸을 꼼지락거렸다.

"어떻게 된다고 생각하나, 리세 씨는?"

알렌 숙부가 흥미를 느꼈는지 팔짱을 척 끼면서 물었다.

"그런 경우라면 그 남자는 그저께 밤에 뒤쪽 숲에서 일어난 절단 사체 사건의 관계자일 거라고 생각해요."

"왜?"

앨리스가 눈이 둥그레져서 되물었다.

"그 남자가 폭발 전에 이미 사망했다, 즉 '성스러운 물고기'와는 관계가 없다. 자, 그렇다면 어째서 이곳에 왔을까? 그 남자는 블랙로즈하우스의 당주가 협박을 당한다는 사실은 알지 못했어. 그런데도 굳이 이곳에 온 거잖아. 그야말로 경비가 삼엄한 이런 곳에."

"흠."

긍정인지 부정인지 알 수 없는 소리로 알렌 숙부가 신음했다.

"그렇다면 그 남자가 나타난 이유는 그저께 밤의 절단 사체 사건과 관계가 있다고 생각할 수밖에 없겠죠. 아, 파파라치는 아니라는 게 전제 조건이에요."

"만일 그렇다면, 그자는 간밤에 왜 여기에 나타난 거지?"

"글쎄요, 어쩌면 뭔가를 찾으러 왔을 수도 있겠지요."

"살인자가 뭔가 유류품을 회수하러 왔다거나?"

"그럴지도 모르죠……. 어쩌면 간밤에 저 정원에서 처음으로 두 번의 '제단 살인사건'과 '성스러운 물고기'가 서로 교차했을 수도 있어요."

처음으로 서로 교차했다…….

그 '서로 교차했다'라는 말의 여운이 어쩐지 섬뜩했다.

뭔가 의미심장한 저 말투, 일부러 그러는 건가 아니면 원래 저런 성격인가. 아무래도 어딘가에 진실을 감춰두고 있다는 생각이 드는 건 어째서일까. 아서는 답답함을 느꼈다.

"흠, 재미있군. 그리고 당주 본인은 아직 찾지 못했다고?"

알렌 숙부가 아서를 흘끗 쳐다보며 물었다.

"네, 아직……. 아, 맞다, 밀실 문제가 있었어."

"밀실?"

알렌 숙부가 되물었다.

"형사 얘기가 사실이라면 아버지는 방 안에서 사라졌다는 뜻이 돼요. 어머니도 아버지가 사라진 걸 알아차리지 못했을 정도니까요. 단지 아버지의 코트가 없어졌대요. 복도 쪽을 지키던 두 명의 감시 경찰은 아무도 출입한 자가 없었다고 했고."

"북관의 그 방이지?"

알렌 숙부는 방 안의 모습을 머릿속에 떠올려보는 모양이었다.

"정말로 비밀 통로나 비밀 공간 같은 게 있어요?"

아서가 농담처럼 말하자 알렌 숙부는 흥 하고 코웃음을

쳤다.

"뭐, 난 그런 얘기는 못 들었어. 하지만 성배가 벽에서 튀어나오는 집이야. 어딘가에 비밀의 방이 있다고 해도 놀랄 일은 아니지."

"하지만 코트를 입었거나 혹은 들고 간 걸 보면 역시 외출할 생각이었겠죠. 적어도 추운 곳에 간다는 자각은 있었던 거예요."

"추운 곳……."

리세가 조용히 되뇌다 불쑥 물었다.

"앨리스, 블랙로즈하우스에 지하실이나 와인 저장고 같은 곳도 있어?"

"물론 있지. 하지만 굳이 코트를 입고 갈 만큼 춥지는 않아."

"흠, 하긴 그러네."

"불길한 장소라고 꼭꼭 닫아둔 곳이라면……."

키스가 불쑥 중얼거렸다.

"예?"

데이브와 앨리스가 동시에 되물었다.

키스는 당황한 듯 손을 내저으며 쓴웃음을 지었다.

"아니, 옛날 화재 때 얘기야. 그때의 당주가 밤이면 하인들의 출입문을 잠가버렸고 그러다 불이 나는 바람에 모두 타 죽었다고 하는 악명 높은 서관의 지하 방이 있어. 거기를 한동안 지하창고로 개조해서 썼다는 얘기를 들은 적이 있어.

결국 서관이 재건되지 않았으니까 그리 오래 사용하지는 않았겠지만."

레밍턴가에서 화재보험으로 한몫 단단히 챙겼다는 나쁜 소문이 돌았던 그 화재 사건이다.

"정말이에요?"

처음 듣는 얘기였기 때문에 아서는 이번에는 알렌 숙부를 향해 다시 확인하듯이 물었다.

"내가 들은 얘기는 방공호를 팠다는 거였어. 까맣게 잊고 있었네."

"하지만 지금 그곳은 연못이잖아요. 거기에 어떻게 창고를 만들죠?"

앨리스가 의심스럽다는 눈빛으로 모두를 돌아보았다.

"연못을 판 것도 그 지하에 있는 방공호를 은폐할 목적이라는 얘기도 있었어."

"그럼 아버지가 그곳에 갔다는?"

하지만 키스와 알렌 숙부는 동시에 어깨를 으쓱 쳐들었다.

"글쎄 그거야 모르지. 다만 코트가 필요한 지하의 추운 곳이라는 조건을 듣고 그 얘기가 떠올랐을 뿐이야."

"왜 하필 오늘 밤에 그런 곳에 가지?"

"그러게 말이야. 아, 실제로 그곳에 갔는지 어떤지도 아직 모르잖아."

아서는 힘없이 고개를 저었다.

"어휴, 비밀의 창고라니, 추리소설이라면 독자들에게서 비난이 쏟아지겠네."

게다가 대부분의 추리소설에서는 곳곳에 정보의 복선이 분명하게 깔려 있어서 느긋하게 안락의자에 앉아 추리도 할 수 있고, 무모한 용기를 가진 탐정이 현장을 뛰어다니며 스스로 증거를 검증하기도 한다. 그런데 현실은 어떤가. 이렇게 '주요 등장인물'들이 저택 한 귀퉁이로 쫓겨나 거의 갇힌 상태에서 이러니저러니 억측만 하고 있을 뿐이다.

"그래도 아빠가 거기 있을지도 몰라. 지금 당장 가봐야 하는 거 아냐? 경찰에 연락해서 수색해 보라고 해야지."

앨리스가 나무라는 듯한 목소리를 냈다.

키스가 고개를 끄덕이고 방의 내선전화에 손을 뻗었다.

"그래, 우선 경비실에 연락해 저택 도면을 가져오라고 하자. 거기라면 정확한 도면이 있을 테니까."

하지만 알렌 숙부는 고개를 저었다.

"그건 벌써 경찰에 제출했겠지. 애초에 우리 쪽에서 경비를 부탁했잖아."

"하긴 그러네요. 아차, 지금 전화선도 끊겼어."

키스가 손에 든 수화기를 눈앞에 쳐들며 말했다.

"전화선……."

옆에서 나직하게 중얼거리는 소리가 났다.

일제히 그 목소리의 주인을 돌아보았다. 물론 그 아가씨,

리세였다.

"맞아요, 하필 오늘 밤 전화선이 끊겼어요."

그 눈빛이 음울하게 번뜩였다.

"예?"

아서는 흠칫했다. 그녀가 뭔가를 알아맞힌 듯한 느낌이 들었다.

"그게 어떻다는 말이죠?"

데이브가 물었다.

"폭발……. 앨리스, 아까 뭐라고 했지?"

리세가 갑자기 앨리스를 빤히 응시하며 물었다. 앨리스는 당황한 듯 눈만 껌뻑거렸다.

"나? 내가 뭐라고 했어?"

"그래, 어이없다는 표정으로 폭발에 관한 말을 했어."

여동생을 대신해 아서가 기억을 떠올렸다.

"아까 앨리스는 이렇게 말했어. 폭탄을 터뜨리면 당연히 사람들이 우르르 몰려들 텐데, 라고."

"맞아요, 그렇게 말했죠."

리세는 힘껏 고개를 끄덕였다. 더욱 큼직해진 그 눈이 신비롭게 빛났다.

"그리고 전화선은 끊겼죠."

그녀는 마치 빤한 일 아니냐는 듯이 모두를 둘러보았지만, 거기에 동의할 수 있는 자는 없었다. 당혹스러운 목소리가 수군수군 돌아왔다.

"자, 그러면 어떻게 될까요?"

리세는 흥분한 표정이 되었다.

"연락하고 싶은데 전화는 연결이 안 된다. 그러면 여러분은 어떻게 할까요?"

"어떻게, 라니……."

아서는 자신이 바보가 된 듯한 느낌이 들어 데이브와 얼굴을 마주 보았다.

리세는 참을성 있게 설명을 이어갔다.

"직접 찾아가지 않을까요? 분명 무슨 일이 일어난 것 같은데 아무도 알려주지 않는다면 현장을 확인하러 직접 찾아 나서겠죠."

"아!"

"요란한 폭발도, 전화선을 끊은 것도, 그야말로 사람들을 불러 모으기 위한 거였어요."

"사람들을 불러 모아서 뭘 하려고?"

데이브가 의아하다는 듯이 물었다.

"시선을 돌리게 할 수 있죠, 진짜 목적에서."

모두가 서로의 얼굴을 탐색하듯이 바라보았다. 실은 리세 자신도 방금 했던 자신의 말의 의미를 미처 다 파악하지 못한 것 같았다.

진짜 목적이라니, 그건 대체…….

돌연 아서의 머릿속에 번쩍 스치는 게 있었다.

"……성배!"

이번에는 모두의 시선이 아서에게로 쏟아졌다.
"성배는 지금 어디 있지?"
"디너 끝나고 아버지가 직접 금고에 보관했겠지, 밤늦게까지 모두 구경할 수 있게 비치해 뒀다가."
아서는 저도 모르게 벌떡 일어섰다.
그 요란한 폭발로 모두가 정원 쪽에 시선이 쏠렸고 일제히 밖으로 뛰쳐나왔다. 손님들도 직원들도 우르르 정원에 몰려나와 있었다.
만일 그게 양동작전이었다면? 당주를 노린다면서 단단히 경계하도록 하고, 나아가 시선을 돌리게 할 목적이었다면?

그 염려와 번뜩임이 옳았다는 것은 그로부터 몇 시간 뒤에 증명되었다.
당주의 방 금고에 보관했을 터인 성배가 흔적도 없이 사라졌다. 그뿐만 아니라 당주가 자취를 감췄기 때문에 누가 성배를 정리했는지도 밝혀지지 않았다. 즉 그 성배가 어느 시점에 사라졌는지, 아무도 알지 못하는 것이었다.

8장

시크릿

"사탕 안 주면 장난칠 거야, 라고 하는 날인가."

"응? 뭐라고 했어?"

"아니, 별거 아냐."

혼잣말을 중얼거렸는데 옆에 있던 데이브가 재우쳐 묻는 바람에 아서는 고개를 저으며 읽던 신문을 접었다.

창문 밖은 환한 햇살이 쏟아지고 있었다. 평온한 아침이라고 해도 좋을 것이다. 여전히 수많은 제복 차림의 경찰들이 곳곳에 출몰한다는 점만 빼면.

그야말로 핼러윈의 아침이었다. 마귀들이 허공을 떠다니고 거리를 활보하며 문을 두드리는 날. 그저 그림책 속의 옛날이야기라고 생각했다. 하지만 실제로 흉악한 마귀가 주변을 보란 듯이 활보하며 사람들을 공포의 구렁텅이로 떠밀고 있다. 어른들의 세계에서 마귀는 엄청나게 포악하다.

아서는 응접실을 가득 채운 사람들의 얼굴을 멍하니 바라보며 생각했다.

마귀는 이미 사탕을 받은 것일까.

사라져 버린 성배.

그 성배가 사탕이었는가. 놈들의 목적은 달성된 것인가.

숙박객 전원이 한자리에 모인 응접실은 전에 없이 높은 인구밀도를 보이고 있었다. 추리소설이라면 등장인물이 모두 한자리에 모이면 일단 수수께끼 풀이에 들어갈 텐데.

아서는 심각한 표정의 손님들을 둘러보았다.

한밤중의 요란한 폭죽놀이가 끝나고 날이 밝자마자 반강제로 모든 초대객이 이곳에 소집된 지도 벌써 두 시간여가 지났다. 하지만 수수께끼 풀이가 시작될 기미는 전혀 없었다. 입구에는 경찰이 감시를 위해 지키고 서 있다. 누군가 나가려고 하면 정중하게 제지를 당했고 화장실에 갈 때도 한두 명은 따라왔다.

당주가 행방불명이라는 소식은 벌써 모두에게 알려진 모양이었다. 바로 어제 저마다 당주를 향해 분노를 쏟아냈던 똑같은 자리에서 이번에는 당주의 행방을 걱정하며 두려움에 떠는 모습을 목도하자 기묘한 데자뷔에 빠져드는 것 같았다.

"아버지는 대체 어디 간 거야."

데이브가 곤혹스러운 목소리로 중얼거렸다.

"나도 정말 궁금하다. 아마 여기 있는 사람들도 그렇겠지.

어쩌면 이 안에 행방을 아는 자가 있을지도."

"이 안에?"

데이브는 오싹하다는 듯이 손님들을 둘러보았다.

성스러운 물고기. 이곳에 와 있을까. 손님들 틈에 섞여 태연한 얼굴로 일가의 모습을 살펴보고 있는지도 모른다.

"아버지가 그자에게 납치됐을까? 아니면 이미…… 이 세상에 없는 건가."

데이브가 잠시 머뭇거린 건 '살해되었다'라는 말을 삼가기 위해서리라.

"나는 아버지가 스스로 자취를 감췄다는 의심을 아직 떨칠 수가 없어."

아서는 소파 팔걸이에 팔꿈치를 짚으며 말했다.

"왜?"

"이게 '제단 살인사건'의 일환이든 아버지를 협박하는 자들의 짓이든, 일단 아버지의 사체가 발견되지 않았다는 게 가장 큰 증거야. 처참한 사체를 그토록 노골적으로 현장에 남겨두던 자들이 왜 아버지를 살해했을 때만 사체를 사람들 앞에 내놓지 않지?"

"그건 그러네. 지금까지의 수법과는 달라."

"이제 곧 아버지가 훌쩍 나타날 거라는 예감이 들어. 가족으로서의 희망적인 관측인지도 모르지만."

"그나저나 어떻게 자취를 감췄지? 방 밖에도, 집 밖에도 경찰이 지키고 있었는데."

연기처럼 사라져 버린 당주.

"밀실 문제는 골치가 아파. 책으로 읽을 때는 좋았는데."

그렇다, 그 문제가 있었다. 대체 아버지는 어떻게 북관을 떠날 수 있었는가. 비밀의 지하통로? 물론 그런 건 반칙이다.

"사탕 안 주면 장난칠 거야, 라고 해야 되나요?"

아까 아서가 중얼거렸던 말이 머리 위에서 그대로 들려왔다. 역시 그녀도 똑같은 것을 떠올린 모양이다. 리세의 서늘한 눈이 이쪽을 내려다보고 있어서 아서는 인사로 응했다.

"굉장한 핼러윈이지요?"

데이브가 쓴웃음을 지으며 리세에게 자신이 앉아 있던 소파를 권했다.

"사탕은 성배?"

함께 온 앨리스가 묻자 리세는 고개를 갸우뚱했다.

"그렇다면 이미 목적은 달성한 셈이야. 더 이상 여기에서 아무 일도 일어나지 않는다는 뜻이지."

"그러면 좋겠지만, 아버지는 아직 행방이 묘연해. '성스러운 물고기'의 목적은 정말 달성되었을까?"

"목적이 무엇이었는지에 따라 다르겠지."

"그나저나 너무 오래 걸린다, 여기에 내내 갇혀 있잖아. 참고인 조사를 한 번에 해치우려나 봐."

앨리스는 지쳐버린 얼굴로 살벌한 응접실 안의 모습을

바라보았다.

"아마 경찰은 지금 손님들의 방을 수색 중일 거야."

리세가 태연히 말했다.

"뭐라고?"

"설마!"

앨리스와 데이브가 동시에 부르짖었다. 하지만 리세는 언제나처럼 서늘한 표정 그대로였다.

"경찰은 성배가 아직 저택 안에 있고, 당주도 근처에 있다고 생각하겠지. 양쪽을 함께 찾고 있을 거야."

"어떻게 손님들에게 양해도 없이?"

"이곳은 당주의 저택이잖아? 경비를 의뢰한 당사자인 당주가 행방불명이라면 가택수색을 해도 문제 될 게 없어. 손님이 있든 없든 여기는 당주의 저택이니까."

"어휴, 또다시 와글와글 불평이 쏟아지겠네."

아서는 친척들의 비난을 상상하고 우울해졌다.

"경찰 입장에서는 이렇게나 많이 출동했는데 감쪽같이 놓쳐버렸으니 체면이 말이 아니겠죠. 결국 성이 찰 때까지 수색에 나설 수밖에 없어요. 수색이 끝나지 않고서는 우리도 여기서 나가지 못할 테고요."

"흥, 나갈 수 있기는 할까?"

데이브는 회의적인 어조로 말했다.

"붙잡혀 있는 시간이 더 늘어나겠어. 게다가 여기서 나간

다음에도 큰일이야."

"조간신문의 마감 시간은 놓쳤지만 석간이라면 제목이 어떻게 나올지 뻔히 예상이 되네."

다들 마주 보며 한숨을 내쉬었다. 이 엽기적인 사건에 타블로이드지 신문사들이 얼마나 기뻐 날뛸지 충분히 짐작할 만했다.

"들리는 얘기로는, 어젯밤에 버드워칭이 취미인 카메라맨이 맨 처음 터진 폭탄의 재료를 알아냈다더라고."

"진짜로 지금 다들 신바람이 났겠다."

지금까지보다 더 많은 언론사 관계자들이 이 작은 마을에 몰려들 터였다. 저택을 드나드는 자라면 단 한 명도 놓치지 않고 카메라 렌즈를 들이대며 플래시를 터뜨릴 게 틀림없다.

그때 응접실이 갑작스레 조용해졌다. 매클래린 경위와 해밀턴 형사가 성큼성큼 들어온 것이다. 뒤를 이어 경찰들이 줄줄이 따라오더니 방 안에 흩어진 손님들 사이사이에 균등하게 파고들어 정자세를 취했다.

다들 그새 눈에 띄게 수척해졌구나.

아서는 이번에 수사를 담당하게 된 그들이 딱하게 생각되었다. 점점 더 번거롭고 시끄러운 사건으로 커져 버렸으니 분명 런던 경시청의 상사는 불같이 화를 내며 얼른 해결하라고 다그치고 있을 것이다. 언론 대응도 해야 하고, '제단 살인사건' 조사도 해야 하고, 지금 수사본부는 큰 혼란에 빠져 있을 터였다.

"기다리시게 해서 죄송합니다."

매클래런 경위가 짐짓 공손한 목소리를 냈다. 하지만 전혀 죄송하게 생각하지 않는다는 게 그 삼엄한 눈빛에 드러나 있었다.

"이미 아시는 분도 많겠지만, 간밤에 정원에서 일어난 폭발로 성인 남성 한 명과 개 한 마리가 사망했습니다. 또한 폭발 전후로 이 저택의 주인 오즈월드 레밍턴 씨가 행방불명 상태입니다."

손님들 사이에서 불안한 웅성거림이 흘러나왔다.

"결론부터 말씀드리면, 이번 폭발의 희생자는 오즈월드 레밍턴 씨가 아니었습니다."

다시 웅성거림. 그게 안도의 웅성거림인지 아니면 아쉬움의 낙담인지는 알 수 없었다.

"현재까지도 오즈월드 레밍턴 씨의 소재는 밝혀지지 않았습니다. 그리고 또 한 가지."

경위는 거기서 목소리를 높였다.

"어제 디너 때 여러분께서 보셨던, 은행 대여금고에서 가져온 이른바 '성배'가 사라졌습니다."

또 한 번 한층 거센 웅성거림이 일었다. 이건 계산속이 노골적으로 드러나는 생생한 수군거림이었다. 누군가 잘도 가로채 갔구나, 하는 부러움이 섞였다고 느껴지는 건 단지 기분 탓인가.

"레밍턴 씨의 행방불명과 성배가 사라진 사건이 서로 관련이 있는지는 아직 확실치 않습니다. 어느 쪽이 먼저였는지도 밝혀지지 않았고, 나아가 폭발과의 연관성에 대해서도 아직 조사 중입니다. 하지만 간밤에 이 부지 밖으로 나간 사람은 현재로서는 없기 때문에 우리 경찰은 레밍턴 씨도 성배도 이 부지 안 어딘가에 있을 것으로 추정합니다."

경위는 딱딱한 말투로 뒤를 이었다.

"그래서 사후 승낙 요청은 큰 실례가 되겠으나 일단 여러분이 숙박 중이던 방을 포함해 부지 내 전역의 수색을 단행했습니다."

이번에는 그야말로 비명 같은 불만이 분출하면서 실내가 떠들썩해졌다. 미리 통지했어야 한다, 이건 프라이버시 침해다 등의 외침이 연거푸 튀어나왔다. 하지만 매클래런 경위는 전혀 동요하는 기색 없이 충분히 이해한다는 듯 몇 번이나 고개를 끄덕였다.

"하지만 안타깝게도 둘 다 발견하지 못했습니다."

당연하다, 경찰의 횡포다, 하는 야유와 동시에 안도하는 기척도 보였다.

"실은 우리 경찰은 얼마 전에 레밍턴 씨에게서 누군가 협박하며 목숨을 노리고 있으니 조사해 달라는 의뢰를 받았습니다. 그런데 그 레밍턴 씨의 행방이 묘연해졌어요. 이것도 그 수사의 일환이라고 생각하고 양해해 주시기 바랍니다. 대단히 죄송하지만 지금부터 여러분의 몸수색을 시작하겠습니다. 여러분이 성배를 소지하지 않았다는 사실이 확인되는 대로 즉시 이곳을 나가셔도 됩니다."

다시 분노한 고함이 와글와글 끓어올랐다.

"이 자리의 누군가가 성배를 갖고 있다는 소리네."

앨리스가 중얼거렸다.

"그렇게 크진 않지만 그렇다고 몸에 숨겨둘 만한 물건은 아니잖아. 하긴 신사용 재킷 호주머니라면 들어갈지도 모르겠지만."

데이브가 성배를 머릿속에 떠올리듯이 시선을 허공에 띄운 채 말했다.

"핸드백에도 넣으려면 넣을 수 있겠죠."

리세는 손에 든 작은 가방을 내려다보며 말했다.

"아서 씨, 제 가방에 성배가 들어 있는지 확인해 보실래요?"

"아뇨, 사양합니다."

아서는 어깨를 으쓱 쳐들며 답했다.

"감춰둘 곳이라면 얼마든지 있겠지. 바닥을 뜯거나 벽 속에 넣어둔다거나."

데이브는 그곳에 성배가 매달려 있기라도 한 것처럼 천장을 올려다보았다.

"그래, 이건 난센스야. 숲속에 파묻었을 수도 있고, 다른 방법도 얼마든지 널려 있어. 별다른 건 없어도 부지 하나는 엄청 넓은 곳이니까."

"다른 방법이 얼마든지 널려 있기 때문에 더더욱 몸수색을 하는 거야. 가능성을 하나하나 없애나가려고."

"만일 여기에 성배를 가진 사람이 있다면 지금 어딘가에 얼른 감춰버릴지도."

리세가 재미있다는 듯이 중얼거렸다.

"옛날 형사 드라마에 그런 게 있었어. 결정적인 살인의 증거를 갖고 있던 범인이 몸수색을 당하게 되자 그걸 피할 방법을 찾았어. 그리고 일단 보기 좋게 성공했지."

"어머, 어떻게?"

앨리스가 흥미롭다는 듯이 물었다.

"이런 프라이버시 침해는 참을 수 없다고 소리치면서 범인이 형사를 붙잡고 실랑이를 했어. 그리고 그 틈에 증거를 형사의 호주머니에 슬쩍 넣은 거야."

"오, 대단하네."

"그래서 몸수색을 해도 범인에게서 아무것도 찾아내지 못했어. 하지만 형사는 범인이 증거를 자신의 호주머니에 넣었다는 걸 나중에 알았고, 결국 범인은 잡혔어."

"이번 경우에는 그런 물건을 경위의 호주머니에 넣었다가는 묵직해서 금세 들켜버릴걸."

"그야 그렇지."

"자, 즉시 시작하고자 하오니 협조 부탁드립니다."

경위가 우격다짐으로 목소리를 높였다.

"남자분과 여자분으로 각각 나눠 저쪽 별실에서 조사할 예정입니다. 담당자의 안내에 따라주시기 바랍니다."

경찰이 차례차례 손님들을 별실로 데려갔다.

"어째 일이 점점 더 커지고 있네."

앨리스가 그 모습을 지켜보며 한숨을 내쉬었다.

"이렇게 해봤자 찾아낼 것 같지도 않은데 말이야."

"그건 모르지."

리세가 낮게 웃으며 응했다.

"엇, 누군가 성배를 갖고 있다는 소리야?"

"반드시 성배는 아니더라도 뭔가 나올 수도 있어."

"뭐가 나오는데?"

"글쎄, 뭔가 재미있는 것이 나올지도."

재미있는 것……. 그건 대체 뭔가.

아서는 줄줄이 경찰을 따라 나가는 손님들을 응시하며 생각했다.

저항하는 사람들이 더러 있었는지 몸수색은 예상 밖으로 상당한 시간이 걸렸다. 특히 부인들 쪽은 이따금 날카로운 부르짖음이며 비명 같은 항의의 목소리가 새어 나와서 응접실로 돌아와 있던 신사들이 대화를 중단하고 귀를 기울이는 장면이 눈에 띨 정도였다.

"대체 뭘 항의하는 거야?"

"설마 코르셋에 달아둔 것도 아닐 테고."

몸수색이 끝나는 대로 각자 방에 돌아가도 된다고 했지만, 응접실에 그대로 머무는 사람들이 많았다. 서로 정보도 교환해야 하고, 게다가 방에 혼자 있기가 두려웠기 때문일 것이다. 아서와 데이브도 응접실에서 꾸물거리고 있었다.

딱히 할 일도 없으니 술이나 마시자는 생각인지 저마다 손에 술잔을 들고 있는 모습이 여기저기서 눈에 띄었다. 협박범이 노리던 당주가 사라졌으니까 다른 사람에 대한 위해는 줄어들 거라고 판단하는 게 자연스러운 일이리라.

하지만 정말로 이제는 안전할까. 어디까지나 노리는 대상은 아버지일 뿐, 우리는 관계가 없는 것일까. '성스러운 물고기'는 아버지뿐만 아니라 우리 일족 앞으로 그 편지를 보내지 않았던가. 아서는 석연치 않은 기분을 씻어낼 수 없었다. 행방이 묘연해진 아버지, 사라져 버린 성배.

분명 예고한 대로 아버지의 생일이자 핼러윈 데이에 사건은 일어났다. 하지만 핼러윈 데이라고 하면 일반적으로 그날 저녁을 떠올리게 마련이다. 그런데 간밤에 자정이 지나자마자 폭발이 일어났다.

예고 날짜를 벗어난 것도 아니고, 어쩌면 방심한 때를 노린 연막작전이었는지도 모른다. 하지만 어쩐지 선뜻 납득이 되지 않았다. 혹시 아직도 사건은 계속되고 있고, 아버지의 실종은 그 일부에 지나지 않는 게 아닐까.

아서는 무의식중에 주변을 둘러보았다. 지금 여기서 대체 무슨 일이 일어나고 있는가. '성스러운 물고기'는 어떤 그림을 그려내려는 것인가.

느닷없이 뒤에서 데이브가 어깨를 탁 쳤다.

"아야얏."

저도 모르게 얼굴을 찌푸리며 돌아보자 데이브가 눈짓으로 슬쩍 복도 쪽을 가리켰다. 아서도 데이브의 그 시선 끝을 건너다보았다. 그러자 그곳에 새파래진 얼굴의 한 아가씨가 보였다. 에밀리아의 친구이자, 아서와 자꾸 단둘이서만 얘기하려고 했던 그 아가씨였다. 오늘은 레몬옐로의 원피스를 입고 있었다. 저런 옷을 대체 몇 벌이나 들고 왔을까. 그녀의 집 옷장은 마치 무지개 나라에 들어선 것처럼 판타지로 가득 차 있을 게 틀림없다. 그런데 그녀가 이쪽을 향해 눈빛으로 뭔가를 호소하고 있었다.

"무슨 일이지?"

"형과 얘기하고 싶은 모양이네. 잠깐 가봐."

데이브는 이런 쪽으로 유난히 눈치가 빠르다.

"내가?"

"불편을 끼친 우리 집 손님이잖아."

아서는 떨떠름하게, 하지만 결코 그렇게는 보이지 않도록 주의하면서 자리에서 일어나 온화한 영업용 미소를 지으며 여자 쪽으로 다가갔다. 이름이 어맨다였나? 아니, 미란다였던가? 에밀리아의 친구들은 모두 용모가 비슷비슷해서 난감하다.

"무슨 일입니까? 몸수색은 무사히 끝났어요?"

되도록 어련무던한 화제를 꺼내봤는데 그 순간 여자가 파르르 떠는 바람에 아서까지 저절로 멈칫하고 말았다.

"아서 씨, 미안해요."

저도 모르게 몇 걸음 뒤로 물러선 아서에게 여자가 펄쩍 뛰듯이 매달렸다.

"앗, 혹시 어디 아픈 데라도?"

아서의 품으로 안겨들듯이 쓰러지던 로버트 숙부의 일이 뇌리를 스쳤다. 섬뜩한 그 기억, 인간이 단지 물체가 되어버린 순간. 설마 이 여자도 독약이 든 술을 마신 건가?

"미안해요, 아서 씨. 하지만 이건 오해예요."

그녀는 눈물 섞인 목소리로 거듭 말했다. 아니, 거의 패닉 상태에 빠진 듯한 목소리였다.

대체 왜 이러는 건가. 아서는 혼란스러운 머리로 생각을 가다듬었다.

"저는 아서 씨에게만은 오해받고 싶지 않아요."

"오해라니요?"

그녀는 얼굴을 거칠게 좌우로 흔들더니 아서의 목을 팔

로 감고 점점 더 품속으로 파고들었다. 엄청난 힘이었다. 아서는 공포를 느꼈다. 레슬링에 이런 기술이 있다. 힘껏 조이고 등을 꺾는다. 이러다 나도 목이 졸려 죽는 게 아닐까.

여자가 띄엄띄엄 내뱉는 말소리가 들려왔다.

"저는 겉보기와는 다른 사람이에요. 항상 즐겁고 환하게 방글방글 웃어서 보는 사람을 행복하게 해준다고들 하시지만……"

지금 이거, 자기 자랑인가?

"그런데 그건 그냥 겉으로만 그러는 거예요, 실제 제 모습은 아무도 알지 못해요. 사실은 아주 섬세하고 망가지기 쉬운 성격인데……. 그런 제가 너무 싫어서 저는, 저는, 지금까지 열심히 노력해서……."

여자는 으흐흑 하고 작은 오열을 흘리더니 그제야 아서를 풀어주고, 감탄스럽게도 립스틱과 콤팩트 외에는 아무것도 안 들어갈 것 같은 작은 배니티 백에서 손수건을 꺼내 흥하고 코를 풀었다.

어쨌든 풀려난 것에 안도해서 아서는 그녀와 약간 거리를 두며 재킷 앞깃을 바로잡고 다시 한번 물었다.

"오해라니, 무슨 말씀이시죠? 대체 뭘 오해한다는 말입니까?"

오해하고 자시고 할 만큼 깊게 사귄 적도 없는데, 라고 덧붙일 뻔했지만 아서는 가까스로 그 말을 꿀꺽 삼켰다.

여자는 말문이 턱 막힌 듯 잠시 침묵하더니 머뭇머뭇 입을 열었다.

"몸수색에서……."

불길한 예감이 들었다. 경찰이 자신들의 실수에 화가 나서 손님들에게 엉뚱한 화풀이라도 한 것일까.

"무슨 불쾌한 일이라도 있었습니까? 그렇다면 죄송합니다. 저희가 엄중히 항의하겠습니다."

혹시 아까 그 비명 같은 소리는 이 여자가 낸 것인가? 약간 괴상한 톤의 비명이었기 때문에 이 얼굴에서 그런 목소리가 나오리라고는 예상하지 못했다.

"불쾌한 일……."

그녀는 그렇게 중얼거리더니 내내 창백하던 얼굴이 이번에는 순식간에 빨갛게 변해갔다. 그 표정을 보니 아무래도 몸수색 때 겪은 굴욕 같은 걸 곱씹고 있는 모양이다.

"너무 심했어요……. 그야 뭐, 그런 말을 들어도 어쩔 수 없는지도 모르지만……. 그 눈빛, 그 태도, 정말 너무 심했어요."

여자는 울음을 터뜨리며 다시 아서를 향해 몸을 던졌다.

허억.

아서는 그 격렬함에 당황해 한순간 피하려다가 가까스로 견디며 지극히 의무적으로 그 몸을 받아주었다. 여자가 엉엉 울면서 얼굴을 파묻는 것은 아마도 안아달라는 뜻인 모양이었다. 하지만 아서는 그런 구도만은 결코 원치 않았기 때문에 여자가 품에 달라붙게 해주는 대신 자신의 두 팔은 자유롭게 늘어뜨리는 자세를 취했다.

여자는 의미를 알 수 없는 소리로 왕왕거렸지만 그 말은 아서의 가슴팍과 그녀의 얼굴 사이에서 뭉개져 제대로 알아들을 수 없었다. 우선 몸수색 때 심한 소리를 들었다는 말만 겨우 이해했다.

"네, 알겠습니다."

아서는 여자의 양 어깨를 잡아 뒤로 밀면서 찬찬히 타이르듯이 말했다.

"지금 나하고 같이 항의하러 가시죠. 대체 어떤 부당한 소리를 했는지 단단히 따져야겠어요."

하지만 그렇게 말하자마자 여자의 눈물이 딱 멈추고 표정은 얼어붙었다. 너무도 순식간에 울음을 그치는 바람에 아서가 오히려 당황할 정도였다.

"그렇게 하시죠. 제가 나서서 엄중히 항의해 드릴 테니까요."

아서는 엄격한 표정을 지어 보였다.

그것도 아니면 대체 어떻게 해달라는 거냐고!

마음속은 답답함으로 가득했다.

"아니…… 아뇨, 더 이상 생각하고 싶지도 않아요."

여자는 마스카라가 떨어지는 게 아닐까 싶을 만큼 강하게 고개를 저었다.

"저는 그냥 아서 씨에게만은……."

약간 연극적인 표정으로 여자는 간절하게 아서를 응시했다.

"아서 씨에게만은 저의 진짜 모습을 알려드리고 싶었어요. 저, 그런 여자 아니에요. 저는 그저 불안했을 뿐이에요. 실은 무척 섬세하고 상처 입기 쉬운 사람인데. 제발 오해하지 말아 주세요. 그 말만은 꼭 하고 싶었어요."

그녀는 손수건으로 입을 가리고 홱 돌아서더니 구르듯이 복도로 달려갔다. 명백히 자신이 퇴장하는 모습을 오래오래 지켜볼 아서를 의식한 몸짓이었다. 마치 서툰 연극배우가 자기만족뿐인 연기를 하고 사라져 가는 꼴을 보는 것 같았다.

아서는 어리둥절해서 입을 헤벌린 채 그 자리에 멀뚱히 서 있었다.

"무슨 일이었어?"

멀리서 지켜보고 있었는지 데이브가 슬금슬금 옆으로 다가왔다.

"아주 무섭게 안겨들던데? 어떤 일 때문에 화가 난 거야?"

"그러게 말이야, 화가 난 건지 슬픈 건지 도무지 알 수가 없네."

복도 안쪽에서 앨리스와 리세가 뒤를 연신 돌아보며 나란히 다가왔다. 두 사람은 넋이 나간 아서를 알아보고 눈이 둥그레졌다.

"웬일이야? 방금 에밀리아의 친구가 울면서 뛰쳐나가던데?"

앨리스가 복도 안쪽을 턱으로 가리키며 물었다.

"아니, 나도 뭐가 뭔지 모르겠어."

아서는 어깨를 으쓱하며 양팔을 펼쳐 보였다.

"갑자기 나한테 달려와서 오해다, 오해하지 말아라, 자꾸 그 말만 하더라고. 몸수색에서 뭔가 심한 소리를 들은 것 같긴 한데……."

앨리스가 흠칫 놀라는 표정을 지었다.

"어머, 그래서……."

앨리스와 리세는 서로 얼굴을 마주 보며 복잡한 표정을 지었다.

"뭐야, 그 떨떠름한 반응은?"

"아, 그런 거였네."

"맞아, 저 여자, 아서에게 호감을 가진 눈치였잖아."

앨리스와 리세가 동시에 입을 열었다.

"뭐? 무슨 얘기야, 몸수색 때 경찰이 난폭하게 굴었던 게 아니었어?"

"경찰이 난폭하게?"

리세가 그렇게 되물은 뒤 두 아가씨는 동시에 푸후훗 웃음을 터뜨렸다.

"난폭했다고? 정말 저 여자, 너무 난폭하게 굴었지."

깔깔거리며 실컷 웃어대고 있었다.

아서는 당황해서 저절로 씩씩거렸다.

"아니, 지금 이게 웃을 일이야?"

"글쎄 난폭했던 건 저 여자라니까? 경찰이 아니야, 에밀리아의 친구라는 저 여자가 난폭하게 굴었다고."

앨리스는 웃음을 참지 못해 킥킥거리며 말했다.

"저 여자가?"

이번에는 아서와 데이브가 어리둥절해서 서로를 마주 보았다.

"흠, 이걸 어쩌지?"

앨리스가 이내 난처한 표정을 지었다.

"입 다물까?"

리세도 앨리스를 보며 말했다.

"아냐, 어차피 이제 곧 아서의 귀에도 들어갈걸. 그렇다면 나한테 듣는 게 낫겠지, 입이 거친 자들이 음험하게 얘기를 부풀리기 전에."

"대체 무슨 일인데?"

둘의 대화 내용을 전혀 이해할 수 없어서 형제는 나란히 앨리스를 노려보았다.

"한마디로, 저 여자는 약간 병이 있는 것 같아요."

리세가 조심스러운 어조로 말했다.

"병?"

"응, 여자에게, 아니, 여자만 그런 건 아니지만, 이따금 보이는 병."

앨리스가 고개를 끄덕이며 말했다.

"혹시…… 달거리?"

아서의 머뭇거리는 말에 두 아가씨는 다시 깔깔깔 웃음을 터뜨렸다.

"하하하, 오랜만에 들어보는 예스러운 단어네. 근데 달거리는 병도 아니고, 여자라면 누구나 경험하는 거야."

"그럼 뭐야?"

"간단히 말해서 도벽증이야. 습관적으로 물건을 훔치는 병."

"헉!"

전혀 예상도 못 한 대답에 형제는 말문이 턱 막혔다.

"별로 대단한 걸 훔친 건 아냐. 은제 냅킨꽂이, 작은 서진 같은 거였대. 꼭 갖고 싶어서라기보다 자기도 모르게 손이 나갔겠지. 그런 자잘한 물건들이 그녀의 옷 속에서 줄줄이 나오니까 여성 경찰이 대체 이건 뭐냐고 추궁했던 모양이야. 그랬더니 갑자기 펄펄 뛰면서 비명을 내질렀나 봐."

그 옷에 그런 것들을 감춰둘 만한 여유가 있을 줄이야.

"참 별일이 다 있네. 얘기로는 들었지만 실제로 보기는 처음이야."

데이브가 놀랍다는 한숨을 내쉬었다.

앨리스는 아서의 어깨를 툭 쳤다.

"그냥 이해해 줘. 그 여자, 아서에게 도둑으로 여겨지는 건 견딜 수 없었을 거야. 그래서 일부러 스스로 고백하러 왔겠지."

"고백이 아니었는데? 결국 무슨 말인지 하나도 알아듣지 못했다고."

아서는 분개해서 혼자 투덜거렸다. 어쨌든 드디어 그 이상한 언동의 의미는 알게 되었다.

"이제 수수께끼가 풀렸지?"

"그보다 에밀리아는 친구의 그런 도벽을 알고 있었나?"

"글쎄? 어쩌면 알면서도 친구가 됐는지도 모르지."

그런 여자를 내게 소개하려 했다는 말인가. 내 여동생이지만 에밀리아는 참 황당한 아이다. 아서는 여동생의 소행을 상기하며 몸을 부르르 떨었다.

"분명 오해하긴 했네."

"맞아, 그랬을 거야."

앨리스가 몇 번이나 고개를 끄덕였다.

아니, 내 인식이 부족했다. 분명 에밀리아와 그 친구들, 이른바 영양令孃이라고 일컬어지는 여자들에게도 나름대로 '마음속 어둠'이 있는 것이다. 똑똑히 기억해 두자고 다짐했다.

앨리스와는 또 다른 의미에서 아서는 몇 번이고 고개를 끄덕였다.

"어쩌다 이런 어처구니없는 일들이 자꾸 일어나는지 모

르겠어. 미안해, 리세."

앨리스가 한숨을 섞어 중얼거렸다.

"아냐, 그렇지 않아."

그 목소리가 본심에서 나온 말로 느껴졌는지 앨리스는 놀란 표정이었다.

"정말? 이런 끔찍한 일들을 겪게 했는데도?"

그 눈빛에는 의아함이 담겨 있었다.

"경찰에 참고인 조사를 받질 않나, 주위에 사체가 굴러다니질 않나, 폭발 충격으로 소스라치게 놀라질 않나, 그래서 이 저택의 손님은 다들 잔뜩 화가 나 있는데?"

리세는 큭큭 하고 작게 웃었다.

"그건 그렇지. 끔찍한 상황인 건 분명해. 하지만 잘 생각해 봐, 아서 씨에게 호감을 가졌다는 언니 친구분은 이 상황을 영화 속 여주인공처럼 즐기고 있잖아."

그 눈빛이 장난스럽게 반짝거렸다.

앨리스는 무릎을 탁 치며 웃음을 터뜨렸다.

"아하, 아까 그거? 정말 웃겼지?"

도벽이 들통나자 사람들에게 알려지기 전에 변명을 하러 달려온 에밀리아의 친구. 울면서 자리를 뜨는 모습은 명백히 자기연민에 빠져 있었고, 그 순간이 그녀에게는 쾌락과 같았을 것이다.

"아서 씨는 멋진 분이야. 호감을 갖는 것도 이해가 돼."

"그래?"

앨리스는 다시금 놀란 얼굴이 되었다.

"저렇게 괴팍한데?"

"세상과 거리를 두고 있을 뿐, 그리 괴팍한 사람은 아니야. 이 집에서는 괴팍하다고 할지도 모르지만, 실은 섬세하고 사려 깊은 분이야."

"어머, 정말로 그렇게 생각해?"

"응."

복도의 소파. 몸수색이 끝나자 응접실은 손님들이 불만이며 불안감을 쏟아내는 성토장이 되었다. 두 사람은 그 독기를 피하려고 이곳에 나와 있었다.

이제 몸수색은 거의 마무리되고 각 방의 수색도 끝난 듯했지만 성배나 당주를 찾았다는 소식은 아직 들려오지 않았다. 혼돈의 수렁에 빠져들어 전망조차 암울한 수사진, 그리고 며칠째 발이 묶인 손님들의 답답함이 무지근한 공기가 되어 저택 안을 가득 채웠다.

"이제 어떻게 될까, 대체 언제까지 이런 감금 상태를 견뎌야 하지?"

앨리스가 한숨을 내쉬며 말했다.

"그보다 아버님이 걱정되지 않아?"

"걱정이야 되지. 근데 왠지 실감이 나질 않아. 솔직히 말하면 이 사건 자체가 아버지가 꾸민 짓이 아닌가 하는 의심도 들거든. 무엇보다 자신의 안위가 가장 중요한 사람이야. 자신을 지키기 위해서라면 가족이든 뭐든 서슴없이 내줄 사람이라니까. 어려서부터 그건 뼈저리게 알고 있었어. 그러니까 이제 곧 어디선가 훌쩍 나타날 것 같아."

앨리스의 냉랭한 표정을 보며 리세는 신기하다는 듯이 중얼거렸다.

"흥미로운 성격인가 봐, 이 댁의 당주."

"뭐, 그렇다고 할 수도 있겠다. 많든 적든 우리 집안의 아이들은 어떻게 하면 아버지에게서 멀리 떨어질 수 있을까, 어떻게 하면 아버지의 인력권 밖으로 도망칠 수 있을까, 그런 고민으로 인격 형성의 시기를 허비해 왔다고 할까."

앨리스는 팔짱을 끼고 다시금 한숨을 내쉬었다.

"그래서 고고학자가 된 거야?"

"그런 이유도 있었지. 원래부터 좋아하던 분야긴 했지만, 아버지가 전혀 터치할 수 없는 세계라는 점도 큰 이유였으니까."

"그렇구나."

앨리스가 발치로 시선을 툭 떨궜다.

"나, 리세에게 사과해야 해."

"왜?"

"솔직히 말하면, 나한테도 리세 같은 친구가 있다고 모두에게 과시하려고 이곳에 초대했어."

"나 같은 친구?"

"오빠들은 나를 거칠고 세련된 데도 없는 이단아라고 생각해. 그래서 이런 노블하고 멋있는 친구도 있다는 거, 보여주고 싶었어."

"어머, 영광이네."

리세는 재미있다는 듯이 웃었다.

"그래서 진짜 솔직히 얘기하겠는데……."

주위에 아무도 없는데도 앨리스는 리세의 귓가에 입을 바짝 댔다. 리세도 덩달아 귀를 쫑긋 세웠다.

"내가 실은 리세를 아서에게 소개하고 싶었나 봐."

"나를?"

리세는 어리둥절한 얼굴로 되물었다.

"응, 그걸 방금 깨달았지 뭐야."

앨리스는 쓴웃음을 지었다.

"방금?"

"조금 전에 리세가 아서를 칭찬했잖아. 그래서 깨달은 거야. 나는 가족 중에서 아서를 가장 좋아하거든. 데이브도 괜찮지만, 그는 어느 쪽인가 하면 가치관이 아버지와 비슷해서 나와는 예전부터 마음이 잘 안 맞았어. 하지만 아서는 저렇게 보여도 실은 아주 중립적인 사람이야. 어떤 일에나 선입견을 품지 않아. 항상 유유자적, 나를 있는 그대로 받아주는 유일한 사람이지. 근데 저런 성격 때문인지 곁에 여자가 전혀 없어서 여동생으로서 적잖이 안타까운 마음이었어. 봤잖아, 아서에게 다가오는 여자라고는 아까 그 좀도둑 여자처럼 뭔가 착각한 경우뿐이야. 사람들은 레밍턴가에는 그런 여자가 잘 어울린다고 생각하겠지. 하지만 나는 리세라면 아서와 잘 맞지 않을까, 언제부턴가 그렇게 생각했던 거 같아."

"나를 너무 좋게 봐준 거 아니야?"

리세는 점점 더 재미있다는 듯한 표정이 되었다.

"리세의 마음은 어때? 아서는 취직도 정해졌고, 약간 세속을 벗어난 듯한 면은 있지만 정서가 안정되어 있고, 아주 좋은 남편이 될 거 같은데."

리세는 큭큭 웃었다.

"응, 아서 씨는 아주 좋은 남편이 될 거야."

"게다가 내가 보기에는 아서도 싫지 않은 눈치야."

"정말?"

"적어도 리세에게 관심이 있다는 건 틀림없어. 아서가 그러는 모습, 처음 봤어. 《더 선》을 보는 것만큼 신선했어."

리세는 아하하 하고 웃음을 터뜨렸다.

"그러고 보니 나, 지난번에 아서 씨에게 얘기했어, 우리 선조에 관한 일."

"엇, 그 오래전 얘기?"

"내가 앨리스를 따라오기로 마음먹은 것도 그것 때문이잖아."

"그야 그렇지만, 어째서 그런 얘기를?"

리세는 잠깐 고민하더니 입을 열었다.

"그냥 어쩐지, 라고 할까. 앨리스 말대로 아서 씨가 내게 관심을 보이기는 했는데 그게 경계심 때문이라고 느껴졌거든."

"경계심?"

앨리스는 진심으로 어이없다는 표정이었다.

"설마 아서가 리세를 경계했다는 거야?"

"말했잖아, 아서 씨는 사려 깊고 주위를 찬찬히 관찰하는 사람이야. 근데 나는 어디서 굴러온 사람인지도 모르잖아. 어쨌든 아서 씨를 적으로 돌리고 싶지는 않았어."

앨리스는 당황했다.

"적이라니, 아서가?"

"뭐, 앞이 보이지 않는 상황일 때는 되도록 적이 될 가능성을 줄여야지."

앞을 향한 채 그렇게 담담히 대답하는 리세를 앨리스는 지그시 바라보다가 이윽고 본심을 툭 내뱉었다.

"전부터 여간내기가 아니라고 짐작했지만, 리세는 정말 대단해. 나도 꽤 배짱이 두둑한 편인데 리세는 이런 상황에서도 정말 침착하고 여유만만한 느낌이야."

"그런가? 어쩌면 어릴 때부터 혼란스럽고 절망적인 상황을 많이 겪어서 이미 익숙해졌기 때문인지도."

"앗, 그랬어?"

"뭐, 그런 편이었어, 이래저래 복잡했으니까. 우리끼리만 하는 얘기지만 생명이 위험했던 적도 있어."

빙그레 웃으면서 리세는 말했다.

앨리스는 한동안 말없이 그런 리세를 바라보았다.

"전혀 그렇게 보이지 않아. 고생 모르고 자란 부잣집 따님인 줄만 알았는데."

"그렇게 말하자면 앨리스도 격식 있는 집안의 아무 부족함 없이 자란 부잣집 따님이잖아."

두 사람은 얼굴을 마주 보며 푸훗 웃음을 터뜨렸다.

"아, 역시 좋다, 리세는. 다시 한번 반했어."

"나야말로."

"그래서, 뭔가 알아냈어?"

앨리스는 느긋한 얼굴로 리세를 보며 물었다.

"아니, 아직 아무것도."

"하지만 블랙로즈 문장은 리세의 선조가 가져온 거라고 했지?"

"그렇지, 가설이지만."

"어쨌든 재미있다. 나도 전에 일본의 문장에 관한 책을 본 적이 있거든."

앨리스는 무릎 위에 팔꿈치를 짚고 턱을 얹었다.

"뭔가 신기했어. 영국의 문장과는 전혀 달라. 생략 방식이 과감하다고 할까, 엄청 세련됐어. 어쩌면 옛날 일본인은 '정말로' 그런 모양을 자연계에서 봤던 게 아닐까 하는 마음이 들었어. 나는 이따금 생각해, 옛날 사람과 우리는 똑같은 것을 봐도 전혀 다르게 봤던 게 아닐까, 지금 옆에 옛날 사람이 있다면 똑같은 개나 꽃을 봐도 눈에 비치는 건 다르지 않을까 하고."

리세가 흠칫했다.

"똑같은 것을 봐도 눈에 비치는 건 다르다……."

입속에서 다시 되풀이했다.

"똑같은 것을 봐도……."

앨리스가 이상하다는 듯 그런 리세의 옆얼굴을 보았다.

"왜 그래?"

한 박자 늦게 리세가 돌아보았다.

"아, 아무것도 아냐. 근데 분명 그렇다, 앨리스 말이 맞아."

"뭐가?"

"내가 잘못 짚었는지도 모르겠어. 찾는 방법이 틀렸던 것 같아."

"선조의 흔적?"

"응."

리세는 혼잣말처럼 중얼거렸다.

"어쩌면…… 사물을 보는 방식 자체가 달랐던 게 아닐까. 그래, 앨리스의 선조와 우리 선조는 똑같은 것을 보면서도 전혀 다른 것을 봤을 수 있어."

리세는 얼굴을 들고 저만치 한 지점을 응시했다.

"무슨 생각을 하고 있어?"

의아한 얼굴로 데이브가 묻는 바람에 아서는 자신이 술잔을 손에 든 채 멍하니 있었다는 것을 깨달았다.

"응? 아니, 아무것도 아냐."

할 게 없어 따분해진 손님들이 할 일은 딱 한 가지뿐이다. 술 마시기. 공포와 분노가 뒤섞인 응접실의 분위기는 어느새 피로와 이완으로 바뀌었다. 아서는 주위를 둘러보았다.

맞아.

유리잔에 입을 댔다.

나는 지금 뭔가 생각하고 있었어. 의식하지 못한 사이에 뭔가를.

"아서, 잠깐 물어봐도 될까?"

갑작스럽게 동생이 정색하는 목소리를 내서 아서는 그의 얼굴을 바라보았다. 평소에 동생의 얼굴을 정면으로 보는 일은 거의 없다. 떨어져 산다면 당연한 일이고, 성인이 되어 각자의 길을 걷고 있다면 더더욱 그렇다.

그때 아서는 동생이 어른의 얼굴을 하고 있다는 사실을 새삼 깨달았다. 한 번도 본 적이 없는, 더 이상 순진한 아이가 아니라는 것을 보여주는 표정이었다.

"뭐야, 갑자기 정색을 하고? 고백이라도 하려는 거야? 설마 네가 범인이라느니 하는 얘기는 아니지?"

마치 농담처럼 그렇게 물어본 이유는 어쩐지 불길한 예감이 들었기 때문이다. 이런 상황에서 동생은 대체 어떤 말을 꺼내려 하는가.

"그런 거 아냐."

데이브는 쓴웃음 반, 불쾌함 반으로 살짝 얼굴을 찌푸리더니 후우 한숨을 쉬었다.

"실은 계속 생각은 해왔어. 뭐, 이런 거 전혀 물어보고 싶진 않았는데 아무래도 이상한 상황이기도 하고, 일단 확인은 해두자 싶어서."

"글쎄 그게 뭔데? 웬일이냐, 네가 이렇게 말을 빙빙 돌리고?"

아서는 조심스럽게 대답을 재촉했다.

데이브는 천천히 고개를 갸우뚱 기울였다.

"솔직히 말하면, 차라리 모르는 편이 낫겠다는 마음도 있고……."

"모르는 편이 낫다고?"

"아니, 이런 거, 원래 그렇잖아."

아서는 데이브의 얼굴을 찬찬히 들여다보았다. 점점 더 말을 빙빙 돌리고 있다. 정말 웬일인가, 망설임 따위는 모르는 녀석인 줄만 알았는데.

"그래서야 무슨 말인지 모르지. 괜찮으니까 말해봐."

새삼 지그시 바라보는 아서의 시선을 받으면서도 데이브는 잠시 망설였지만 이윽고 마음먹은 듯 입을 열었다.

"형이 취직한 데, 국가기관이지?"

"뭐?"

아서는 질문의 의미를 선뜻 파악하지 못했다.

하지만 이번에는 데이브가 진지한 표정으로 빤히 형의 얼굴을 들여다보았다.

"좀 더 분명하게 말하면, 형이 취직한 데, 영국 정보기관이잖아? 아, 대답할 수 없다면 안 해도 돼. 애초에 답을 들을 생각은 없었으니까. 하지만 호기심이란 억누르기 힘든 법이잖아. 이런 사건이 터지지 않았다면 평생 묻지도 않았을 거야."

"뭐야?"

아서는 입이 떡 벌어졌다.

데이브는 당황한 듯 손을 내저었다.

"됐어, 됐어, 굳이 거짓말할 거 없어. '나는 정보기관에 근무한다'라는 말은 절대로 하면 안 되잖아. 아무리 MI6이 신문광고로 직원을 모집하는 시대라고 해도 말이지."

그러고 보니 이전에도 누군가 내 근무지 얘기를 했는데. 에밀리아의 친구라는 그 여자였던가. 그 여자의 학교에 저널리스트를 희망하는 기특한 학생이 있다느니 뭐니 하는 얘기를 나눈 게 어렴풋이 기억났다.

"대체 무슨 근거로 그런 오해를?"

아서는 불끈해서 데이브의 얼굴을 노려보았다.

"응? 오해야? 정말로?"

데이브는 의심의 눈빛을 그대로 드러내며 형의 얼굴을 보았다.

아서는 흥 하고 코를 울렸다.

"정말로 그냥 따분한 연구원이야. 국가 기밀 따위를 위해 일할 마음이라고는 애초부터 없었어."

"그래도 그런 소문이…… '아니 땐 굴뚝에 연기 날까'라는 속담도 있고……."

"그 소문, 다 헛소리야. 아니, 그런 소문이 퍼질 정도라면 정보기관도 의미가 없지. 마치 광고하고 다니는 꼴이잖아."

아서는 답답하다는 듯이 끄응 신음소리를 흘렸다.

"정말로 아니야?"

"아니라니까. 데이브, 내가 정말로 그런 일을 할 사람으로 보여?"

아서의 물음에 데이브는 잠시 허공을 올려다보며 생각에 잠겼다.

"흠, 듣고 보니 그런 쪽으로는 도통 어울리지 않는 것 같기도 하고 아주 잘 어울리는 것 같기도 하고……."

"스파이가 될 수 있는 조건 중에서 가장 중요한 건 애국심과 자기승인 욕구야. 나는 국가를 위해 전력을 다하고 있다, 그리고 그 사실은 나만 알아주면 된다, 하는 믿음이라고.

나한테 그런 게 있겠어?"

데이브는 입속에서 뭔가 우물우물 중얼거렸다.

"흠, 미묘한데……."

"미묘할 거 없어. 나는 전혀 그런 게 없어."

"뭐, 그럴지도 모르겠다."

데이브가 뺨을 긁적이며 말했다.

"무슨 근거로 그런 엉뚱한 착각을 했어?"

아서가 불쾌하다는 목소리로 말하자 데이브는 소심한 표정이 되었다.

"아니, 나도 주워들은 얘기야. 형이 취직한 데가 그런 기관의 방패막이 같은 곳이라고 하더라고, 분명 스카우트된 거라면서."

"누가 그런 얘기를?"

"그건 좀…… 노코멘트."

"노코멘트라는 말은 내가 아는 사람이라는 얘기네."

"이름은 밝힐 수 없어. 좀 봐줘."

데이브가 머리를 숙였다.

"뭐, 됐어. 일단 가보자."

아서는 커피 테이블에 술잔을 내려놓고 자리에서 일어섰다.

데이브가 당황한 표정으로 얼굴을 들었다.

"가다니, 어딜?"

"아버지 방에. 정보기관에 취직한 건 아니지만, 방금 네 얘기 듣다 보니 아예 정보원인 척 해봐도 재미있을 거 같아. 일단 행방이 묘연한 게 우리 둘의 아버지니까 말이야."

"정말로 가보려고?"

어리둥절한 기색이었지만 데이브도 자리에서 일어섰다.

"경찰이 그 방에 들어가게 해줄까?"

"해밀턴 형사에게 부탁해 봐야지. 이미 현장검증도 끝났고, 어쨌든 우리는 가족이야. 속사정이라면 누구보다 잘 알고 있어. 밑져야 본전이니까 일단 가보자."

둘이 나란히 복도로 나서자 서늘한 공기가 상쾌하게 다가와 응접실 공기가 얼마나 탁했는지(다양한 의미에서) 새삼 깨닫게 해주었다.

"아서, 부모님 침실에 가본 적 있어?"

"어렸을 때 갔던 것 같은데 거의 기억나는 게 없어. 그러니 비밀 통로가 있다는 얘기도 못 들었지."

"아, 그거, 나도 함께였어. 생각해 보면 그때만 해도 우리가 참 귀여웠지. 그 큰 방에서 우리끼리 자는 게 무서워서 울면서 어머니에게 달려가면 한 침대에서 재워주곤 했던 거 같아."

"엉엉 운 건 너였지. 나는 울지 않았어."

"엄마한테 가자고 하니까 형도 금세 따라나섰잖아?"

"그런 세세한 일까지 잘도 기억하는구나."

"그거야 서로 마찬가지 아닌가?"

변함없이 저택 안 경비는 삼엄했다. 험상궂은 표정의 경찰이 곳곳에 서서 복도를 오가는 손님들을 날카로운 눈초리로 일별했다. 하지만 해밀턴 형사의 모습은 보이지 않았다.

"어디 있는 거야."

"본부에서 호출이라도 받은 모양이지."

"분명 크게 질책당하겠네."

최근 며칠 동안 타블로이드지를 미쳐 날뛰게 한 이 엄청난 전개를 보면 딱하게 여기지 않을 수 없었다.

양친의 침실은 저택 안쪽 으슥한 곳의 2층에 있었다. 어느 쪽인가 하면 음침한 곳에 자리 잡고 있어서 복도며 계단도 어둡고, 딱히 어린애가 아니더라도 그리 기분 좋은 통로라고는 할 수 없었다.

2층으로 올라가자 유난히 고요하고 어슴푸레한 복도가 나왔다.

"이런 으스스한 곳을 지나 어머니에게 달려갔다니, 믿기지 않는군."

"내 느낌도 그래. 우리가 쓰던 침실이 더 환했던 거 같아."

"묘하게 써늘하네, 이 복도."

"동감이야. 그냥 느낌상 그런 게 아니지? 이거 봐, 소름이 돋았어."

둘이서 수군수군 주고받으며 복도 안쪽으로 들어갔다. 왜 그런지 목소리를 낮추게 되는 것도 이 우중충한 복도 탓일까.

모퉁이를 돌자 저 앞에 양친의 침실 문이 열려 있었다. 하지만 노란 테이프가 여러 겹 둘러쳐진 채였고 그 앞에 우락부락한 경찰이 버티고 서 있었다. 복도 끝에도 한 명이 있었다. 침실과 이어진 방에 달린 또 하나의 문 앞이다.

"문은 저 두 군데뿐이야. 그리고 창문 아래쪽에도 감시가 있었어."

아서가 되짚었다.

"그래, 완벽한 밀실이지."

"그런데도 아버지는 코트를 들고 어딘가로 나갔다?"

두 사람은 멈춰 서서 주변을 돌아보았다. 경비 중인 경찰이 수상쩍다는 듯 이쪽을 주시했다. 아서는 그 경찰을 지그시 마주 보았다. 그러다 이윽고 깨달았다.

저쪽은 환하다. 그런데 왜 이쪽은 이렇게 어둡고 우중충하지?

아서는 천장을 올려다보았다. 복도 천장에는 위쪽으로도 빛이 가닿게 동일한 간격으로 간접조명이 설치되어 있다.

"왜 그래?"

데이브가 의아한 얼굴로 아서의 시선 끝을 따라갔다.

"흠."

아서는 다시 한번 복도 끝을 보고 뒤쪽도 돌아보았다. 그 다음에는 복도를 한 걸음 한 걸음 꼼꼼히 확인하듯이 나아갔다. 중간에 멈춰 서서 돌아보더니 잠시 지나서야 되돌아왔다.

"뭐 하는데?"

데이브는 어리둥절해서 아서를 지켜보았다.

"그런 거였네."

아서는 짧게 고개를 끄덕였다.

"글쎄 뭐가?"

데이브가 답답하다는 듯이 물었다.

"복도 끝에 비해 이쪽이 어둡고 우중충한 이유 말이야."

"혹시 '성스러운 물고기'의 저주?"

데이브가 농담처럼 말했다.

"아니, 실로 단순한 이유야. 이 복도, 앞쪽은 조명과 조명 사이의 거리가 멀어."

"응?"

아서는 복도 안쪽 끝을 가리켰다.

"틀림없어. 보폭으로도 측정해 봤어. 안쪽은 조명 간격이 짧은데 이쪽은 꽤 거리가 있어."

"그래?"

데이브가 놀란 듯 복도 안쪽으로 시선을 던졌다.

"그냥 원근감 때문에 먼 쪽의 조명이 촘촘하게 보이는 줄 알았는데?"

"응, 그렇게 느끼게 해서 사람들 눈을 속인 거야."

"그런데 왜 이런 식으로 설치했지?"

"왜냐면……."

아서는 벽을 쿵쿵 두드리기 시작했다. 경찰이 놀란 듯 이쪽을 보았지만 아서는 개의치 않았다.

"이쪽의 조명과 조명 사이 어딘가에 문이 있기 때문이야."

계속 벽을 따라가면서 쿵쿵 두드렸다.

"한 군데만 문 넓이만큼 간격을 벌리면 부자연스럽게 눈에 띄겠지. 그래서 이쪽은 모두 간격을 넓게 잡았어."

"엇, 설마."

데이브가 믿을 수 없다는 얼굴로 벽을 올려다보았다.

아서가 흠칫 손을 멈췄다.

지금까지 났던 소리와는 명백히 다르다.

"여기야!"

"문이라니, 그런 건 전혀 눈에 띄지 않는데?"

데이브가 찬찬히 벽을 훑어보며 말했다.

"하지만 이 너머에 어딘가 빈 공간이 있어. 그건 확실해."

"설마 정말로 비밀 통로가?"

아서와 데이브는 벽 앞에서 멀거니 서로를 마주 보았다.

"이 벽 너머에 빈 공간이 있다고 해도 거기로 가는 입구가 어딘지는 모르잖아."

데이브가 벽에 귀를 대며 말했다. 뭔가 소리가 들려오지 않을까 하고 눈을 둥그렇게 뜬 채 귀를 기울였다. 하지만 이윽고 포기하고 얼굴을 뗐다.

"안 되겠어, 아무 소리도 안 들려. 빈 공간이 있는지 어떤지도 애매하고."

"복도가 아니라 여기 방 안 어딘가에서 문이 열릴 수도 있어."

아서의 말에 동생은 흘끗 복도 안쪽을 돌아보았다.

"아버지 침실, 들어가 볼까?"

"경찰이 허락해 줄지 모르겠어."

둘이서 얼굴을 맞대고 계속 수군거리자 안쪽에서 경비감시를 하던 경찰들이 더욱더 수상쩍어하는 눈치였다. 이쪽을 가리키며 뭔가 얘기하는 것을 보고 두 사람은 일단 물러나기로 했다. 방금 발견한 수수께끼의 공간에 대해서 경찰에는 어쩐지 알리고 싶지 않았다. 자신이 잘못 짚었을 수도 있고, 괜히 정보를 말했다가 엉뚱한 추궁을 받을지도 모르기 때문이다.

"어?"

돌아가려고 벽에서 물러선 순간, 아서는 벽지에서 얼룩 같은 것을 발견했다. 다시 찬찬히 살펴보니 희미하기는 해도 결코 잘못 볼 리가 없는 바로 그 마크였다.

블랙로즈. 꽃잎 다섯 장의 장미.

정말로 단 한 개만 그곳에 찍혀 있었다. 스탬프로 꾹 눌러 찍었을 테지만 색깔이 바래서 이제는 단순한 얼룩으로밖에 보이지 않았다.

데이브도 이제야 마크를 알아본 모양이었다.

"이게 왜 이런 곳에?"

아서는 주위의 벽도 살펴보았다.

"다른 데도 있을까?"

두 사람은 찬찬히 벽지를 훑어나갔다. 하지만 확실하게 블랙로즈 마크가 찍힌 곳은 한 군데뿐이었다.

"혹시 아이들이 장난으로 찍어둔 거 아냐?"

"아이들이라니, 누구? 우리?"

"아니, 적어도 우리가 아니라는 점만은 분명하지."

"게다가 저건 상당히 높은 자리야. 어린애라면 한참 더 낮은 곳에 찍었겠지."

"그러네."

아서는 그 마크가 아무래도 마음에 걸렸다.

마치 피 얼룩 같다. 오래된 범죄의 흔적인가. 이곳이 폭력의 현장이었고 벽지까지 피가 튀었다?

머릿속에 떠오른 이미지를 서둘러 지워버리고 둘이서 복도를 휘적휘적 걸어 나왔다.

"이 건물, 우리가 짐작한 것보다 훨씬 더 엄청난 비밀이 감춰져 있는 것 같아."

데이브가 창백하게 질린 얼굴로 말했다. 그 점은 아서도 동감이었다.

"지금까지 별로 신경도 쓰지 않았지만, 저 블랙로즈 마크, 여기저기 이상한 자리에 찍혀 있어. 얼핏 보면 랜덤으로 규칙성이 없지. 당시 주인이 마음 내키는 대로 찍게 했다고 생각했어. 그런데…….."

아서는 왠지 거기서 멈칫 입을 다물어버렸다.

"혹시 다른 의미가 있다는 거야?"

두 사람은 얼굴을 마주 보았다.

"만일 그렇다면 대체 어떤 의미지?"

"흠, 글쎄."

두 사람은 입을 꾹 다문 채 천천히 응접실로 향했다. 피곤에 찌든 응접실의 험악한 분위기가 지겨웠지만, 그렇다고 방에 들어가기도 따분하게 느껴졌다.

그때 복도 쪽에서 천장을 가리키고 있는 두 젊은 아가씨가 눈에 들어왔다. 둘 다 진지한 표정으로 뭔가 고민하는 기색이었다. 그 두 사람을 보자 어쩐지 마음이 턱 놓였다.

이 저택에서 저 두 사람만은 정상이다…….

아서는 말을 건넸다.

"아가씨들, 뭘 찾고 있지?"

"아, 아서."

두 사람은 형제 쪽으로 몸을 돌렸다.

"실은 리세가 이 저택에 아무래도 마음에 걸리는 게 있다고 해서."

앨리스가 어깨를 으쓱 쳐들며 말했다.

"마음에 걸리는 거라니?"

"우리도 이 건물이 궁금해서 방금 다시 현장을 살펴보고 왔는데."

데이브가 괜찮겠냐는 듯이 아서를 돌아보았다. '그 벽 속의 공간은 비밀로 해두는 게 낫지 않아?' 그렇게 아우가 눈빛으로 건넨 물음에 아서는 말해도 괜찮다는 뜻으로 고개를 끄덕여 주었다.

"왜, 뭔가 찾아냈어?"

앨리스가 눈을 반짝이며 몸을 쓱 내밀었다.

아서는 아버지 침실이 있는 2층에 갔다가 복도 조명의 특이한 점을 발견했다고 알려주었다. 원근감을 이용한 배치로 위장했지만 분명 감춰진 공간이 있는 것 같다, 게다가 벽지에 마크가 찍혀 있었다, 라는 부분도.

"우와, 나도 확인해 볼래."

당장이라도 뛰어가려는 앨리스를 아서는 급히 제지했다.

"지금은 안 돼. 너까지 나타나면 경찰이 정말로 수상쩍게 여길 거야."

"아, 그렇구나."

여동생과는 대조적으로 리세는 아서의 말을 듣고 지그시 생각에 잠겨 있었다. 그 눈빛이 매우 진지해서 말을 건네기가 망설여질 정도였다.

"리세 씨는 뭘 찾고 있었어요?"

데이브가 먼저 말을 건넸다.

"네? 아, 그게……."

잠시 머뭇거린 뒤에 리세는 고개를 들었다.

"실은 이 저택의 역사를 되짚어 봤어요."

"역사?"

"옛날에 화재가 났을 때 손님과 하인들이 대피하지 못해 사망했다는 얘기가 있었지요?"

"네, 우리 집안의 흑역사죠. 그런데 그 일은 왜?"

"저택을 다섯 군데로 나눠놓은 건 꽃잎 다섯 장의 장미를 모방하기 위해서라고 했죠. 저택의 명칭도 블랙로즈하우스, 그리고 문장도 마찬가지고요."

"맞아요. 그래서요?"

아서는 재차 확인하는 듯한 리세의 말투가 마음에 걸렸다.

"그리고 레밍턴가는 무기 사업으로 막대한 재산을 형성했다, 그렇죠?"

"응, 맞아요."

세 명의 형제는 의아하다는 듯 서로 시선을 마주쳤다.

왜 이제야 새삼스럽게, 하는 표정으로 리세를 주목했지만 그녀는 아직도 뭔가를 생각하고 있었다.

이윽고 조용한 목소리로 입을 열었다.

"제 오래된 지인 중에 폭죽 기술자가 있어요. 집안이 대대로 폭죽 제작을 가업으로 이어왔죠."

"폭죽과 무기라니, 같은 화약이라도 목적의 방향성이 상당히 다른데요."

아서가 쓴웃음을 지으며 말했다.

하지만 리세는 개의치 않았다.

"그 사람에게서 들은 얘기가 있어요. 폭죽 공장은 어디나 지붕을 가볍게 만든다는 거예요."

"지붕?"

전혀 예상치 못한 얘기였다.

"혹시라도 화약이 인화해서 폭발했을 때, 그 에너지를 위쪽으로 빼내기 위해서죠."

리세는 천장을 가리키며 말했다.

"예에?"

세 형제는 누가 잡아당기기라도 한 것처럼 동시에 천장을 올려다보았다.

"지붕이 무겁고 튼튼하면 폭발 에너지는 옆으로 흐르겠지요. 그러면 주위에 미치는 피해가 엄청나게 커져요. 그래서 폭발 에너지가 하늘을 향해 빠져나가도록 일부러 지붕을 가볍게 만든대요."

"그게 우리 집과 어떤 관계가 있지요?"

"여기도 똑같지 않은가 싶어서요."

"이 건물이?"

"아뇨, 정확히 말하면 여기 블랙로즈하우스 전체가."

리세는 크게 팔을 펼치고 주위를 둘러보며 말했다.

세 사람은 어리둥절한 얼굴로 리세를 바라보았다.

"저택을 다섯 군데로 나누고 거리도 멀리 떼어놓은 건 그 때문이겠죠. 여기저기 감춰진 빈 공간이 있는 이유도 마찬가지고."

리세는 노래하듯이 말했다.

"그 때문이라니, 무슨 말인지……."

바보가 된 기분이었지만 그래도 아서는 묻지 않을 수 없었다. 이 아가씨는 대체 무슨 얘기를 하려는 건가.

"블랙로즈하우스의 목적은 무기고예요. 다섯 군데의 저택 자체가 거대한 무기고인 셈이죠. 아마도 설계할 때부터 최대한 많은 무기를 보관할 수 있게 만들어졌을 거예요."

"무기고?"

형제는 앵무새처럼 되풀이했다.

"네, 꽃잎 다섯 장의 장미라는 건 방패막이예요, 다섯 곳에 별도의 건물로 떨어뜨려 짓기 위한."

방패막이.

아서는 깜짝 놀랐다.

저택의 이름도, 문장도…….

"화재 때 손님과 하인들이 대피하지 못했던 건 그래서예요. 도망치지 못하게 했던 게 아니라 다른 방에 들어가지 못하게 했던 것이죠. 거대한 무기고니까 엄중하게 보관해야 했겠죠. 불이 빨리 번졌던 것도 그 탓이에요."

리세는 마치 화재 현장이 눈앞에 보이는 것처럼 복도 쪽으로 시선을 던지며 말했다. 한순간 굴뚝 상태가 된 복도를 불길이 빠르게 내달리는 광경이 보이는 듯했다.

"곳곳에 찍힌 마크는 무기를 숨겨둔 장소를 가리키는 표시예요."

"그래서 무작위로 찍어둔 것처럼 보였구나……."

데이브가 중얼거렸다.

"네, 저택과 저택 사이에 충분히 거리를 둔 이유도 여차할 때 연달아 화재가 나는 상황을 막기 위해서였겠죠. 하나로 이어진 대형 건물이라면 한꺼번에 타버릴 가능성이 높아지니까요."

"그럼 아까 천장을 보고 있었던 것은……."

아서는 다시 한번 천장으로 시선을 던졌다.

"이 저택은 어디나 수직적인 공간이고 천장에는 장식이 거의 없어요. 분명 그것도 여차할 때를 대비했던 게 아닐까요?"

"그러면……."

너무도 뜻밖의 얘기라서 머릿속이 혼란스러웠다.

"이번 사건이 그것과 뭔가 관계가 있어요? 아버지는 어디로 갔죠?"

역시 혼란에 빠졌는지 데이브가 연거푸 물었다.

하지만 리세는 고개를 저었다.

"거기까지는 모르겠어요, 아직은."

아직은.

그러면 머지않아 알게 된다는 뜻인가.

아서는 그렇게 질문하고 싶은 마음을 지그시 억눌렀다.

복도 한가운데서 네 사람은 천장을 올려다보며 말없이 서 있었다.

9장

플레이하우스

리세의 얘기를 듣고 나니 어려서부터 익숙하게 지내온, 약간 시대에 뒤처진 오래된 저택이 갑자기 전혀 다른 것으로 보였다. 마치 처음 들어온 집처럼 생경하고 곳곳에 각인된 작은 다섯 장의 장미 꽃잎이 으스스하게 느껴졌다. 아서는 무의식 중에 여기저기에 시선을 던지는 자신을 깨달았다.

저쪽에도, 이쪽에도.

이제야 새삼스럽게도 곳곳에 찍힌 마크가 마치 죄의 증거처럼 낯설게 눈에 뛰어들었다.

그렇구나, 무기고였어.

그런 시선으로 바라보니 그동안 불편하게 느껴왔던 온갖 것들이 서서히 해명이 되었다. 각 관이 한참 멀리 떨어진 배치도, 유난히 두툼한 벽도, 거주의 쾌적함은 감안하지 않은 듯한 살풍경한 구조도.

고대부터 무기는 돈벌이가 되었다. 절실한 필연성에 따라 인간은 어떻게든 무기에는 돈을 치른다. 블랙로즈하우스는 우리 선조에게 그야말로 큰 재산이었던 셈이다.

동시에 결코 무기고라고는 상상할 수 없는, 얼핏 우아하고 독특한 취향처럼 보이는 저택으로 위장한 이유도 충분히 짐작할 만했다.

위정자는 반역의 기척에 민감하다. 대량의 무기를 비축한 레밍턴가에서 그런 기미를 감지했다고 해도 이상할 게 없다. 어떤 트집이든 잡아서 몰수하거나 혹은 가문 자체를 없애버릴 수도 있고, 일단 권력자에게 찍히면 어떤 일이라도 일어날 수 있다.

그런 점에서도 선조는 능수능란하게 대처해 왔을 것이다. 때로는 정권에의 반란자에게도, 세상의 부조리에 저항하는 노동자에게도, 태연한 얼굴로 무기를 팔아왔던 게 틀림없다.

무기고 속에서 아무것도 모른 채 여태까지 살아왔다고 생각하니 오싹했지만, 리세의 말에 따르면 이제 별로 대단한 건 남아 있지 않을 터였다. 현대의 최신예 무기는 섬세한 기술의 집합체로, 옛날 무기와는 다르게 적절한 관리가 필요하다. 게다가 요즘 기업들은 '재고'를 떠안고 있을 여유 따위는 없다. 그래서 무기고는 텅텅 비었거나, 남았더라도 골동품 같은 것뿐일 거라는 얘기였다. 그 점에 대해서는 아서도 데이브도 동감이었다.

어쨌든 그 성배가 나온 장소도 무기고 안쪽이었을 것이다. 집을 수리하던 직공들도 그곳이 무기고인 줄은 몰랐던 게 아닐까. 즉 보수작업을 하던 당시에 이미 이 저택은 무기고로써의 역할은 끝난 상태였다는 얘기다.

그러고 보니 리세의 선조가 이 블랙로즈하우스에서 머물렀을 때, 총기 폭발사고로 사망했다고 하지 않았던가. 그 사건도 예전 무기고와 관계가 있는지 모른다.

그녀는 거기까지 예상했을까.

아서는 평소 그대로 침착하기 이를 데 없는 그 아가씨의 옆얼굴을 머릿속에 떠올렸다.

아니, 그녀는 저택 안을 둘러보다가 비로소 그 사실을 알아챈 듯했다. 어쩌면 어렴풋이 예상은 했고, 실제 현장을 직접 보고 확인했다는 게 맞지 않을까.

핼러윈 당일은 느닷없이 엄청난 사건으로 막이 열리는 바람에 오후의 티타임이 시작될 무렵에는 모두 지칠 대로 지쳐서 저택 전체에 이완된 공기가 감돌았다. 손님들도 긴장의 끈이 끊기고 더 이상 불평을 하거나 화를 낼 에너지도 소진되었는지 이따금 곳곳에 모여 두런거리기는 했지만, 전체적으로 허탈한 느낌의 정적이 응접실을 지배하고 있었다.

당주는 여전히 나타나지 않고 있다. 성배 또한 찾지 못했다.

당초에는 오늘 밤이 본방이자 클라이맥스라고 예상했는데 그에 앞서 폭발사건이 터져버리자 어떤 심경으로 오늘 밤을 맞이해야 할지 알 수 없었다. 더 이상은 아무 일도 없을 거라고 확신했는지 손님들 사이에서는 안도하는 공기도 감돌았다.

주역은 퇴장했다. 이미 막은 내려가고 있다. 무대는 정리에 들어갔다. 그런 기운을 감지했으리라.

하지만 정말로 클라이맥스가 지났을까.

아서는 다시금 응접실 한쪽 구석에 자리를 잡고, 오감에 입력되는 주위 사람들의 정보를 멍하니 읽고 있었다.

이 저택에 왔던 게 불과 이틀 전인데 벌써 한 달쯤은 지난 것 같다. 너무도 다양한 일들이 일어났고 너무도 다양한 인간들을 만났다.

다양한…….

그렇게 생각했을 때, 자신의 머릿속에는 항상 리세가 떠오른다.

단순히 매료된 것인가. 그건 인정한다. 리세는 아름답고 총명하고 신비롭고 담력이 있다.

앨리스의 친구라는 점도 실은 점수를 줄 만한 요소다, 그 부분도 알고 있었다. 앨리스는 가족 누구보다 정상이다. 인간적으로 신뢰할 만하다. 그런 여동생이 선택한 친구니까 기본적인 믿음은 있었다.

하지만 계속해서 뭔가가 마음에 걸렸다. 리세라는 인물 안에 있는 뭔가. 그녀가 자신을 향해 어떠한 메시지를 보내고 있다고 느껴지는 뭔가.

"아서."

자신을 부르는 소리에 퍼뜩 정신을 차렸다. 어느새 꽤 오랫동안 정신을 다른 데 두고 있었다는 것을 깨닫고 얼굴을 들어 목소리의 주인을 찾았다.

누구 목소리지? 나지막하고 컬컬한 목소리였다.

바라보니 응접실 입구에서 알렌 숙부가 손짓을 하는 모습이 눈에 들어왔다. 알렌 숙부의 목소리였구나. 아서는 급히 자리에서 일어섰다.

"무슨 일이에요?"

가까이 다가가 작은 소리로 물었지만 알렌 숙부는 짧게 고개를 저었다.

"아냐. 잠깐 따라와."

둘이서 묵묵히 복도를 건너갔다. 숙부는 급한 걸음으로 도서실로 향했다.

또 도서실인가. 언제부터 우리 집 도서실이 비밀스러운 만남의 장소가 되었나.

"어떠세요, 독서는 진척이 있었어요?"

그렇게 가벼운 입을 놀려보았다.

"아니, 전혀. 어젯밤의 소란으로 도무지 집중이 되지 않아."

알렌 숙부는 벌레를 씹은 듯한 표정으로 어깨를 으쓱 쳐들었다.

"그러시겠죠. 아버지는 여전히 행방이 묘연하고, 성배는 감쪽같이 사라졌으니까요. 도저히 집중하기가 어렵지요."

"아니, 그런 건 됐고."

알렌 숙부는 번거롭다는 듯이 손을 내젓더니 휴대폰을 꺼냈다.

아서는 눈이 둥그레졌다.

"숙부님, 휴대폰이 있었어요? 이런 멋없는 기기는 싫어하시는 줄 알았는데."

"세상 흐름인데 어쩌겠어. 대학에서 억지로 쥐여준 거야."

"그래서, 저한테 무슨 볼일이신지."

"아까 로버트에게서 연락이 왔어. 그와는 이따금 통화를 했으니까 내 번호를 알고 있었던 모양이야."

"로버트 숙부님이? 어떻대요, 몸은 좀 괜찮아지셨대요?"

"회복되는 중이래. 그래서 전화해도 된다는 허락이 떨어졌나 봐."

"정말 다행이네요."

아서는 진심으로 안도했다. 다시금 자신을 향해 쓰러지던 로버트 숙부의 묵직한 중량감이 온몸에 되살아났다. 살아나셔서 정말 다행이다. 만일 그대로 떠나셨다면 그 감촉은 평생 트라우마로 남았을 것이다.

"그래서 말인데, 너하고 얘기를 했으면 하더라고."

"저하고?"

아서는 손끝으로 자신을 가리키며 되물었다.

숙부는 퉁명스럽게 고개를 주억거렸다.

"그래, 게다가 비밀스럽게 연결해 달라는 거야. 그래서 너를 따로 불러냈어."

"그렇군요. 하지만 무슨 일로?"

"나도 모르지. 그건 네가 물어보면 될 일이야. 어때, 괜찮지?"

그렇게 말하고 알렌 숙부는 휴대폰의 번호판을 터치했다. 갑자기 긴장감이 몰려왔다. 호출음에 이어 그쪽에서 전화를 받는 기척이 들렸다.

"나야. 지금 아서 바꿔줄게."

알렌 숙부는 무뚝뚝하게 말하고 아서에게 휴대폰을 건네주었다.

배려해 주려는 것인지 아니면 귀찮은 일에 휘말리는 게 싫어서인지 슬쩍 도서실을 나가는 알렌 숙부의 뒷모습을 보면서 아서는 여보세요, 하고 말을 건넸다.

"아서?"

나지막하고 지친 목소리였다. 그래도 목소리는 또렷해서, 이 정도면 괜찮겠다고 새삼 안도했다.

"네, 저예요. 숙부님, 정말 고생하셨어요. 회복 중이시라니 다행입니다."

"아냐, 네가 고생했지."

로버트 숙부의 목소리는 온화했다.

어젯밤에 터진 사건에 대한 소식은 들었을까. 어쩌면 아직 못 들었는지도 모른다. 그 소식을 입 밖에 내려던 아서는 잠깐 고민하다가 일단 자극적인 화제는 피하기로 했다.

"천만에요. 그런데 저한테 하실 말씀이 있다고요?"

"그 아가씨야."

갑작스러운 말에 아서는 흠칫했다.

그렇다, 그때 로버트 숙부는 뭔가 말하려다가 끝을 맺지 못했다. 아서의 등 뒤에 있던 누군가에게 시선을 던지며 "왜 이런 곳에 와 있나"라고 말했던 것이다.

그 일이 마음에 걸려서 일부러 나에게 연락한 것인가.

아서는 휴대폰을 든 손바닥에 땀이 배는 것을 느꼈다.

"아, 그때 숙부님이 뭔가 말씀하시려고 했죠. 대체 누구를 보고 '저 아가씨'라고 하셨어요?"

아서는 별일 아닌 척하며 그렇게 물었다.

지금 내 머릿속에 떠오른 그 아가씨인가.

"너하고 얘기하던 그 아가씨야. 네 여동생이 소개했지? 항상 둘이 함께 있던데."

긴 검은 머리, 침착하기 이를 데 없는 그 아름다운 아가씨.

"리세 씨 말이지요?"

아서는 역시, 하고 생각하며 그렇게 말했다. '리세'라는 이름을 입에 올린 순간 목소리가 저절로 굳어졌다.

"이름이 리세인가, 그 아가씨?"

전화 너머의 목소리에서 당혹스러움이 묻어났다.

"네, 앨리스가 데려온 일본인 아가씨예요. 이름은 리세 미즈노."

"뭐?"

이번에는 분명하게 곤혹스러워하는 목소리였다.

아서는 혼란스러웠다.

"아닙니까? 여동생이 소개했다고 하셔서 저는 그 아가씨를 말하는 줄 알았는데요."

"아니, 앨리스가 아니라 에밀리아 쪽이야."

"예에?"

이번에는 아서가 당황한 목소리를 낼 차례였다.

"에밀리아가 너한테 소개해 주는 거 같던데? 어쨌든 에밀리아와 함께 있던 그 아가씨야. 초록빛 옷을 입고 있었어."

"저, 정말요?"

아서는 반사적으로 큰소리를 냈다.

어맨다.

몸수색을 당하고 울며 소리쳤던 여자, 앙탈을 부리듯이 매달리는 통에 자칫하면 목이 졸려 죽겠다고 생각했던 그 여자, 서툰 연극배우처럼 내 앞에서 퇴장했던 그 여자였다.

"그 아가씨는 여대생이 아니야. 내가 전에 무기 견본 전시장에서 본 적이 있어. 어딘가의 외교관…… 크로도니아라고 했던가? 그 주변의 그리 크지 않은 나라야, 그쪽 정부 서기관이라고 소개하는 걸 봤어. 그래서 뭔가 이상하다고 생각했지. 그래서 너한테 조심하라고 말하려고 전화했어. 에밀리아에게 확인해 봐, 그 아가씨가 어떻게 우리 저택에 잠입하게 되었는지. 경우에 따라서는 경찰에 신고하는 게 좋을 거야. 아서, 듣고 있니?"

듣고는 있었다.

하지만 아서는 아연실색해서 잠시 말문이 열리지 않았다.

문득 고개를 들자 바깥이 어두워져 있었다.

한참이나 사고 정지 상태에 빠져 그저 멍하니 시간만 보내고 있었다. 너무도 예상 밖의 정보가 줄줄이 들어오는 바람에 자타공인 냉철하고 침착하기로 평판이 자자했던 아서도 차분히 머릿속을 정리할 시간이 필요했다.

혼자서 생각을 정리할 장소가 필요해. 내가 지금 대체 어떤 상황인지. 이 그림을 하늘에서 부감하면 어떤 모양인지. 생각해, 지금까지 얻어온 정보를 바탕으로 잘 생각해 보라고.

그렇게 스스로를 타이르면서 그는 자신의 방으로 돌아가기로 했다.

어맨다가 외교관이라고?

로버트 숙부에게서 들은 말이 머릿속에서 되풀이해서 울렸다. 로버트 숙부는 철두철미 꼼꼼한 성격이라서 애매한 말은 결코 입에 올리지 않는다. 그가 잘못 봤을 리는 없다. 그렇다면 내가 지금까지 목격해 온 정보들이 잘못된 것이다.

처음에 에밀리아가 그 여자를 소개할 때, 분명 '대학 친구'라고 했다.

어느 나라인가의 외교관, 게다가 서기관급이 영국 명문가의 딸들이 다니는 여대에 적을 두었다? 물론 그럴 가능성이 전혀 없는 건 아니다. 그녀는 상당히 젊은 나이였다.

하지만 아무리 생각해도 그녀는 에밀리아와 똑같은 부류의 '여대생인 척'하고 있었다.

무기 견본 전시장에 드나들 정도의 아가씨가 왜?

퍼뜩 그녀와 나눈 대화를 떠올렸다.

S연구소에서 일하시기로 했다면서요?

제 친구 중에 한 명이 저널리스트가 되려고 신문사에서 아르바이트를 하거든요. 그 친구가 얘기해 줬어요.

어떤 일을 하시는지 좀 더 여쭤보고 싶어요. 제 친구가 아서 씨가 근무하는 연구소에 관심이 있다는 얘기는 했었죠?

에밀리아가 다닐 만한 정도의 여대 학생이 S연구소라는 이름을 안다는 사실도 놀라운데 더구나 저널리스트가 되려는 학생이 다 있다니, 하고 의아해했던 것은 기억난다.

아서가 취직한 곳에 대해 연거푸 질문을 던진 것도 자신의 결혼 상대로서 직업을 알아보려는 목적이거나 단순히 화젯거리로 삼으려는 것뿐이라고 여겼다.

하지만 그 여자가 무기 견본 전시장에 나타난 어느 정부의 서기관이라고 한다면?

그 여자에게 정말로 '저널리스트가 되려는 친구'가 있을까? 혹시 아서의 근무지에 관심을 가진 사람은 그녀 자신, 혹은 그녀의 상사였던 게 아닐까.

그렇게 생각하자 표현하기 힘든 섬뜩함이 느껴졌다. 소문으로 듣기는 했다. 여자란 아주 무서운 존재라고. 평생을 들여도 이해할 수 없는, 남자에게는 영원한 수수께끼나 다름없는 생물이라고.

하지만 그 말을 이토록 실감하기는 처음이었다. 깜빡 속아 넘어갔다. 어맨다의 어딘가 좀 부족하고 도벽증이 있고 자기중심적인 캐릭터 연기에.

어맨다의 그 모든 행동이 연기였다면 그녀가 아서에게 접근한 이유도 전혀 다른 목적 때문일 가능성이 높다. 에밀리아가 지금까지 소개한 친구들처럼 배우자를 찾으려는 게 아니라 뭔가 또 다른 목적이.

유난히 품속에 파고든 것도 분명 이유가 있었을 것이다. 자신의 목적을 위해 거꾸로 계산한 결과, 그런 캐릭터를 연기하기로 결정했으리라.

그렇다면…….

아서는 조용히 자리에서 일어나 재킷과 셔츠와 바지를 살금살금 더듬어보았다. 최대한 소리 나지 않게 천천히, 쓰다듬듯이.

그리고 그것은 바지 주머니에서 발견되었다. 얼핏 보기에는 셔츠의 버튼으로 혼동할 정도로 극히 작고 납작한 것. 예상은 했지만 실제로 눈앞에 마주하자 역시 큰 충격이 몰려왔다.

도청기.

한편으로는 바지 주머니에 넣어두다니 정말 대단하다, 하고 감탄했다. 셔츠나 재킷이라면 분명 벗어두거나 갈아입겠지만, 하루이틀쯤 머물 때는 양복바지는 갈아입지 않을 가능성이 높기 때문이다.

그나저나 요즘 도청기는 깜짝 놀랄 만큼 소형이다. 주머니에 넣어둔 것을 전혀 알아차리지 못했을 정도다. 작기만 한 게 아니라 성능도 뛰어나서 아마 블랙로즈하우스의 응접실이라면 어디서 누구와 나눴던 얘기라도 모조리 들렸을 것이다. 지금 이 순간에도 어맨다가 귀를 쫑긋 세우고 듣고 있을 거라고 생각하니 오싹 소름이 끼쳤다. 어쩌면 도청하는 자는 어맨다가 아닐지도 모른다. 분석 요원이 어딘가 별도의 장소에서 대기하고 있거나 아니면 손님으로 위장해 저택 안 어딘가에 잠입했는지도 모른다.

아무튼 혀를 내두를 만큼 훌륭한 연기였다. 어맨다에게 개인적으로 로런스 올리비에상*을 수여하고 싶을 정도다.

동시에 불끈 화가 났다. 그 여자는 자신이 어딘가 모자란 속물로 여겨진다는 걸 뻔히 알면서 그런 연기를 했다. 분명 자신을 경멸하는 아서를 내심 바보라고 비웃었을 터였다.

문득 등이 써늘해졌다.

어디까지 들었을까?

이번에는 그게 마음에 걸렸다.
어맨다가 막무가내로 품에 파고들어 이 장난감 같은 걸 바지 주머니에 넣은 다음부터 자신이 사람들과 나눈 대화들을 되짚어 보았다.

저택의 감춰진 공간에 대해, 그리고 레밍턴가의 무기고에 대해 얘기했다.

---

* 런던에서 상연되는 공연을 대상으로 해마다 가장 뛰어난 배우와 작품에 수여하는 영국에서 가장 권위 있는 상.

그 대화 내용이 문제가 되진 않을까. 레밍턴가의 비밀이 알려진 셈이다.

재빨리 머리를 굴렸다.

아니, 그건 어디까지나 오래전의 이야기다. 지금도 무기고로 기능한다고 하기는 어렵기 때문에 굳이 걸고넘어질 만한 내용은 아니다.

그러면 마지막의 로버트 숙부와 나눈 대화는?

생각이 거기에 미치자 더욱더 오싹해져서 필사적으로 기억을 더듬어나갔다. 아무리 고성능이라지만 통화 중인 상대의 목소리까지는 들리지 않았을 것이다. 하지만 내 목소리는 낱낱이 파악했을 것이다.

내가 무슨 말을 했더라? 어맨다라는 이름은 입 밖에 내지 않았던 것 같은데.

숙부님은 대체 누구를 보고 '저 아가씨'라고 하셨어요?

리세 씨 말이지요?

앨리스가 데려온 일본인 아가씨예요. 이름은 리세 미즈노.

아닙니까? 여동생이 소개했다고 하셔서 저는 그 아가씨를 말하는 줄 알았는데요.

왈칵 식은땀이 쏟아졌다. 에밀리아라는 이름을 입 밖에 내지는 않았지만 눈치 빠른 사람이라면(그리고 어맨다는 분명 눈치가 빠를 것이다) 그게 어맨다 얘기라는 걸 알아챘을지도 모른다. 아니, 어맨다라면 분명 알았을 것이다. 자신의 정체가 아서에게 밝혀졌다는 사실을.

아서는 무의식중에 주위를 둘러보고 있었다.

어떻게 하지?

잠시 그 자리에 우두커니 서 있었지만, 퍼뜩 떠오르는 게 있어서 살금살금 도청기를 바지 주머니에 넣고 옷장으로 향했다.

어맨다의 예상은 제법 영리했지만 아서는 갈아입을 바지를 가져왔다. 디너를 대비해 바지를 갈아입는 행위는 결코 부자연스럽지 않다.

아서는 옷을 갈아입는 것을 강조하듯이 부스럭부스럭 소리 나게 바지를 갈아입고 옷장 문을 큰 소리로 탁 닫았다. 이렇게 하면 이쪽이 도청기를 눈치챘다는 사실은 당분간 알지 못할 것이다.

그리고 서둘러 복도로 나가 여동생에게 전화를 걸었다.

앨리스가 아닌 또 한 명의 여동생에게.

"아서, 웬일이야?"

스스럼없는 목소리로 에밀리아가 받았다.

"지금 잠깐, 괜찮아?"

"응, 괜찮아."

"너 혼자야? 어디 있어?"

에밀리아가 목소리를 낮추는 기미로 응했다.

"나, 엄마한테 와 있어. 엄마가 좀 힘들어해서."

아서는 멈칫했다. 남편은 실종되고 정원에는 핏덩어리가 비처럼 쏟아졌다. 잠깐만 생각해도 당연한 일인데 어머니의 마음까지는 배려하지 못한 자신을 반성했다. 아서와 앨리스는 아버지뿐만 아니라 어머니와도 마음이 맞지 않았지만, 에밀리아는 어머니와는 사이가 좋았다.

"그렇구나. 미안하다. 네가 곁에 있을 수 있지?"

"물론이지."

에밀리아는 뜻밖이라는 듯한 목소리로 답했다.

"어머니는 좀 어떠셔?"

"지금 주무셔. 벌써 며칠째 제대로 못 잤나 봐. 잠깐이라도 푹 자고 나면 좀 편해지겠지. 디너 때까지 내가 여기에 있을게."

"고마워. 잘 부탁한다."

"웬일이래, 아서가 그런 말을 다 하고?"

"그보다 실은 긴히 물어볼 게 있어."

아서는 다시금 목소리를 낮췄다.

"뭔데?"

"네가 데려온 친구 어맨다에 대해서."

"어머, 걔가 마음에 들었어?"

에밀리아의 목소리가 아연 쨍하니 높아졌다.

"아니, 아니야."

"그게 뭐야, '아니, 아니야'라니?"

여동생의 목소리에 불만스러운 기색이 어렸다.

"어떻게 알게 됐어? 대학 친구라고 했지?"

"응, 대학 친구가 소개해 줬어."

"너하고 같은 대학에 다닌다고? 학부는 어디?"

에밀리아가 잠시 고민하는 듯했다.

"아, 듣고 보니 그건 잘 모르겠네. 학부가 어디였더라?"

이런 이런, 하고 아서는 시선을 위로 향했다.

"소개해 준 친구는 누구였어?"

"앨런이야. 앨런 애덤스."

그 이름이라면 알고 있다. 에밀리아와 중학교 때부터 함께 다녔던 아가씨다. 아버지는 헨리 애덤스. 분명 외무성 외곽단체의 임원으로 일하고 있다고 했다.

그렇군, 분명 그런 쪽에서부터 레밍턴가에 접근하려고 공작했을 것이다. 역시 처음부터 의도를 갖고 에밀리아에게 접근한 것이다.

"알았어. 고마워."

"아이, 정말로 마음에 든 거 아니야? 어맨다 쪽에서는 아서를 좋아하는 눈치던데."

"전혀 아니야."

그 여자는 완전히 다른 의미에서 좋아했던 거라고.

아서는 쓴웃음을 지으며 차갑게 부정했다.

"그보다 내가 이런 얘기를 물어본 거, 그 여자에게든 누구에게든 비밀로 해주면 고맙겠다."

"뭐야, 이상하긴."

"자, 그럼 이만."

툴툴거리는 에밀리아의 목소리를 들으며 전화를 끊었다. 얼굴을 들고 뒤를 돌아본 아서는 한순간 숨이 멎을 정도로 화들짝 놀랐다. 저만치 복도 끝에 어맨다가 있었기 때문이다.

엔트런스 홀에서 선 채로 대화를 나누는 두 명의 여자.

또다시 선명한 라이트블루 정장을 입은 명연기의 여배우 어맨다가 어째서인지 리세 미즈노와 생글거리며 담소를 나누고 있는 게 아닌가.

아서는 그 두 사람과의 거리를 가늠한 뒤 방금 했던 에밀리아와의 통화는 분명 들리지 않았으리라 판단했다. 두 사람의 모습을 살펴보니 한창 얘기에 빠져 있는 듯했다.

괜찮아, 듣지 못했어.

내심 안도하며 가슴을 쓸어내렸다.

하지만 왜 저 두 사람이?

휴대폰을 챙겨 넣고 아서가 천천히 홀 쪽으로 나가자 어맨다와 리세는 동시에 그를 알아보고 완벽한 웃음을 얼굴에 내건 채 이쪽을 향했다.

그 스스럼없는 웃음에 아서는 몸이 부르르 떨려왔다.

참으로 여자란 이해 불능의 무시무시한 생물이다.

그날 밤, 즉 10월의 마지막 날 밤의 디너는 간단한 뷔페식이었다.

당연히 그럴 만도 하다. 디너 주최자인 당주는 여전히 행방이 묘연하고 생사조차 불분명한 상황이다. 언제쯤 이 저택을 벗어날지 기약이 없는 손님들은 지칠 대로 지쳐 사교에 열의를 보일 기분이 아니었다.

경비감시를 하는 경찰들 사이에도 피로와 초조감이 퍼져 있어서 그야말로 무거운 공기가 저택 전체를 뒤덮었다.

그 뒤로 경찰 쪽에서는 아무런 지시도 발표도 없었다. 그야말로 언제 끝날지 모르는 감금 상태여서 벌써 몇 년째 이 저택에 발이 묶인 듯한, 앞으로도 이곳에서 나갈 수 없을 듯한 기분까지 들었다.

뷔페 회장은 잔물결처럼 조용하게 사람들이 오가고, 곳곳에서 목소리를 낮춘 텐션 낮은 대화가 느릿느릿 이어지고 있었다. 아서 일행도 그 한 귀퉁이를 차지했다.

뜻밖에도 조금 전 복도에서 마주친 두 여자는 아직도 무슨 얘기인지 열심히 주고받고 있었다. 정체를 위장한 채 큰 여동생 에밀리아에게 접근해서 아서에게 도청기까지 슬쩍 넣어둔 그 어맨다. 작은 여동생 앨리스가 데려왔고 여전히 지친 기색 없이 서늘한 얼굴로 이 저택에 어우러진 리세.

아서는 두 여자의 모습을 멀찍이 떨어진 곳에서 주의 깊게 살펴보았다. 대체 무슨 얘기를 하고 있을까. 단순한 사교라고 하기에는 유난히 긴 대화였다. 저 열의에 찬 모습은 결코 입에 발린 형식적인 대화는 아닌 것으로 느껴졌다.

그렇게 바라본 게 아서뿐만이 아니었는지, 웬일로 앨리스가 주위에 들릴 리도 없는데 한껏 목소리를 낮춰 속닥거렸다.

"왠지 의외의 조합이야. 대화가 잘 통하는가 봐."

"나도 그렇게 생각하던 참이야."

"리세, 은근히 커버 범위가 넓은데?"

앨리스가 진심으로 감탄하는 모습이 우스꽝스러웠다.

커버 범위가 넓은 것으로 치자면 어맨다 쪽도 만만치 않다. 저 여자의 본디 성격은 어떨까. 어쩌면 리세 미즈노와 꼭 닮은 타입인지도 모른다.

아서는 새삼 등이 서늘해져서 슬쩍 주위를 둘러보았다.

저 수많은 사람들, 과연 그들 중 몇 명이나 '눈에 비치는 모습 그대로'일까. 어쩌면 어맨다처럼 '눈에 비치는 모습 그대로가 아닌' 자들이 여기에 잔뜩 잠입한 건 아닐까. 그야말로 섬뜩해지는 생각이었다.

혹시 어맨다가 '성스러운 물고기'일까. 만일 그렇다면 분명 그녀의 공범이 또 있을 터였다.

그렇다, 예스러운 문체로 써 내려간 그 협박장은 오즈월드 레밍턴이 수신인이었지만 '그 일족에게'라고 적혀 있었다. 그들의 저주는 당주 이외의 가족에게도 미치는 게 아닐까.

불안이 불쑥 고개를 쳐들었다.

협박장에는 블랙로즈하우스의 레터헤드가 사용되었다. 일부러 이곳의 레터헤드를 쓴 것은 과거에 이 저택에서 있었던 어떤 악연을 보여주려는 의도였을까. 하지만 그런 악연이라고는 오랜 옛날의 일밖에 없다. 적어도 지금 살고 있는 레밍턴가의 사람들이 이 저택에서 크게 나쁜 짓을 했다는 얘기는 듣지 못했다. 애초에 최근 10여 년 동안 가족 대부분이 이곳에서 살지 않았다.

그런데 왜 지금 이 타이밍에?

혼자 그런 고민에 빠져 있으려니 저쪽에서 에밀리아가 들어오는 게 보였다. 그녀도 피곤에 지친 얼굴이었다. 아마 어머니 곁을 지키면서 내내 어르고 달래준 모양이다. 아서는 적잖이 죄책감을 느꼈다. 어머니에 대해서는 전혀 생각도 하지 않았다.

에밀리아는 리세와 대화를 나누던 어맨다에게 말을 건넸다. 리세도 얼굴을 들고 에밀리아를 향해 인사했다. 그것을 계기로 리세는 두 사람에게 몇 마디 건네고는 자리에서 일어나 이쪽으로 다가왔다. 에밀리아는 어맨다와 함께 음식 접시를 가지러 갈 모양이다.

"리세, 수고했어. 근데 무슨 얘기였어? 아주 열심히 말을 주고받는 거 같던데."

앨리스가 와인잔을 내밀며 물었다.

"응, 고마워."

리세는 아직도 미련이 남은 표정으로 잔을 받아 들었고, 앨리스가 거기에 와인을 따라주었다.

"우연히도 우리 둘 다 아는 지인이 있었어. 깜짝 놀랐지 뭐야."

"누구?"

"우리 친척뻘 되는 사람인데……."

리세는 말끝을 흐렸다.

"그렇구나."

"저 여자, 영국인 맞아? 너희 언니와 같은 대학에 다닌다고 했지?"

리세가 앨리스의 얼굴을 들여다보며 물었지만 그녀는 고개를 저었다.

"잘 몰라. 나도 처음 만난 사람이라서."

"그래?"

리세가 의아하다는 표정을 짓는 것을 보고 아서는 그녀도 뭔가 눈치챘다고 직감했다.

영국인이 아닌 여자. 평범한 대학생이 아닌 여자.

뭘 알아냈는지 몹시 궁금했지만 아무래도 이 자리에서 나눌 얘기는 아니었다.

그 뒤에도 먹고 마시는 저녁식사가 길게 이어졌다. 거의 움직일 일이 없어서 배도 고프지 않은데 단지 타성에 따라 입에 넣고 있는 느낌이었다.

지칠 대로 지쳤지만 방에 들어가 혼자 있는 건 내키지 않는다. 다들 그런 마음이었는지 알렌 숙부와 키스까지 나와서 디너에 합세했다.

"방에서는 마음껏 쉴 수가 없어."

알렌 숙부는 굳이 여기까지 낮잠을 자러 왔는지 이윽고 고개를 꾸벅거리며 졸기 시작했다. 그런 심정이 이해가 되었다. 사람들이 주위에서 북적거리면 어쩐지 안심이 되는 것이리라.

"진짜 따분해."

"체스라도 해야겠어."

데이브가 어디선가 체스 판을 들고 왔다.

"아서, 어때, 한 판 할까?"

"내가 할게."

앨리스가 손을 들고 나서자 데이브는 떨떠름한 얼굴을 했다.

"너는 빡빡하고 무작정 덤비니까 별로 재미없는데."

"그렇지도 않아. 나도 이제 어른이야, 우아하게 플레이할 줄 안다고."

두 사람이 게임하는 모습을 옆에서 지켜보는 사이 아서도 슬슬 졸음이 몰려왔다. 한낮의 긴장이 풀리고 그 대신 피로가 덮쳐든 모양이다.

처음에는 기분전환으로 게임을 시작했는데 점점 진지해지는 게 두 사람의 표정에 드러났다. 리세와 키스도 흥미진진한 듯 체스판 위의 전개를 지켜보았다.

앗, 하고 데이브가 당황한 목소리를 냈다.

"이건 아니지!"

"하하, 방심했지?"

"비겁하긴."

데이브가 불끈하고 있었다. 이 두 사람, 원래부터 승부욕 강한 성격이 꼭 닮았다.

"체크메이트!"

"크흑."

데이브가 머리를 감싸 쥐었다.

"휴우, 와인만 연거푸 마셨더니 입안이 텁텁해."

키스가 자리에서 일어나 바 카운터 위에 늘어선 병을 향해 다가갔다. 그 모습을 바라보던 아서는 저도 모르게 흠칫해서 소파에서 앉음새를 바로잡았다.

뭔가 기시감이 들었기 때문이다.

로버트 숙부가 쓰러진 그곳.

"키스, 조심해요. 마개를 딴 술병은 손대면 안 돼요."
반사적으로 외쳤다.
"응? 아, 그래."
뒤를 돌아보며 키스가 쓴웃음을 지었다.
"괜찮아. 마시려는 게 아니라 그냥 라벨을 살펴본 거야, 어떤 술이 있는지 확인하려고."
"그렇다면 괜찮지만……."
아서는 안도의 한숨을 내쉬며 소파에 털썩 몸을 기댔다.
역시 트라우마가 되었구나.
눈을 감자 그때 일이 되살아났다. 온몸으로 덮쳐오던 로버트 숙부, 그 묵직함, 그 축 늘어진 느낌.
잊어버려, 잊어버려. 숙부님은 이제 거의 회복되었어. 이제 건강해졌다고.
"오, 이런 술도 있었어?"
키스가 선반 안쪽에서 초록빛 술병을 꺼내더니 바 카운터를 등진 채 찬찬히 라벨을 들여다보았다.
"오, 재미있네. 이거, 우리 저택에서 손수 주문한 기념 술병이야. 어쩐지 희귀한 병이더라니."
"기념 술병이라니, 무슨 기념이죠?"
아서가 물었다.

"글렌리벳인데, 어디 보자, 몇 년산이지?"

키스가 노안이 됐는지 안경을 밀어 올리며 미간을 찌푸렸다.

"엇?"

그때 아서는 기묘한 기분이 들었다.

뭔가 이상하다.

키스의 모습이 두 겹으로 겹쳐 보인다…….

아서는 눈을 깜빡깜빡 감았다 떴다.

혹시 내가 술에 취했나? 장시간에 걸쳐 홀짝홀짝 마셔서 생각보다 훨씬 더 취해버렸는지도 모른다. 아니, 설마 뇌경색 같은 게 일어나려는 징조인가.

한순간 혼란에 빠져 급히 앉음새를 바로잡았다.

하지만 몸이 휘청거린 것도 아니었다.

다시 한번 눈을 깜빡였다.

아니, 그게 아냐. 키스의 그림자가…… 키스의 그림자가 유난히 짙다.

무슨 일이야, 벽난로에 키스의 그림자가 비치잖아. 왜 저렇게 또렷하지?

아서는 천장을 올려다보았다.

아니, 조명의 위치로 봐서는 저런 식으로 그림자가 드리울 리가 없다.

"키스!"

아서는 저도 모르게 그렇게 부르짖었다.

키스의 뒤편에서 흐늘흐늘 흔들리는 검은 그림자.

그리고 마침내 깨달았다.

누군가…… 누군가 키스의 뒤편에 서 있었다.

"키스, 거기 뒤에!"

아서의 목소리가 저절로 높아졌다.

이럴 수가, 대체 어디서 불쑥 나타난 것인가. 누군가 키스에게 다가가는 장면은 전혀 못 봤는데.

다들 흠칫 놀라서 키스 쪽으로 시선을 던졌다.

"응?"

키스의 눈이 휘둥그레지더니 멈칫 뒤를 돌아보았다.

"헉!"

바로 뒤에 서 있는 그림자를 알아보고 키스가 펄쩍 물러섰다.

검은 망토를 두른 시커먼 그림자.

숲에서 봤던 그 그림자와 똑같았다.

모두가 얼어붙은 듯 그 그림자를 응시했다.

망토를 둘러쓰고 있어서 얼굴은 보이지 않았다.

그림자는 흐늘흐늘, 흐늘흐늘 흔들렸다.

"누, 누구야!"

키스가 소리침과 동시에 그림자는 휘청거리며 한 걸음을 내딛고 이어서 비틀비틀 몇 걸음 걸어 나왔다.

미처 말이 되지 못한 비명이 터지고 모두가 벌떡 일어나 주춤주춤 뒷걸음질을 쳤다.

"물, 고, 기……."

가까스로 쥐어짜 낸 듯한 컬컬한 목소리였다.

물고기?

모두가 그 의미를 더듬어보는 찰나에 그림자는 앞으로 푹 꼬꾸라졌다. 그 바람에 망토가 벗겨지면서 헝클어진 머리와 흙빛 얼굴이 튀어나왔다.

"아버지!"

그렇게 부르짖은 건 데이브였다.

"아빠!"

박자를 맞추듯이 앨리스도 부르짖었다.

의심할 여지 없이 그곳에 쓰러진 사람은 바로 오즈월드 레밍턴이었다.

하지만 자식들의 부르짖음에 응답도 없이, 생일을 맞이하자마자 자취를 감췄고 그 생일이 이제 곧 끝나가려는 참에 다시 나타난 당주는 그대로 침묵과 함께 바닥에 쓰러졌다.

10장

스트레인저

"와아, 완전 마술 쇼 같은 전개인데? 당주는 대체 어디에서 나타난 거예요?"

요한은 눈이 둥그레져서 흥미진진하다는 듯 몸을 쓰윽 내밀었다.

"맨틀피스 안에서."

남자는 시원하게 답했다.

"벽난로의 맨틀피스가 문이었거든. 그 안의 굴뚝 부분에 갇혀 있었던 모양이야. 아니, 당주가 제 발로 기어들어 갔어. 정확히 말하면 거기로 들어가라고 협박을 받았어. 무엇보다 동생이 독살될 뻔했잖아. 자신도 언제 살해될지 모른다고 잔뜩 겁을 먹었겠지."

"애초에 침실에서는 어떻게 나왔지요? 경찰이 감시를 했다면서요."

"나중에 얘기를 들었지만, 역시 블랙로즈하우스는 속임수가 가득한 저택이었어. 원래 무기고로 지어진 건물인 데다 '꽃잎 다섯 장의 장미'는 무기고라는 진실을 은폐하고 안전성을 확보하기 위한 방편이었어. 당주의 침실과 복도의 벽 뒤도 무기고였고, 거기로 드나드는 비밀 문이 있어서 몰래 복도로 나가 벽난로 안으로 들어갔다는 거야."

"상상해 보니 정말 한심한 꼴이군요."

"뭐, 원래 그런 인간이야."

남자는 어깨를 으쓱하며 내뱉었다.

"그래서, 무사했어요?"

"응, 맨틀피스 안은 독방 같은 작은 공간이고, 요강 하나만 있었어. 환기가 안 되었는지 약간의 산소 결핍에 탈수 증세를 보였지만 생명에 별다른 지장은 없었어. 다만 너저분하게 낡은 나무상자를 껴안고 있었는데(원래 '성배'가 들어 있던 상자라는 모양이야) 안이 텅텅 비었더라고. 그 대신 거기에 '성스러운 물고기'가 보낸 메시지가 들어 있었어."

"어떤 메시지가?"

"이런 추악한 늙은이보다 훨씬 더 아름답고 번듯한 것을 가져가기로 했으니 이 자는 돌려준다. 이로써 그만 실례하겠으나 여러분을 놀라게 한 점은 사과한다. 성스러운 물고기."

"저런 저런, 그러니까 실은 성배가 목적이었다는 얘기군요. 단순히 도둑이었을 뿐이고, 복수 운운은 레드 헤링이었던 건가요?"

"경찰은 그렇게 보고 있는 모양이야."

남자는 차가운 목소리로 말했다.

"당신은?"

요한이 천진하게 물었다.

"왠지 당신은 그렇게 생각하지 않는 듯한데요?"

남자는 의아한 얼굴로 요한을 바라본 뒤에 입을 꾹 다물었다.

요한은 천천히 남자가 가져온 타블로이드지를 손에 들었다.

"'제단 살인사건'과 '성스러운 물고기' 사건은 별개의 사건이고, 우선 '성스러운 물고기' 사건은 끝이 났다, 그렇게 해석해도 될까요?"

"경찰은 그렇지."

"당신, 아직 나한테 말하지 않은 게 있지요?"

요한이 흘끔 눈앞의 남자를 보았다.

남자는 흠칫 놀랐다.

"이를테면 레밍턴가의 블랙로즈하우스 부지에서 경찰견이, 잘려나간 머리며 손과 동체의 일부를 발견했다는 것⋯⋯."

요한은 노래하듯이 뒤를 이었다.

"그리고 '제단 살인사건'의 사체는 모두 사후에 절단되었다는 것. 개와 함께 폭파된 인간의 팔은 블랙로즈하우스 부지 안의 유적에 남겨진 사체와 DNA가 일치했다는 것. 즉 '제단 살인사건'의 희생자는 두 명이라는 것."

두 사람은 정면으로 서로를 바라보았다.

"무슨 말을 하려는 거야?"

남자는 앉음새를 바로잡았다.

두 사람 앞의 술잔은 비었지만, 양쪽 다 남은 와인을 따라줄 기미는 없었다.

"당연히 맨 처음의 순서 얘기죠."

요한은 퉁명스럽게 대답했다.

"아니면 지리적인 얘기일까요?"

남자는 의아한 얼굴이 되었다.

"지리적인?"

"그렇죠. 솔즈베리라고 하면 우선 세계문화유산이 유명하죠. 스톤헨지, 에이브베리의 환상 열석, 켈트의 유산, 고대 문명의 로망이 넘치는 땅이에요. 그리고 귀족 가문 레밍턴가의 블랙로즈하우스는 그 환상 열석과 가까운 곳이죠. 부지 안에 켈트 유적이 있을 정도니까요. 하긴 당주는 전혀 그런 쪽에는 관심이 없었던 모양이지만요."

요한은 양팔을 펼쳤다.

"하지만 솔즈베리에는 좀 더 유명한 것이 있잖아요? 관광객에게도 지역주민에게도 평소에는 거의 보이지 않지만."

"솔즈베리에?"

남자는 나지막하게 되풀이했다.

요한은 고개를 끄덕였다.

"솔즈베리 평원, 그 남쪽 부분을 차지한 영국 육군기지와 그 연습장이죠."

요한의 말에 남자는 다시금 흠칫 놀라는 반응을 보였다.

"이건 내 상상이에요. 망상이라고 해도 상관없어요."

요한은 무릎 위에 팔꿈치를 괴었다.

"사고인지 트러블인지는 모르겠어요. 어쩌면 육군에 출입하던 누군가였을 수도 있겠죠. 어쨌든 트러블은 일어났어요. 죽느냐 죽이느냐 하는 절박한 폭력 사태가 벌어졌겠죠. 어떤 상황인지는 모르겠어요, 기지 안이었는지 아니면 경계였는지도."

남자는 침묵하고 있었다.

"기지에는 헬리콥터가 있죠. 착륙하는 참이었을까, 이륙하는 참이었을까."

요한은 허공을 올려다보았다.

그곳에 헬리콥터가 날고 있는 것처럼.

"헬리콥터의 로터라는 건 정말 강력해요. 절대로 그 반경 안에 들어가면 안 된다고 하잖아요. 맹렬한 바람도 발생하고 말이죠."

요한의 눈은 허공에 고정된 채였다.

"로터에 닿았다가는 인간의 팔다리나 머리 따위는 간단

히 잘려버려요."

거세게 돌아가는 로터를 직접 보는 듯한 느낌이 들었다.

몸싸움을 벌이는 두 명의 남자. 한쪽 남자가 온 힘을 다해 또 한 명의 몸통을 쳐든다. 머리가 하나, 공중으로 높이 날아간다. 뭔가가 부딪혀 찢겨 날아간다.

그리고 침묵.

"짐작건대 처음에 절단되어 날아간 건 머리와 손이 아니었을까요. 물론 즉사였죠. 육군기지 내에서 사체 따위가 발견되면 그야말로 큰 문제예요. 그래서 범인은 사체를 반출했어요."

요한은 뭔가를 집어 올리는 시늉을 했다.

둥근 것. 무거운 것.

"동체를 절단한 이유는 무엇인가. 맨 처음에 얘기했지요? 그건 옮기기 편하게 하기 위해서였어요."

두 사람의 시선이 마주쳤다.

양쪽의 눈빛은 침착하기 이를 데 없었다.

"좀 더 말하자면, 특히 당신의 경우에는······."

요한은 잠시 말을 끊었다.

"절단하지 않고서는 콘트라베이스 케이스에 넣을 수 없었기 때문이에요. 그렇죠, 키스?"

어디선가 빗소리가 들려왔다.

키스 레밍턴은 무표정하게 요한의 얼굴을 바라보았다. 하지만 이윽고 짧게 웃었다.

"콘트라베이스 케이스에는 콘트라베이스를 넣는 거야."

요한은 고개를 끄덕였다.

"네, 다들 그렇게 생각하죠. 그래서 별로 의심을 받지 않았잖아요? 나도 당신이 콘트라베이스 케이스를 등에 메고 능숙하게 오토바이 타는 모습을 자주 봤으니까 그 안에 사체가 들었더라도 전혀 알아차리지 못했을걸요."

"내가 왜 육군기지에서 사람을 죽이지? 군대라는 곳과는 일절 아무 관련도 없는 팝 뮤지션인 내가?"

"흠, 그건……."

요한은 고개를 갸웃하고 빙긋이 웃었다.

"당신이 MI6의 정보부원이기 때문이겠지요?"

키스는 허를 찔린 얼굴을 했다.

"내가?"

"그렇잖아요? 뭐, 기관명이야 어디든 상관없어요. 대외 부문이니 역시 MI6인가? 왜냐면 당신이 살해한 자가 발칸반도의 뿌리께 나라 사람이잖아요. 겉으로는 평화로워 보이지만 실은 여전히 복잡하고 화약 냄새가 진동하는, 아직도 뒤로는 무기가 꼭 필요한 지역이에요. 그래서 일이 이렇게 번거로워졌죠."

요한은 노골적으로 술술 말을 풀어냈다.

키스는 말문이 막힌 채 얼굴이 창백해져 갔다.

"뭐, 어쨌든 당신은 콘트라베이스 케이스에 사체를 넣어서 옮겼어요. 그런데 난처한 일이 일어났죠. 오토바이 타이어가 펑크가 났거든요. 연료 문제일 수도 있고 궂은 날씨에 미끄러져 진창에 빠졌을 수도 있죠. 하지만 아무리 그래도 도보로 사체가 든 콘트라베이스 케이스를 옮기려면 무게를 당해낼 수 없어요. 안에 든 것을 어떻게든 처리하려고 했겠죠. 그래서 감량을 시도한 거예요. 길가의 '제단'에 무거운 동체를 던져놓자. 로터로 잘려 나간 사체라고 밝혀지면 난처하니까 절단면도 손을 봤겠죠. 신원이 알려질 만한 것만 없으면 괜찮다고 판단했을 거예요. 아마 종교와 관련된 엽기살인으로 여겨지기를 바랐겠죠. 당신, 프로답게 나이프는 항상 소지하고 다니지요?"

요한은 칭찬이라도 하듯이 미소를 건넸다.

키스는 무표정한 얼굴 그대로였다.

"감량은 했지만 여전히 무거워서 장시간 메고 다니기엔 바람직하지 않았어요. 이제 곧, 아니, 이미 부패도 시작됐을 테고."

요한은 코를 싸쥐는 시늉을 하며 말했다.

"그렇다면 내 손바닥처럼 훤히 알고 있는 사유지에 파묻는 수밖에 없어요. 맞아요, 지리적인 문제네요. 솔즈베리에는 육군기지가 있고, 환상열석이 있고, 블랙로즈하우스가 있잖아요. 그렇다면 사유지 블랙로즈하우스에 남은 사체를 묻어버리면 되겠죠. 그리고 당신은 그렇게 했어요. 어려서부터 빠삭하게 잘 아는 저택의 부지 안에."

키스는 거기서 뭔가 깨달은 듯 얼굴을 번쩍 들었다.

"그래서였어?"

"뭐가요?"

두 사람의 시선이 한순간 교차했다.

"그래서 '제단 살인사건'의 모방범과 함께 개와 인간의 폭발사건을 일으켰던 거야?"

"뭐, 정확히 말하면 개와 인간의 몸 일부의 폭발사건이지요."

"'성스러운 물고기' 사건……."

키스는 띄엄띄엄 중얼거리듯이 말을 이어갔다.

"그건 우리 친척들을 불러 모으기 위해서였고?"

"그렇죠. 특히 당신은 반드시 참석해 주었으면 했어요. 모방범이 있다는 걸 깨달으면 당신이 사체를 파묻은 곳으로 안내해 줄 거라고 생각했는데, 사건이 워낙 시끄러웠고 사람들이 너무 많이 모여서 당신은 그 장소에 가지 않더군요."

"그래서 일부러 우리가 묵고 있던 방에 손전등을 비춰서 어필했던 거였군."

"누군지는 모르지만, 아름다운 부인들께는 죄송스럽게 됐죠."

요한이 머리를 긁적였다.

"아, 미리 말해두겠는데 모방범 쪽의 사체는 누군가에게 살해된 게 아니에요. 마약 과잉 투여로 사망한 사체를 은밀히 유출해 냈으니까요. 그리고 중병으로 안락사 예정이던 그 개에게도 사과를 해야겠네요."

키스는 다시 뭔가 알아차린 모양이었다.

"설마 이번 두 가지 사건…… 경찰견을 부르기 위해 일으킨 거였어?"

"그만큼 수많은 경찰견을 투입하면 아무리 블랙로즈하우스 부지가 넓다고 해도 샅샅이 뛰어다니면서 당신이 파묻은 사체를 찾아줄 테니까요."

요한은 신문을 테이블 위에 탁 내려놓았다.

키스는 눈이 휘둥그레져서 요한을 빤히 바라보았다.

"당신…… 정체가 뭐야?"

"뮤지션이에요. 당신과 똑같이."

요한은 자리에서 일어섰다.

"그리고 당신과 마찬가지로, 나도 당신이 살해한 사람에게서 정보를 받고 있었어요. 그래서 그의 나라에 보답이 될 만한 일을 하기로 했죠. 생사가 확정되기만 해도 그건 큰 정보가 되고 유족에게는 보상금이 지급될 테니까요."

키스도 비틀비틀 몸을 일으켰다.

"나를 고발할 생각인가?"

"내가요?"

요한은 어이없다는 얼굴을 했다.

"내가 왜 그런 짓을 하죠? 우리는 뮤지션 동료이고, 당신은 우연히 이 근처에 왔다가 들렀을 뿐이잖아요?"

어깨를 으쓱 쳐드는 요한을 보며 키스는 멍하니 서 있었다.

"무엇보다 방금 했던 얘기는 단순히 나의 망상이에요. 당신이 저질렀다는 증거 따위 어디에도 없잖아요. 당신 정도쯤이면 콘트라베이스 케이스 안에 완벽하게 시트를 깔았을 테고, 그래서 이제는 단순한 콘트라베이스 케이스겠죠. 그리고 그 안에는 당연히 콘트라베이스가 들어 있을 테고요."

요한이 흘끗 시계를 들여다보며 말했다.

"자아, 손님이 올 시간이라서 이제 그만, 괜찮을까요?"

키스는 천천히 코트를 집어 몸에 걸쳤다.

"잘 자요, 키스. 런던에서 또 만나죠."

요한의 재촉을 받으며 키스는 현관으로 향했다.

"잘 자, 요한."

안도와 의심이 뒤섞인 목소리였다.

"왜 나를 찾아왔어요?"

요한이 불쑥 물었다.

키스가 돌아보았다.

"지리적인 문제야. 자네 스튜디오도 여기 솔즈베리에 있잖아."

"역시 그렇죠?"

두 사람은 악수를 나누었고, 키스는 천천히 어둠 속으로 사라졌다.

지그시 그 등을 배웅하던 요한은 조용히 문을 닫았다.

다음에 차임벨이 울렸을 때, 요한은 위스키를 마시고 있었다.

"응, 어서 와."

"문단속이 허술하네."

오랜만에 듣는 목소리였다.

"잘 왔어, 리세."

요한은 잔을 번쩍 들었다.

현관에서 아름다운 자가 이쪽으로 다가온다. 신비롭고, 그러면서도 화사하고 늘씬한 여성이다. 요한은 한순간 홀린 듯 바라보았다.

그녀는 언제나 멋있다.

리세는 코트를 벗으면서 현관 쪽을 돌아보았다.

"문은 잠그지 않는 거야?"

"조금 전까지 손님이 와 있었어. 네가 올 줄 알고 그대로 열어뒀지."

"손님이? 이런 시간에?"

요한은 자리에서 일어났고, 두 사람은 친근하게 긴 포옹을 나섰다.

"아, 내내 발이 묶여서 정말 힘들었어. 파파라치가 그렇게 우르르 몰려들다니, 여태껏 사진에는 찍히지 않으려고 그렇게 조심해 왔는데."

리세는 한숨을 내쉬었다.

"그래서 원하던 물건은 손에 넣었어?"

요한이 리세의 술잔에 위스키를 따라주었다.

"물론이지."

리세는 코트를 내려놓더니 가방에서 종이가방을 꺼냈다. 그 안에서 나온 것은 낡고 거칠거칠한 목제 상자였다.

"오, 이게 성배?"

요한이 목을 길게 빼고 살펴보면서 말했다.

"아니야."

리세는 상자를 열어서 보여주었다.

하지만 안은 텅 비어 있었다.

"엇, 성배는 가져오지 못했어?"

"원래 내가 원했던 게 이거였어. 이른바 성배라는 것도 나름대로 괜찮은 가격이 매겨지겠지만, 그런 흔해빠진 공예품 따위는 관심 없어. 그건 크로도니아의 여자가 가져간 모양이야. 아마 암시장에 내다 팔겠지. 연기력도 대단했지만, 돈 되는 물건을 좋아하는 건 사실인가 봐."

리세는 술잔을 받아 들고 요한 옆에 앉았다.

"뭐야, 이런 지저분한 상자를 원했어?"

요한은 어이없다는 표정이었다.

리세는 빙긋이 웃었다.

"지저분하다고? 이거, 가격이 얼마나 나올 거 같아?"

요한은 놀란 눈빛으로 리세를 보았다.

"그렇게 비싸게 쳐줄 물건이야?"

리세는 고개를 끄덕였다.

"이게 향목香木이거든. 우리 집안의 기록에 남아 있었어. 향목으로 만든 상자, 이건 상당한 크기야."

"향목이라니?"

"침향이나 백단은 들어본 적 있지? 쇼소인正倉院에서 대대로 물려온 란자타이蘭奢待*라는 향목은 무게가 11킬로그램 남짓인데 요즘 가격으로 억 단위라고 알려져 있어. 향목은 재배가 어려운 희소품이고, 앞으로도 늘어날 전망이 없어. 이 상자 하나만 해도 천만 엔은 넘게 나올 거야."

"천만 엔?"

요한은 말문이 막힌 채 새삼 상자를 곰곰이 살펴보았다.

"이런 물건이 그렇게나 나가다니."

"그보다 요한 쪽 일은 잘 끝났어? 나는 어쩌다 친구가 초

---

* 나라현 도다이지의 보물 보관창고 쇼소인에 대대로 전해진 부정형 목재. 침향의 일종으로, 무로마치 시대의 쇼군 아시카가 요시미쓰 등과 오다 노부나가, 메이지 천황이 떼어간 흔적이 있을 만큼 '천하제일의 명향名香'으로 일컬어진다.

대해 줘서 따라갔던 거고, 기회가 닿으면 이 상자가 손에 들어오면 좋겠다고 기대한 정도지만, 그쪽은 뭔가 복잡한 일을 처리해야 했던 거 아니야? 그 크로도니아 여자가 요한에 대해 알고 있어서 깜짝 놀랐어."

요한이 환하게 웃었다.

"잘 끝났지. 모두 다 순조롭게 처리했어."

"그렇다면 다행이네."

리세는 위스키를 마셨다.

"그 여자, 블랙로즈하우스 당주의 장남 아서를 영국 정보부원이라고 생각한 것 같아. 나는 아니라고 보는데."

"흠, 아서라고? 어떤 자야?"

리세는 빙긋이 미소를 지었다.

"멋있는 사람이었어."

"어, 마음에 들었구나?"

"응, 아주 마음에 들었어."

리세가 어두운 눈빛을 보였기 때문에 요한은 어라, 하고 생각했다.

"언젠가 다시 만날 듯한 느낌이 들어."

리세는 앞을 지그시 바라보며 다시 술잔을 입에 가져갔다.

아마도…… 다음에는 나의 적으로서.

그렇게 낮게 중얼거렸는데, 요한의 귀에도 들어갔을까.

그는 리세의 술잔에 자신의 잔을 마주치고 희미한 미소를 지었을 뿐이다.

에필로그

"설마 여기까지 따라오지는 않겠지?"

앨리스가 고개를 돌려 멀어져 가는 블랙로즈하우스를 바라보았다.

"대영제국의 파파라치, 설마 내가 그 대상이 될 줄은 상상도 못 했지만, 소문으로 듣던 것보다 훨씬 더 굉장했어."

리세는 어깨를 으쓱하며 말했다.

"방심은 금물이야. 어쩌면 뒷문 쪽에도 진을 치고 있을지 몰라."

알렌 숙부가 경고라도 하듯이 중얼거렸다.

"정말 어처구니없는 핼러윈이었네요."

아서가 한숨을 내쉬었다.

당주가 나타나고, '성스러운 물고기'에게서는 사건 종결

선언이 나왔다.

그걸로 블랙로즈하우스를 둘러싼 사건이 일단락되었는지, 경시청은 더 이상 손님들을 붙잡아둘 수 없다고 판단한 모양이었다. 물론 '제단 살인사건'을 포함해 본격적인 수사는 이제부터 시작이지만.

신원과 연락처를 정확히 확인받은 다음에야 드디어 소란스러운 핼러윈 파티에서 풀려난 손님들은 지친 얼굴로 삼삼오오 블랙로즈하우스를 떠났다.

정면 현관에는 여전히 탐욕스러운 타블로이드지 기자들이 우글우글 몰려 있어서 초대된 손님들이 나올 때마다 차례차례 사진을 카메라에 담았다. 그 광경에 공포감을 느낀 아서 일행은 이렇게 은밀히 부지 뒷문 쪽을 향해 가고 있는 것이었다.

데이브는 시티의 회사에서 호출을 받고 한발 앞서 떠났다. 그래서 뒷문 쪽에 차를 대고 기다리는 키스에게로 걸음을 서두르는 건 모두 네 명이었다.

"결국 올 때도 갈 때도 뒷문이네."

앨리스가 리세의 얼굴을 보며 씁쓸하게 웃었다.

"응, 올 때는 저기쯤에서 만났지?"

리세는 슬쩍 아서에게로 눈길을 던지며 말했다.

아서는 흠칫한 듯 언덕의 숲을 바라보았다.

불과 며칠 전의 일이었다. 저 숲에서 수상쩍은 검은 그림자를 봤던 게.

마치 까마득한 옛날 일처럼 여겨졌다. 처음으로 그녀를 맞닥뜨렸던, 그 빨려 들어갈 듯한 칠흑의 눈빛에 매료되었던 게.
그건 리세가 아니었던 것일까. 뭔가 잘못 봤던 것일까.
기억을 더듬는 듯한 아서의 눈을 바라보면서 리세도 그때를 떠올리고 있었다.

그때, 요한에게서 미리 숲에 감춰둔 드론을 띄워달라는 지시를 받았다. 그런데 아서가 그 장면을 목격하고 말았다.
아무래도 뭘 봤는지 잘 모르는 모양이라서 그나마 다행이었어.

리세는 혼자서 가슴을 쓸어내렸다.
이번에는 똑같이 블랙로즈하우스를 둘러싼 작업이었지만 서로 전혀 다른 사건으로 각자 행동을 취했고, 요한은 자신의 목적이 무엇인지 리세에게도 알려주지 않았다.
단지 밤에는 건물 밖으로 나가지 말 것, 디캔터에 담긴 술은 마시지 말 것, 이라는 주의사항만 들었을 뿐이다.
하긴 리세도 자신의 목적을 요한에게 밝히지 않았다. 내부에 딱딱한 수지를 품은 최고의 향목 상자를 선조가 레밍턴가에 가져갔다, 라는 오래전의 기록에 깊은 흥미를 가졌지만 설마 그곳이 앨리스의 본가이고 실제로 레밍턴가에 잠입하게 될 줄은 몰랐다. 우연이란 참으로 재미있다.

어맨다가 신원을 위장했다는 사실에도 놀랐다. 레밍턴가에 잠입한 자가 리세 자신만이 아니었던 것이다.

우연히 주고받은 몇 마디를 계기로 리세는 어맨다가 요한과 아는 사이라는 것을 눈치챘고, 그래서 그녀가 영국인이 아니라고 판단할 수 있었다. 하지만 그 전의 연기에는 감쪽같이 속아 넘어갔다.

나도 마음이 해이해졌어. 앞으로는 더욱 조심해야 돼.

어맨다의 목적은 아마도 요한의 이번 작업과 관계가 있었을 것이다. 하지만 그 작업과 마찬가지로 특히 중요했던 것은······.

리세는 옆에서 걷고 있는 아서에게로 시선을 던졌다.

아서에게 접촉한다. 아서와 얼굴을 익혀둔다. 그건 즉······.

아서가 리세의 시선을 깨닫고 의아해하는 눈빛을 보였기 때문에 리세는 빙긋이 미소를 건넸다.

"직장이 정해졌다면서요? 국가공무원인가요?"

아서도 미소로 응했다.

"평범한 민간기업이에요, 따분한 싱크탱크."

"엇, 저는 유나이티드 킹덤에 종사하시는 줄 알았는데요."
"천만에요. 왜 그런지 다들 내 직장에 관심이 많군요."
"하하, 왜들 그럴까요?"
한순간 두 사람의 눈이 마주쳤다.
거기에 날카로운 살기 같은 게 스쳐 지나갔다고 느낀 것은 단지 기분 탓일까.
아서가 진지한 얼굴이 되었다.
"다만 나의 상사는 단 한 명밖에 없다는 것뿐이지요."
리세는 흠칫했다.
단 한 명.
"그건 혹시…… M으로 시작되는 이름으로 불리는 분인가요?"
아서는 쓴웃음을 지으며 입에 검지를 댔다.
"글쎄요, 그건 비밀입니다. 상상에 맡기지요."
두 사람은 다시 정면을 향하고 온화한 표정으로 돌아갔다.

M으로 시작하는 이름…….
MAJESTY. 폐하.

"런던에서 만날 수 있을까요?"
앞을 바라본 채로 아서가 중얼거리듯이 말했다.
"만날 수 있다면 좋겠네요."

역시 앞을 바라본 채로 리세가 답했다.
"그럼 언젠가 또 뵙죠."
"네에, 꼭."

분명 또 어딘가에서.

"앗, 저기야, 저기 있어!"
앨리스가 낮게 외치며 앞쪽을 가리켰다.
길 끝에 숨듯이 정차한 차 안에서 키스가 손을 흔들고 있었다.
리세와 아서는 거의 동시에 손을 들어 키스를 향해 마주 흔들었다.
자신들이 똑같이 완벽한 미소를 짓고 있다는 것을 아플 만큼 자각하면서.

역자 후기

'장미 속의 뱀'처럼 똬리를 틀고 있는 완벽한 구성의 고딕 미스터리

양윤옥(번역가)

영국 솔즈베리의 스톤헨지는 광활한 초록빛 평원에 둥근 고리 모양의 거대한 입석 풍경이 단지 이미지와 동영상을 검색해 봤을 뿐인데도 참으로 신비롭게 보인다. 불가사의한 환상열석環狀列石을 둘러싸고 수많은 설이 분분한 것도 고개가 끄덕여진다. 온다 리쿠의 이번 소설은 그 솔즈베리 인근의 시골 마을을 무대로 펼쳐진다. 특히 프롤로그부터 아주 인상적이다. 짙은 안개 속에 선돌 유적이 민가와 뒤섞여 구불구불 이어지는 길을 따라 마치 작가 스스로 어떤 이야기를 써야 할지 아직 모르고 있고, 그래서 이제부터 빚어지게 될 미지의 창작에 대한 강한 불안과 설렘을 독자와 함께 헤쳐나가듯이 한 문장 한 문장, 걸어 들어간다. 이윽고 드러누운 거석을 제단 삼아 공물처럼 바쳐진 참혹한 절단 사체가 발견되고, 거기서부터 모든 것이 시작된다…….

《장미 속의 뱀》은 주인공 '리세'가 직간접적으로 등장하는 장편 시리즈의 다섯 번째 책이다. 일본에서 장장 17년 만에 출간되어 오랫동안 '리세의 그다음'을 기다려온 독자들 사이에서 큰 관심을 끌었다. 온다 리쿠는 장르를 불문하고 픽션이든 논픽션이든 연간 300권을 읽는 독서광으로 알려져 있다. 시리즈의 첫 작품 《삼월은 붉은 구렁을》도 '환상의 희귀본'을 둘러싼 이야기였고, 주인공 리세를 4장 〈회전목마〉에 처음으로 등장시켜 다양한 스토리와 문장의 변주를 시도한다. 자신의 방대한 독서를 바탕으로 동세대 독자들이 어려서부터 차곡차곡 읽어온 그리운 책들에 대한 향수를 일깨우는 정경 묘사에 능숙해서 '노스탤지어의 마법사'라는 별명으로 통한다. 게다가 '어떻게든 계속해서 쓴다'는 매우 바람직한 신조를 갖고 있다. 소설 자체도 재미있지만, 몇 년 전 이 작가가 인터뷰에서 했던 말이 어쩌면 작은 위로가 될 것 같아 인용해 본다.

> 재능이란 '지속할 수 있는 것'이라고 생각한다. 이건 모든 일에 공통된 얘기일 것이다. 어떤 의미에서는 둔감함, 끈질김을 가진 사람이 재능 있는 사람이다. 완벽을 기하면서 조금이라도 실패하면 "이건 안 돼" 하고 내던져 버리는 경우가 있지만, 그건 잘못이다. 프로는 항상 완벽을 향해 나아가지만, 그게 그렇게 쉽지만은 않다. 그래도 어떻

게든 평균점을 유지하면서, 완벽하게 나오지 않은 비참함을 견뎌나간다. 만족할 만한 작품이 아니면 내놓지 않는다는 사람도 있다. 하지만 과작이면서 걸작인 건 당연하다. 나는 분량을 동반해야만 비로소 재능이라고 믿고 있다. 항상 필사적으로 글을 쓰고, 아슬아슬하게 평균점인 지점을 저공비행한다.

-《프레지던트》온라인,
《꿀벌과 천둥》서점대상&나오키상 수상 후 인터뷰에서
2017.4.14.

그렇게 30여 년에 걸쳐 작가 생활을 하면서 해마다 두 권 이상씩 출간해 이제 그녀의 저서는 소설과 논픽션을 합쳐 70여 권에 달한다고 한다. 뭔가 두고두고 본받을 만한 미덕이 아닌가 싶다.

'리세 시리즈'는 '고딕 미스터리'라는 장르로 분류되고 있다. '고딕'이라면 12세기~15세기 중세 유럽의 건축양식이나 미술을 가리키는 단어지만, 소설 분야에서는 그러한 중세 예술을 배경으로 18세기에서 19세기에 걸쳐 고딕 로맨스, 고딕 호러, 고딕 미스터리 등 다양한 장르로 전개되어 왔다. 음산한 고성古城, 폐허, 대저택을 무대로 귀족과 상류층의 인물이 등장하며 신비한 자연현상, 기이한 심령 같은 공포 분위기가 작품을 지배한다.《드라큘라》,《프랑켄슈타인》,《지킬 박사와 하이드》 등이 대표적인 사례로 꼽힌다.

역시《장미 속의 뱀》에는 영국의 대저택을 배경으로 유서 깊은 귀족 가문의 인물들이 등장하고, 짙은 안개에 가려진 들판과 숲, 과거에서 건너온 저주, 비밀의 성배 같은 고딕 요소가 곳곳에 배치된 가운데 그들을 둘러싼 살인과 음모가 펼쳐진다. '리세 시리즈' 중에서 리세 본인이 주인공인《보리의 바다에 가라앉는 열매》는 홋카이도의 음울한 습원 한가운데 자리 잡은 최고급 기숙 학교를 무대로(물론 실재하는 곳은 아니다) '슈퍼리치' 학생들 사이의 기묘한 환영과도 같은 살인사건을 다루었다. 이 기숙 학교에서 학창 시절을 보내면서 리세는 친우 '유리'를 만나고, 이번 소설의 주요 인물인 '요한'을 만난다.《흑과 다의 환상》은 리세가 직접 등장하진 않지만 유리가 등장인물들의 기억 속에 등장해 '리세 시리즈'와 같은 세계관을 공유하고 있음을 알린다. 그리고《황혼녘 백합의 뼈》는 다시 리세가 주인공이 되어 자신의 집안이자 '마녀의 집'으로 불리는 저택을 둘러싼 의문의 사건들을 풀어나간다.

이번 이야기는 꽃잎 다섯 장의 장미를 모방한 (원래는) 다섯 채의 대저택 블랙로즈하우스에 레밍턴 일가와 초대 손님들이 속속 모여들면서 시작된다. 당주 오즈월드 레밍턴의 생일 축하를 위한 모임이라는데, 냉철하고도 명민한 큰아들 아서의 시선을 통해 그들의 실제 내막이 서서히 밝혀진다. "기득권으로서의 계급밖에는 가진 게 없는 자들"이고, "방문객 없는 박물관의 골동품, 아름답게 전시되는 일도 없고 팔아서 돈이 되는 일도 없이 그저 보관되고 있을 뿐"인 가문이며 "권모술수가 준동하는 추악한 인물들"이라는 냉혹한 평가가 내려진다. 그런 아서의 눈에 뛰어든 '리세 미즈노'는 매혹과 동시에 강한 경계심을 불러일으키는 존재다.

가족 중에서 가장 '정상'이라는 말괄량이 여동생 앨리스의 친구 자격으로 블랙로즈하우스에 초대된 리세는 검은 망토에 가려진 모습으로 나타난다. 도자기처럼 새하얀 얼굴에 칠흑의 컴컴한 보석 같은 눈동자와 심홍의 입술은 흠칫 놀랄 만큼 '불길한 아름다움'이다. 아서는 강하게 매혹당하는 한편으로 그 매혹에 길항할 만큼의 의심 또한 품게 된다. 또 다른 평가를 인용하자면, 리세는 '안에 잘 벼려진 칼날이 들어 있는 아름다운 검의 칼집' 같다. 변함없이 침착한 거동과 우아한 기품, 깊은 통찰력으로 완벽한 추리를 해내고, 게다가 섣불리 연애 따위에 발목 잡히는 일이 없다. 무려 17년을 기다리면서도 이 시리즈가 여전히 독자들을 환호하게 하는 가장 큰 장점은 두말할 것도 없이 우리의 생생한 주인공 '리세'라는 캐릭터 덕분일 것이다.

신간 출간 인터뷰에서 스무 살로 성장한 리세에 대해 '사악함이 한층 더해진 게 아니냐'는 질문을 받자 온다 리쿠는

"분명 이번에는 '트릭스터'적인 면모가 있을지도 모른다"고 밝히고 있다. 트릭스터는 신화나 민담, 최근에는 게임에도 자주 출현하는 짓궂은 사기꾼 같은 존재로, 기존 질서를 어지럽히기를 좋아하고 영악한 잔머리 능력이 최대치인 자를 말한다고 한다. 가련한 '백합'에서 수상쩍은 가시를 가진, 이면에 짙은 어둠을 떠안은 '장미'로 성장한 리세는 신비한 성숙함이 더해져 고딕 미스터리 주인공으로서 빛을 발한다. 이번 책과 함께 시리즈 전권을 섭렵한다면 온다 리쿠가 구축한 리세 월드를 더욱더 깊이 있게 경험할 수 있을 것이다.

블랙로즈하우스의 당주 오즈월드 레밍턴의 생일 10월 31일은 핼러윈 데이이기도 하다. 영국의 고대 켈트족이 죽음과 유령을 찬양하며 벌인 축제에서 비롯되었다는 설이 유력하다고 한다. 죽은 망령들이 깨어나는 날, 아이들은 악마와 괴물 등의 분장을 하고 "사탕 안 주면 장난칠 거야!Trick or Treat!"라고 외치며 이웃집을 찾아다니는 날이다. 수많은 소설과 만화 등을 통해 어느샌가 익숙해진, 그야말로 어린 시절의 '노스텔지어'를 환기하는 난장亂場 축제로서 스토리에 미묘한 복선의 망을 치고 있다.

레밍턴 일가와 초대 손님들은 생일 파티보다는 '전설의 성배'에 홀려 그 이틀 전인 10월 29일에 블랙로즈하우스에 도착한다. 그리고 바로 그날 밤, 인근 마을에서 일어난 '제단 살인사건'을 모방하듯이 또 하나의 절단 사체가 저택 뒤 숲에서 발견되고, 이어서 30일 자정을 지나자마자 다시금 모두를 소스라치게 하는 엄청난 사건이 그야말로 폭죽처럼 펑펑 터진다. 사건 자체는 너무도 끔찍하고 참혹하지만, 마치 핼러윈 악마들의 난장 게임처럼 현실보다는 허구의 축제 느낌이 들고, 2박3일의 여정은 마침내 누군가가 '사탕'을 차지하면서 마무리된다.

그 한편으로 블랙로즈하우스 안에서는 숙련된 집사의 정중한 접대 속에 영국의 신사 숙녀들이 퀸즈 잉글리시를 주고받으며 매력적인 조역들이 사건과 사건 사이를 빈틈없이 채워나간다. 덜렁거리는 속물이지만 밉지 않은 데이브, '리세 시리즈'의 어딘가에서 다시 만날 듯한 예감이 드는 고고학자 앨리스, 그리고 전혀 다른 성향의 언니 에밀리아와 그녀의 희극적인 친구 어맨다. 다만 그 희극적인 행동에는 뜻밖의 반전이 숨겨져 있을지도 모른다. 콘트라베이스 뮤지션 키스, 서민의 생활사를 연구하는 괴짜 귀족 앨런 숙부, 온 가족의 미움을 사버린 당주 오즈월드 레밍턴과 그에게 짓눌린 가없은 로버트 레밍턴······. 모두가 의심스러운 낌새를 슬쩍슬쩍 드러내며 제 역할을 다하고 있다. 오랜 옛날에 건너온 꽃잎 다섯 장의 장미 원종과 도라지꽃을 둘러싼 음영 문장, 불꽃놀이 화약과 무기, 발칸반도 뿌리 쪽 나라 같은 흥미진진한 얘기들은 몰입도를 한껏 높이는 중요한 소재로 작동한다.

파파라치와 스캔들의 황색언론으로 영국을 넘어 세계적

으로 악명을 떨치고 있는 신문《더 선》에 대한 경멸에 가까운 언급도 눈에 띈다. 대비되는 언론사로 영국 정부의 경제 정책에 큰 영향력을 끼칠 뿐만 아니라 국제적인 비즈니스 일간지로 알려진《파이낸셜 타임스》가 아서의 애독 신문으로 등장한다.

미스터리는 책을 다 읽은 뒤에 다시 처음부터 되짚어 보는 복기 과정에서 그 진가가 판별된다. 인상적인 프롤로그를 시작으로, 누군지 밝혀지지 않은 남자와 요한의 대화, 아서와 리세 사이에 교차하는 매혹과 경계, 레밍턴 일가의 숨겨진 내막, 스멀스멀 깨닫게 되는 반전 등, 되짚어 볼수록 '장미 속의 뱀'처럼 똬리를 틀고 있는 완벽한 구성에 놀라지 않을 수 없다.

인간 존재의 '음울한 고귀함'이라는 고딕 판타지 속에서 미스터리의 재미를 느긋하게 즐길 만한 소설로서 많은 분들의 일독을 바라 마지않는다.

장미 속의 뱀

초판 1쇄 인쇄 2025년 8월 14일
초판 1쇄 발행 2025년 9월 4일

지은이   온다 리쿠
옮긴이   양윤옥

책임편집   한의진
디자인   정정은
책임마케팅   최혜령, 박지수, 도우리
마케팅   콘텐츠 IP 사업본부
해외사업   한승빈, 박고은
경영지원   백선희, 권영환, 이기경, 최민선
제작   재영P&B

펴낸이   서현동
펴낸곳   ㈜오팬하우스
출판등록   2024년 5월 16일 제2024-000141호
주소   서울시 강남구 테헤란로 419, 11층(삼성동, 강남파이낸스플라자)
이메일   info@ofh.co.kr

ⓒ 온다 리쿠
ISBN 979-11-94979-06-7 (03830)

반타는 ㈜오팬하우스의 출판브랜드입니다.

- 이 책은 저작권법에 따라 보호받는 저작물이므로 무단전재와 무단복제를 금지하며, 이 책 내용의 전부 또는 일부를 이용하려면 반드시 저작권자와 ㈜오팬하우스의 서면동의를 받아야 합니다.
- 책값은 뒤표지에 표시되어 있습니다.
- 잘못된 책은 구입하신 서점에서 바꿔드립니다.